VERLAG ANTJE
KUNSTMANN

BROOKE DAVIS

NOCH SO EINE TATSACHE ÜBER DIE WELT

ROMAN

Aus dem Englischen
von Ulrike Becker

Verlag Antje Kunstmann

Für Mum und Dad

Ich weiß nicht, wie ich euch sonst dafür danken soll,
dass ihr mich gemacht habt

TEIL 1

MILLIE BIRD

Millies Hund Rambo war ihr Allererstes Totes Ding. Sie fand ihn am Straßenrand, an einem Morgen, an dem der Himmel auf die Erde zu sinken schien; Nebelschwaden umkreisten die verzerrte Tiergestalt wie Gespenster. Rambos Maul und seine Augen waren weit aufgerissen, wie mitten im Gebell. Das linke Hinterbein zeigte in eine Richtung, in die es sonst nie zeigte. Der Nebel um sie herum hob sich, die Wolken sammelten sich am Himmel, und Millie fragte sich, ob Rambo sich jetzt in Regen verwandelte.

Erst als sie den Hund in ihrem Schulranzen nach oben zum Haus geschleppt hatte, kam ihre Mutter darauf, ihr zu erklären, wie es auf der Welt zuging.

Er ist jetzt an einem besseren Ort, rief ihre Mutter ihr zu, während sie im Wohnzimmer saugte.

An einem besseren Ort?

Was? Ja, im Himmel, mein Schatz, hast du davon noch nie gehört? Lernt ihr denn gar nichts in dieser blöden Schule? Füße hoch! Im Hundehimmel; dort gibt es Hundekuchen ohne Ende, und sie dürfen ihre Häufchen hinmachen, wo sie wollen. Okay, Füße wie-

der runter. Füße wieder runter! hab ich gesagt. Und, ich weiß nicht, aber ich glaube, die Häufchen sind aus Hundekuchen, also tun sie nichts anderes, als Häufchen zu machen und Hundekuchen zu fressen und rumzurennen, um die Häufchen der anderen Hunde zu fressen. Die aus Hundekuchen bestehen.

Millie überlegte kurz. *Wieso verschwenden sie dann überhaupt ihre Zeit hier?*

Was? Na ja, sie, ähm, sie müssen es sich erst mal verdienen. Sie müssen hierbleiben, bis sie ausgewählt werden, um an den schöneren Ort zu dürfen. So ähnlich wie beim Dschungelcamp *im Fernsehen, aber für Hunde.*

Und ist Rambo jetzt auf einem anderen Planeten?

Ähm, ja. Irgendwie schon – hast du denn wirklich noch nie etwas vom Himmel gehört? Von Gott, der oben in den Wolken sitzt, und vom Teufel tief unter der Erde und so?

Kann ich irgendwie auf Rambos neuen Planeten kommen?

Ihre Mutter stellte den Staubsauger ab und schaute Millie geradeheraus an. *Nur mit einem Raumschiff. Hast du ein Raumschiff?*

Millie schaute auf ihre Füße. *Nein.*

Tja, dann kommst du auch nicht auf Rambos neuen Planeten.

Tage später entdeckte Millie, dass Rambo ganz eindeutig nicht auf einem neuen Planeten war, sondern stattdessen in ihrem Garten, halbherzig unter der *Sunday Times* begraben. Millie hob die Zeitung vorsichtig hoch und sah Rambo, aber auch Nicht-Rambo; es war ein geschrumpfter, zerfressener und verfaulender Rambo. Von da an schlich sie sich jede Nacht aus dem Haus, um bei ihm zu sein, während sich sein Körper von etwas in nichts verwandelte.

Der alte Mann, der die Straße überquerte, war ihr Zweites Totes Ding gewesen. Nachdem das Auto ihn angefahren hatte, sah sie ihn durch die Luft fliegen und hatte den Eindruck, dass er lächelte. Sein Hut landete auf dem Vorfahrtsschild, und sein Gehstock tanzte um den Lampenpfeiler. Dann kam sein Körper und landete krachend an der Bordsteinkante. Sie bahnte sich einen Weg durch die vielen Beine und Ausrufezeichen, um sich neben sein Gesicht zu knien. Sie schaute ihm tief in die Augen. Er schaute zurück, als sei er nur eine Zeichnung. Sie fuhr mit den Fingern über seine Falten und fragte sich bei jeder einzelnen, wofür er sie wohl benutzt hatte.

Schließlich wurde sie hochgehoben und weggezogen, und man sagte ihr, sie solle sich die Augen zuhalten, weil sie *noch ein Kind* war. Und während sie den langen Weg nach Hause lief, überlegte sie, dass es vermutlich Zeit wurde, ihren Dad nach dem Menschenhimmel zu fragen.

Weißt du, Spätzchen, es gibt den Himmel, und es gibt die Hölle. In die Hölle kommen alle bösen Menschen, zum Beispiel Verbrecher und Betrüger, oder Verkehrspolizisten, die Parksünder aufschreiben. In den Himmel kommen alle guten Menschen, so wie du und ich oder die hübsche Blondine aus der Kochshow.

Und was passiert, wenn man dort hinkommt?

Im Himmel ist man bei Gott und Jimi Hendrix und darf so viele Donuts essen, wie man will. In der Hölle muss man, ähm … Macarena tanzen. Die ganze Zeit, für immer. Zu diesem Megamix aus Grease.

Und wohin kommt man, wenn man gut und böse zugleich ist?

Was? Keine Ahnung. Ikea?

Hilfst du mir, ein Raumschiff zu bauen?

Wart mal kurz, Spätzchen. Können wir das in der nächsten Werbepause zu Ende besprechen?

Bald merkte Millie, dass alles um sie herum starb. Insekten und Orangen und Weihnachtsbäume und Häuser und Briefkästen und Zugfahrten und Filzstifte und Kerzen und alte Leute und junge Leute und Leute dazwischen. Sie konnte nicht wissen, dass nach den ersten siebenundzwanzig Wesen, die sie in ihrem *Buch der Toten Dinge* notiert hatte – Spinne, Vogel, Großmutter, die Nachbarskatze Gertrude und andere –, auch ihr Dad ein *Totes Ding* sein würde. Dass sie ihn neben die Nummer achtundzwanzig schreiben würde, in riesigen Buchstaben, die über zwei Seiten gingen: MEIN DAD. Dass ihr eine Zeit lang nichts anderes zu tun einfallen würde, als auf diese Buchstaben zu starren, bis sie nicht mehr wusste, was sie bedeuteten. Dass sie das beim Licht der Taschenlampe tun würde, während sie im Flur vor der Schlafzimmertür ihrer Eltern saß und zuhörte, wie ihre Mum so tat, als schliefe sie.

DER ERSTE TAG DES WARTENS

Wenn sie im Geiste Malen nach Zahlen spielte, war Millie immer Punkt eins, ihre Mum Punkt zwei und ihr Dad Punkt drei. Die Linie kam tief aus dem Bauch von Punkt eins, lief um Punkt zwei und drei – der meistens fernsah – herum und wieder zurück, sodass ein Dreieck entstand. Millie rannte mit wippenden roten Haaren durchs Haus, und das Dreieck zwischen ihnen wand sich spiralförmig um die Möbel. Wenn ihre Mum sagte, *Lass das bitte, Millicent*!, verwandelte sich das Dreieck brüllend in einen riesigen Dinosaurier. Wenn ihr Vater sagte, *Komm, setz dich neben mich, Spätzchen*, rollte sich das Dreieck zu einem großen, klopfenden Herzen zusammen. *Babumm, babumm*, flüsterte sie und hüpfte ungeschickt im Rhythmus dazu. Sie kuschelte sich zwischen Punkt zwei und Punkt drei aufs Sofa. Punkt drei griff nach der Hand von Punkt eins und zwinkerte mit einem Auge. Die wechselnden Fernsehbilder ließen sein Gesicht im Dunkeln aufleuchten. *Babumm. Babumm. Babumm.*

Am *Ersten Tag des Wartens* stellt sich Millie genau dahin, wo ihre Mum hinzeigt. Direkt neben die Gigantische Damenunterwäsche, gegenüber von der Schaufensterpuppe in dem Hawaii-T-Shirt. *Bin gleich wieder da*, sagt ihre Mum, und Millie glaubt ihr. Punkt zwei trägt ihre goldenen Schuhe, die, in denen ihre Schritte wie Explosionen wirken. Sie geht in Richtung Parfümabteilung – *kra-wumm!* – an der Männerkleidung vorbei – *knallbumm!* – und außer Sichtweite – *peng!*: Die Linie zwischen Punkt eins und Punkt zwei spannt und streckt sich, und Millie schaut zu, wie sie immer dünner wird, bis sie nur noch ein hauchdünner Strich in der Luft ist.

Babumm. Babumm. Babumm.

Es wird Millie von jetzt an überallhin begleiten, dieses Bild von ihrer Mum, die immer kleiner wird. Ihr Leben lang wird es immer wieder hinter ihren Augen aufscheinen. Wenn auf der Kinoleinwand jemand *Bin gleich wieder da* sagt. Wenn sie mit Mitte vierzig ihre Hände anschaut und sie nicht als ihre eigenen erkennt. Wenn sie eine dumme Frage hat und absolut nicht weiß, wem sie sie stellen soll. Wenn sie weint. Wenn sie lacht. Wenn sie auf etwas hofft. Jedes Mal, wenn sie zuschaut, wie die Sonne im Wasser versinkt, wird sie einen Anflug von Panik verspüren und nicht wissen, warum. Die automatischen Drehtüren in Einkaufszentren werden sie ihr Leben lang nervös machen. Wenn ein Junge sie zum ersten Mal richtig berührt, wird sie sich vorstellen, wie er immer kleiner wird und mit dem Horizont verschmilzt, bis er unerreichbar weit weg ist.

Aber von alldem weiß sie jetzt noch nichts.

Was sie jetzt weiß ist, dass ihr vom Stehen die Beine wehtun. Sie nimmt ihren Rucksack ab und kriecht unter den Ständer mit der Gigantischen Damenunterwäsche. Ihre Mum hat gesagt, es gibt Frauen, die ihre intimsten Körperteile nicht sehen können, weil sie eimerweise Hühnchen essen. Vielleicht ist diese Unterwäsche für solche Frauen. Millie hat noch nie erlebt, dass Hühnchen in Eimern serviert wurde. *Aber ich hoffe, ich werde es erleben*, sagt sie laut und berührt vorsichtig die Unterhosen. *Eines Tages.*

Es ist schön dort, unter den riesigen Wäscheteilen. Sie hängen tief herunter, bis um Millies Kopf herum, so dicht an ihrem Gesicht, dass ihr Atem sie streift. Sie zieht den Reißverschluss ihres Rucksacks auf und holt eine der Saftpackungen hervor, die ihre Mutter ihr eingepackt hat. Sie trinkt durch den Strohhalm. Durch die Spalte zwischen den Wäscheteilen beobachtet sie herumlaufende Füße. Manche haben ein Ziel, andere gehen nirgendwo hin, manche tänzeln, andere hüpfen, schlurfen, quietschen. Winzige Füße, große Füße, mittlere Füße. Turnschuhe, Stöckelschuhe, Sandalen. Rote Schuhe, schwarze Schuhe, grüne Schuhe. Nur keine goldenen Schuhe. Keine explodierenden Schritte.

Ein Paar knallblaue Gummistiefel stapfen vorbei. Sie schaut auf ihre eigenen hinunter. *Ich weiß, ihr seid neidisch*, sagt sie zu ihnen. *Aber wir müssen hierbleiben. Hat Mum gesagt.* Sie reckt den Hals, um zu sehen, wie die Gummistiefel den Gang entlanghüpfen und in der Spielzeugabteilung verschwinden. *Na gut*, sagt sie. Sie zieht das *Buch der Toten Dinge* aus ihrem Rucksack, reißt ein Blatt heraus, schreibt *An Mum, bin gleich wieder da* darauf, faltet es zusammen und stellt es genau an der Stelle auf den Boden, auf die ihre Mum gezeigt hatte.

Dann führt sie ihre Gummistiefel spazieren. Hoch und runter auf der Rolltreppe, zuerst gehend, dann springend, hüpfend und winkend wie die Queen. Sie setzt sich oben an die Treppe und schaut zu, wie die Stufen sich selbst verschlucken. *Was passiert, wenn die Stufen sich nicht rechtzeitig flach machen?* fragt sie ihre Gummistiefel. Sie stellt sich vor, wie die Stufen sich am Ende der Treppe stapeln und in die Gänge purzeln. Sie versucht, mit jedem, der an ihr vorbeigeht, Blickkontakt herzustellen, und immer wenn es klappt, hüpft die Luft vor ihr auf und ab, wie bei den alten

Filmen, die sich ihre Mum anschaut. Sie spielt Verstecken mit einem Jungen, der gar nicht merkt, dass er mitspielt. Als Millie ihm mitteilt, dass sie ihn *gefunden* hat, fragt er sie als Antwort, warum ihr Haar *so* aussieht, und beschreibt dabei mit dem Zeigefinger eine Spirale.

Das sind Balletttänzerinnen, sagt sie. Abends springen sie von meinem Kopf und tanzen mir etwas vor.

Phh, sagt er, während er eine Barbiepuppe mit dem Kopf zuerst gegen einen Transformator knallt und zugleich mit seinen Lippen ein spuckefeuchtes Aufblasgeräusch macht. *Stimmt ja gar nicht.*

Millie setzt sich in der Damenumkleide auf den Fußboden. *Ich weiß, wo Sie neue Unterwäsche bekommen können*, sagt sie zu der Frau, die sich immer wieder vor dem Spiegel hin und her dreht, als wolle sie sich in den Fußboden bohren. *Entschuldigung, wer bist du denn?* sagt die Frau. Millie zuckt die Achseln. Zwei Damen unterhalten sich hinter der Tür einer der Kabinen. Millie sieht ihre Füße durch den Spalt zwischen Fußboden und Tür. Nackte Füße und glänzende Ugg-Boots. *Versteht mich nicht falsch*, scheinen die Ugg-Boots zu sagen. *Aber findet ihr wirklich, dass Lachsrosa euch steht?* Die Zehen an den nackten Füßen rollen sich ein und verstecken sich. *Wir dachten, es wäre pink*, scheinen sie zu antworten.

Millie wartet gemeinsam mit den wartenden Männern, die auf den Stühlen vor den Umkleidekabinen sitzen und warten, auf Frauen warten, und wie verschreckte Tiere hinter Taschen und Einkaufstüten hervorspähen. Die Wände in der Nähe sind mit gigantischen Bildern von Mädchen in Unterwäsche bedeckt, die sich lachend umarmen. Die wartenden Männer werfen ab und zu verstohlene Blicke auf sie. Millie kommt der Gedanke, dass die riesigen Wäscheteile vielleicht für diese riesengroßen Mädchen bestimmt sind.

Sie setzt sich auf den Stuhl neben einem glatzköpfigen Mann, der an den Fingernägeln kaut. *Hast du schon mal Hühnchen in einem Eimer serviert bekommen?* fragt sie ihn.

Er legt eine Hand auf sein Knie und schaut sie aus dem Augenwinkel an. *Ich warte hier nur auf meine Frau, Kindchen*, sagt er.

Sie stellt sich unter die Händetrockner in der Damentoilette, denn sie mag es, wenn die Luft durch ihre Haare bläst, so als würde sie auf dem Highway den Kopf aus dem Autofenster halten, oder als wäre sie Superman, der um die Erde fliegt. Woher weiß der Händetrockner, dass er anfangen soll zu blasen, wenn man die Hände ausstreckt? Das ist faszinierend, aber den Frauen auf der Toilette fällt das gar nicht auf, sie starren nur voller Angst in den Spiegel, um herauszufinden, was mit ihnen nicht stimmt, bevor andere es tun.

Sie hockt sich hinter die Pflanzen am Rande des Kaufhaus-Cafés und sieht zu, wie der Dampf aus den Kaffeebechern aufsteigt. Der Mann, der aussieht wie der Nikolaus, und die Frau mit den knallroten Wangen beugen sich einander über ihre Kaffeetassen entgegen. Sie sagen nichts, aber der Kaffeedampf küsst ihre Gesichter und tanzt um ihre Köpfe. Ein anderer Mann isst, ohne seine Frau anzuschauen, und der Dampf seines Kaffees beschreibt in der Luft die schönsten Formen. Millie hat solche Formen noch nie gesehen. Ob es noch mehr Formen gibt, die man erfinden kann? Der Mann mit den schreienden Kindern hat einen Kaffee vor sich, der ein- und ausatmet, mit langen, erschöpften Seufzern.

In der Ecke sitzt ein Mann mit einem Baumborkengesicht. Er trägt rote Hosenträger und einen lila Anzug und hält seine Kaffeetasse mit beiden Händen fest, so als wolle er sie daran hindern, davonzufliegen. Eine Fliege lässt sich auf der Pflanze vor Millie nieder. *Wie es wohl wäre, wenn alles fliegen könnte?* flüstert sie ihren Gummistiefeln zu, während sie zusieht, wie die Fliege federnd von Blatt zu Blatt schwebt. Das Abendessen könnte einem direkt in den Mund fliegen, und der Himmel könnte mit Bäumen übersät sein, und die Straßen könnten die Plätze tauschen, aber manche Leute würden sicher seekrank werden, und Flugzeuge wären nichts Besonderes mehr.

Der Mann mit dem Baumborkengesicht pustet so doll auf seinen Kaffee, dass die Flüssigkeit über den Tassenrand schwappt und der Dampf sich in der Mitte teilt. Die eine Hälfte schießt vorwärts, die andere steigt nach oben. Der Mann starrt ein paar Minuten lang tief in die Tasse und pustet dann erneut.

Er steht auf. Er muss beide Hände auf den Tisch legen und sich mit aller Kraft hochstemmen. Er geht direkt an Millie vorbei, und sie versucht, seinen Blick aufzufangen, aber er schaut nicht hoch. Die Fliege folgt ihm, surrt um seinen Körper herum. Er streckt eine Hand aus und lässt sie auf seinen Oberschenkel klatschen. Die Fliege fällt zu Boden.

Millie krabbelt auf allen vieren zu der Fliege hin und nimmt sie in die Hand. Sie hält sie sich vors Gesicht, schließt die Hand zur Faust und steht auf, um dem Rücken des Mannes mit dem Baumborkengesicht nachzublicken, während er aus dem Café und durch den Hauteingang nach draußen schlurft.

Millie holt ihren Rucksack unter der Gigantischen Damenunterwäsche hervor. Sie nimmt ihr Schraubglas-für-alle-Fälle heraus, macht den Deckel auf und legt die Fliege vorsichtig hinein. Dann schraubt sie das Glas wieder zu und holt ihr Buch der Toten Dinge und ihre Filzstifte aus dem Rucksack. *Nummer 29*, schreibt sie. *Fliege im Kaufhaus*. Durch das Papier schimmert falsch herum *DAD* in Großbuchstaben durch. Sie klopft mit dem Filzstift an ihre Gummistiefel. Nimmt das Glas in die Hand und hält es sich vors Gesicht. Durch den Spalt zwischen den Wäscheteilen schaut die männliche Schaufensterpuppe von der anderen

Seite des Ganges zu ihr herüber. Der Typ trägt ein knallblaues Hemd mit gelben Palmen darauf. Seine Augen wirken durch das Glas riesig, als befänden sie sich nur Zentimeter von ihrem Gesicht entfernt. Sie verschiebt ein Paar Unterhosen, damit sie nur noch seine Knie sehen kann.

Millie umklammert fest das Glas, während sie den ganzen Nachmittag nach goldenen Schuhen Ausschau hält. Und als aus dem Nachmittag Abend wird und die letzte Tür schnappend zufällt und alles dunkel wird – die Luft, die Geräusche, die Erde –, fühlt es sich an, als würde die ganze Welt geschlossen. Millie drückt das Gesicht ans Fenster, legt die Hände um die Augen und sieht zu, wie Leute mit anderen Leuten zu ihren Autos gehen, mit Ehemännern und Ehefrauen, Freundinnen und Freunden und Kindern und Großmüttern und Töchtern und Vätern und Müttern. Und sie fahren alle davon, jeder einzelne von ihnen, bis der Parkplatz so leer ist, dass Millie die Augen wehtun. Sie kriecht zurück unter die Gigantische Damenunterwäsche und holt ein Sandwich aus ihrem Rucksack. Während sie es isst, betrachtet sie durch den Spalt zwischen den Wäscheteilen die Schaufensterpuppe. Der Typ erwidert ihren Blick. *Hallo*, sagt sie flüsternd. Das einzige andere Geräusch ist das leise Summen der Lampen in den Ausstellungsvitrinen.

DER ZWEITE TAG DES WARTENS

Früher hat Millie geglaubt, man würde immer in seinem eigenen Bett aufwachen, egal, wo man einschlief. Sie schlief am Tisch ein oder bei den Nachbarn auf dem Fußboden oder auf dem Karussell auf der Kirmes, und wenn sie aufwachte, lag sie unter ihrer eigenen Bettdecke und sah die Decke ihres Zimmers. Aber eines Nachts wachte sie auf, als sie gerade vom Auto ins Haus getragen wurde. Sie schaute ihren Vater mit halb geschlossenen Augen an. *Du bist das also die ganze Zeit gewesen*, flüsterte sie in seine Schulter.

Am *Zweiten Tag des Wartens* wacht Millie von dem Klacken näher kommender Stöckelschuhe auf. Sie hat sich im Laufe der Nacht ausgebreitet, und ihre Füße schauen jetzt unter dem Kleiderständer hervor. Sie zieht die Knie an die Brust, hält den Atem an und schaut zu, wie die Stöckelschuhe an ihr vorbeigehen. *Klickklack, klickklack, klickklack*. Die Schuhe sind glänzend schwarz, und vorne schauen rot lackierte Zehen heraus, wie Marienkäfer, die versuchen, hineinzukrabbeln.

Warum sollte ihre Mum sie die ganze Nacht unter der Damenunterwäsche sitzen lassen?

Millie hält sich den Bauch und späht durch den Spalt zwischen der Wäsche. Sie weiß, warum ihre Mum sie vielleicht dort gelassen hat, aber sie will nicht darüber nachdenken, also lässt sie es sein. Der Puppenmann schaut sie immer noch an. Millie winkt ihm zu. Es ist ein vorsichtiges Winken, bei dem ihre Finger einer nach dem anderen einknicken, bis sie eine Faust macht. Sie weiß noch nicht genau, ob sie sich mit dem Puppenmann anfreunden will. Sie zieht ihre Gummistiefel an, kriecht unter der Unterwäsche hervor und betrachtet das Schild, das sie gestern Abend am Kleiderständer angebracht hat.

Hier bin ich, Mum.

Sie reißt es ab, faltet es zusammen und schiebt es in ihren Rucksack. Der Mann mit dem Baumborkengesicht kommt auf sie zu. Er schlurft den Gang entlang direkt an ihr vorbei auf das Café zu. Millie geht hinterher und beobachtet ihn von ihrem Platz hinter den Topfpflanzen. Als er sich setzt, sieht es aus, als würde es ihm wehtun. Er starrt seinen Kaffee an. Millie geht zu ihm und legt ihre Hand auf seine Hand.

Hast du schon mal Hühnchen im Eimer serviert bekommen? fragt sie.

Der Mann schaut zuerst ihre Hand und dann sie an. *Ja*, antwortet er, zieht seine Hand weg und trommelt mit den Fingern auf den Tisch.

Und? fragt Millie und setzt sich auf den Stuhl ihm gegenüber. *Wie schmeckt es?*

Genau so wie es klingt, sagt er.

Millie kaut an ihrer Unterlippe. *Kennst du viele Leute, die tot sind?* fragt sie.

Alle, sagt er und schaut in seinen Kaffeebecher.

Alle?

Ja. Und du? fragt er, immer noch mit den Fingern auf den Tisch trommelnd.

Ja. Neunundzwanzig tote Dinge, sagt sie.

Das sind viele.

Jupp.

Er beugt sich vor. *Wie alt bist du?* fragt er.

Millie verschränkt die Arme. *Wie alt bist du denn?* fragt sie.

Ich hab zuerst gefragt.

Wir sagen es gleichzeitig.

Siebenundachtzig.

Sieben.

Er lehnt sich wieder zurück. *Sieben?*

Millie nickt. *Einhalb. Eigentlich fast acht.*

Du bist jung.

Du bist alt.

Die Grübchen in seinen Wangen werden lebendig. *Deine Stiefel passen zu meinen Hosenträgern*, sagt er und trommelt mit den Fingern an seine Hosenträger.

Deine Hosenträger passen zu meinen Stiefeln. Millie betrachtet seine Hände. *Warum trommelst du beim Sprechen mit den Fingern?*

Ich trommle nicht, sagt er, während er weitertrommelt. *Ich tippe.*

Was tippst du denn?

Alles, was ich sage.

Alles, was du sagst?

Alles, was ich sage.

Und was ist mit dem, was ich sage?

Das nicht.

Willst du das noch essen? sagt sie und zeigt auf ein Muffin.

Er schiebt ihr den Teller hin.

Millie stopft sich das Muffin in den Mund. *Warum trinkst du deinen Kaffee nicht?* sagt sie mit vollem Mund und schiebt den Kaffee näher zu ihm.

Ich will ihn nicht. Er schiebt ihn zurück.

Millie legt die Hände um den Becher und beugt sich darüber, sodass sie den aufsteigenden Dampf unter dem Kinn spürt. *Warum hast du ihn dir dann geholt?*

Es ist gut, etwas zum Anfassen zu haben.

Millie lächelt. *Ach so.* Sie zieht die Beine an und legt das Kinn auf ihre Knie. Auf dem Tisch liegt eine lange Reihe kleiner Kunststoffquadrate, jedes etwa so groß wie eine Fingerkuppe. *Was ist das?*

Er zuckt die Achseln.

Weißt du es nicht?

Er zuckt wieder die Achseln.

Millie beugt sich über den Tisch. *Das sind Computertasten*, sagt sie. *Die sehen genauso aus wie die in der Schule.* Sie verschränkt die Arme. *Aber sie sind nicht auf einer Tastatur.*

Ja, sagt er.

Also weißt du es doch, sagt sie.

Das sind lauter Bindestriche. Von verschiedenen Tastaturen. Er beugt sich vor. *Weißt du, was ein Bindestrich ist?*

Vielleicht.

Man setzt ihn zwischen zwei Wörter, um ein Wort daraus zu machen.

Was denn zum Beispiel?

Zum Beispiel ... Er überlegt kurz.

Traurig-froh? sagt Millie.

Nicht ganz.

Hungrig-müde?

Nein, sagt er. *Wie zum Beispiel rot-weiß. Oder heiß-kalt.*

Aber nicht fröhlich-traurig.

Nein.

Oder hungrig-müde.

Nein.

Warum hast du so viele davon? Es sind wirklich eine ganze Menge, fein säuberlich aufgereiht.

Ich sammle sie.

Warum?

Irgendwas muss man ja sammeln.

Millie denkt an ihr Buch der Toten Dinge. *Ich sammle Tote Dinge*, sagt sie.

Er nickt.

Sie erwidert seinen Blick, während sie einen Zeigefinger vorstreckt und eine der Tasten verschiebt. Sie hängt jetzt schräg über den anderen, wie mitten im Rückwärtssalto. Borkengesicht rührt sich nicht. *Die kommen auch zwischen Zahlen vor*, sagt sie. *Nicht nur zwischen Wörtern.* Sie schnippt gegen eine weitere Taste, die über den Tisch schliddert und an der Kante liegen bleibt. Er atmet tief ein und sieht zu, wie sie ins Wackeln gerät und dann in seinen Schoß fällt.

Lass das, sagt er, hebt die Taste auf und legt sie zurück in die Reihe.

Woher hast du die alle?

Ausgeliehen.

Und von wem? Millie entdeckt einen Schraubenzieher, der aus seiner Jackentasche hervorschaut.

Er legt eine Hand über den Schraubenzieher, um ihn vor Millies Blick zu verbergen. *Alte Leute werden nie verdächtigt,* sagt er mit einem halben Lächeln. *Wir sind sozusagen unsichtbar.*

Wie heißt du?

Karl der Tasttipper. Und du?

Nur Millie.

Wo ist deine Mum, Nur Millie?

Sie kommt gleich. Sie trägt goldene Schuhe. Genau in dem Moment, als sie *goldene Schuhe* sagt, spürt Millie, wie Punkt zwei an der Schnur zieht und zerrt, und sie hält sich den Bauch. Sie rutscht auf ihrem Stuhl herum und stellt das Glas mit der Fliege auf den Tisch. *Du hast gestern ein Totes Ding gemacht.*

Karl nimmt das Glas in die Hand und betrachtet es eingehend. *Tatsächlich?* sagt er und tippt an das Glas.

Millie nickt. *Ich werde sie beerdigen.*

◆

Die erste Beerdigung, die Millie je abgehalten hat, war für eine Spinne, die ihr Dad mit einem Schuh erschlagen hatte. Ihre Mum war von einem Bein aufs andere gehüpft und hatte gesagt: *Wenn du diese Spinne nicht zu Brei schlägst, Harry, dann schlag ich dich zu Brei.* Da stand ihr Dad aus seinem Sessel auf, zog einen Schuh aus und klatschte ihn an die Wand.

Eins.

Zwei.

Drei.

Vier.

Die Spinne glitt an der Wand hinab und landete auf dem Fußboden. Ihr Dad hob sie an einem Bein hoch, warf sie vor die Haustür, setzte sich wieder hin und schaute weiter fern. Er zwinkerte Millie vom anderen Ende des Zimmers zu. Millie konnte sich nicht überwinden, zurückzuzwinkern.

Sie sah zu, wie ihr Dad drei komplette Sendungen anschaute, ehe sie etwas sagte.

Können wir die Spinne beerdigen? sagte sie, während der Abspann lief. *So wie Oma?*

Beerdigungen sind nur für Menschen, Mills, sagte er, während er von einem Sender zum nächsten zappte. *Und vielleicht noch für Hunde.*

Was ist mit Pferden?

Auch für Pferde, sagt er, während ein Kricketspieler ihm Vitamine verkaufen wollte.

Katzen?

Ja.

Schlangen?

Nein.

Warum?

Darum. Auf dem Bildschirm wand sich ein Auto eine wunderschöne Bergstraße hinauf. Die ganze Familie lächelte einander an. Alle hatten glänzende Zähne.

Bäume?

Nein.

Warum?

Darum.

Tausendfüßler? Planeten? Kühlschränke?

Millie! sagte er. *Menschen. Große Tiere vielleicht. Sonst nichts.*

Warum?

Sonst gäbe es ja den ganzen Tag lang Beerdigungen. Jeden Tag. Und das geht nicht.

Warum?

Weil es noch anderes zu tun gibt, sagte er, während der Mann im Fernsehen Millie in die Augen schaute und ihr Informationen über Handys zurief.

An jenem Abend packte sie einen Rucksack mit allem, was sie brauchte, holte ihre Taschenlampe unter dem Bett hervor und schlich sich durch die Haustür nach draußen. Sie entdeckte die Spinne auf dem Rasen neben der Auffahrt und hob sie mit beiden Händen auf. Sie sah jetzt anders aus, kleiner und leichter, von der Sonne getrocknet. Der Nachtwind wehte um Millies Hände, und dadurch kitzelte die Spinne in ihrer Handfläche.

Ein Windstoß fegte die Spinne mit einem heftigen *Wuschsch* aus ihrer Hand. Millie rannte hinterher und behielt sie hoch über ihrem Kopf im Auge. Vor dem Sternenhimmel flog sie durch die Luft, über den Vorgarten hinweg, hinaus auf die Straße, dann auf die andere Straßenseite und weiter die Straße entlang bis zu einem unbebauten Grundstück. Ihre Umrisse leuchteten im Mondschein. Die ganze Nacht schien von mondbeleuchteten, weit entfernten Spinnen erfüllt zu sein, die an den schwarzen Himmel gepinnt waren.

Dann verstummte der Wind so plötzlich, wie er gekommen war, und die Spinne fiel wie eine Sternschnuppe zu Boden.

In der Mitte des unbebauten Grundstücks ragte ein Baum empor. Es war der größte Baum, den Millie je gesehen hatte, noch viel größer als ihr Dad. Sie steckte die Spinne in ihren Rucksack und kletterte bis ganz nach oben in die Krone. Der Mond erschien ihr so nah, dass sie ihn fast auf ihrer Fingerspitze tanzen lassen konnte. Sie setzte sich mit gespreizten Beinen auf einen Ast, lehnte sich mit dem Rücken an den Baumstamm und holte aus ihrem

Rucksack die Spinne, ein altes Marmeladenglas, eine Rolle Bindfaden, ein Teelicht, Streichhölzer und ein Stück Pappe.

Millie schaute die Spinne noch einmal an und legte sie dann in das Marmeladenglas, auf ein Polster aus Papiertaschentüchern. Sie zündete das Teelicht an und setzte es ebenfalls hinein, dann wickelte sie ein Stück Schnur um den Rand des Glases, machte an einem Ende einen Knoten und fädelte das andere Ende durch das Loch in dem Pappschild. Sie band die Schnur um den Ast des Baumes. Das Glas baumelte dort wie eine Laterne und schaukelte ein bisschen, wenn sich der Baum bewegte. Auf dem kleinen Pappschild stand in ihrer schönsten Schreibschrift *Spinne ? – 2011.*

Millie fuhr mit den Fingern über den Strich zwischen dem Fragezeichen und Spinnes Todesjahr. Hin und her, hin und her. Es war seltsam, dachte sie, dass dieser Strich – dieser lange, gerade Strich – alles war, was von ihrem Leben übrig war.

KARL DER TASTTIPPER

WAS KARL ÜBER BEERDIGUNGEN WEISS

Karl hatte nie mit Evie über ihre Beerdigung gesprochen. Warum auch? Es fiel ihm zu schwer, die Worte über die Lippen zu bringen. Sie lagen ihm wie Blei im Mund. Er wollte einfach, dass sie lebte, während er lebte, und damit basta.

Also organisierte sein Sohn alles für ihn, während Karl damit beschäftigt war, sich daran zu erinnern, wie man aufstand, sich die Zähne putzte, die Haare scheitelte und kaute. Die Beerdigung selbst war lang, schleppend und eintönig gewesen. Ehe die Trauerfeier begann, wurde Karl unablässig von Menschen umarmt, die er kaum kannte. Er achtete darauf, dass sich seine und ihre Wangen nicht berührten. Es fühlte sich falsch an, seine Hände auf den Rücken einer Person zu legen, die nicht seine Frau war.

Karl saß in der ersten Reihe, beäugte den Sarg und atmete nur ganz flach. Es kam ihm seltsam vor zu atmen, wenn sie es nicht mehr konnte. Auf dem Sargdeckel war ein Blumenberg explodiert. Er wünschte mit aller Kraft, der Sarg möge aufgehen und

Evie würde herausspringen: *Überraschung!* Sie würde einen großen Satz über die Blumen machen müssen.

Wenn das ein Streich ist, flüsterte er, *werde ich dir nicht böse sein.*

Er weiß noch, wie er bei einer der Trauerreden aufgestanden war. Es war die Rede der einzigen früheren Arbeitskollegin von Evie, die noch lebte. Sie starben alle weg, all ihre Freunde, wie auf einem Schlachtfeld: Sie fielen im Supermarkt oder auf dem Golfplatz tot um; siechten in Pflegeheimen und Krankenhäusern langsam dahin. Aber diese Frau lebte noch, sie stand wie ein Gottesgeschenk am Rednerpult, und Karl dachte, *Ich wünschte, sie wäre tot.*

Er ging auf den Sarg zu. *Evie*, flüsterte er, umkreiste ihn und fuhr mit den Fingern an den Kanten entlang. Um ihn herum war Gemurmel, aber es hörte sich an, als seien die anderen meilenweit weg. Er presste sein Gesicht an den Kiefernholzdeckel. Schloss die Augen. Atmete tief ein. *Evie*, flüsterte er wieder, die Lippen auf das Holz gedrückt. Er musste es wissen. Er fasste unter den Sargdeckel. Und hob ihn schwungvoll hoch.

Sie lag dort und war tot, so viel war sicher; ihr Gesicht wirkte so steinern, wie er es noch nie gesehen hatte, aber er konnte seine Hände einfach nicht vom Rand ihres Sarges lösen. Nicht als der Priester ihn am Ärmel zupfte, nicht als ein Windstoß durch die offene Tür hereinkam, nicht als der Sargdeckel so dramatisch und kraftvoll zuschlug, dass er ihm die Finger zerquetschte. Karl spürte den Schmerz nicht, denn es war schon überall Schmerz.

Und er wollte es tippen, aber man ließ ihn nicht, denn jemand hielt seine Hände fest, um das Bluten zu stoppen, deshalb schrie er es einfach hinaus, schrie, so laut er konnte.

ICH BIN HIER, EVIE. ICH WERDE IMMER HIER SEIN.

MILLIE BIRD

Bei dir fehlen ein paar Fingerspitzen, sagt Millie, als sie Karls Hand ergreift und mit ihm das Café verlässt.

Ja, antwortet er und tippt in ihre Hand. *Das stimmt.*

Sein Mund verzieht sich zu dem Strich, der bei Erwachsenen bedeutet, dass sie im Moment auf keinen Fall weiter über das angesprochene Thema reden werden, vielleicht sogar nie. Also bewahrt Millie ihre Fragen in ihrem Innern auf und schiebt sie an den Ort, der sich Sachen für später merkt. Während sie Karls Hand hält, reibt sie die Stümpfe seiner Finger. Hat er so doll an den Nägeln gekaut, dass er die Fingerspitzen gleich mit abgebissen hat? Hat eine Mäusefamilie sie abgefressen, als er schlief? Oder hat sie ihm jemand abgeschlagen, weil er nicht getan hat, was er tun sollte? Millies Mum hat ihr einmal damit gedroht, erinnert sich Millie, als sie mit den Fingern auf ihren Teller getrommelt hat, während Dancing with the Stars lief. *Ich reiß sie dir aus*, hatte ihre Mum gesagt, ohne sich zu ihr umzudrehen. *Leg dich lieber nicht mit mir an.* Und das hatte Millie nicht getan – sie hatte gar nicht vorgehabt, sich mit ihr anzulegen –, und sie hatte sich vorsichtshalber auf ihre Finger draufgesetzt, damit sie sich nicht heimlich mit irgendjemandem anlegen konnten.

Millie führt Karl zu der Gigantischen Damenunterwäsche, schüttelt seine Hand ab und kriecht unter den Ständer. Sie schiebt ein paar Unterhosen beiseite, damit Karl hineinschauen kann.

Was machst du da unten, Nur Millie? fragt er.

Hab ich dir doch gesagt, sagt sie und schraubt den Deckel vom Marmeladenglas auf. Sie öffnet den Reißverschluss ihres Rucksacks und zieht ihr Beerdigungs-Federmäppchen hervor. Daraus nimmt sie ein Teelicht und Streichhölzer. Sie starrt sie an. Schließlich hält sie Karl die Sachen hin. *Machst du das bitte?*

Er blickt sich um. *Meinst du wirklich, wir sollten ein Feuer machen?*

Ja, sagt sie.

Karl scheint über diese Antwort nachzudenken, dann nickt er. Millie sieht zu, wie der Docht Feuer fängt, und hält sich den Bauch. Sie beißt die Zähne zusammen und versucht, nicht an Den Abend vor dem Ersten Tag des Wartens zu denken. Sie versucht, ihn in den Teil ihres Kopfes zu schieben, der sich an gar nichts erinnert. Sie reicht Karl das Glas. *Hier rein, bitte*, sagt sie.

Karl senkt die Kerze vorsichtig in das Glas und reicht es dann wieder Millie. Sie bindet das Glas an den Kleiderständer. Die Fliege baumelt jetzt hinter einer Reihe fleischfarbener Wäscheteile.

Du musst etwas sagen, sagt sie zu Karl.

Ich? sagt Karl und zeigt auf sich selbst.

Ja, du, sagt Millie und zeigt auf ihn, während er auf sich selbst zeigt. *Du bist es gewesen. Du hast ein Totes Ding gemacht. Tut es dir nicht leid?* Ihr Kopf löst sich von ihr ab, und sie schaut ihrem Dad zu, wie er mit seinem Schuh die Spinne erschlägt. Hat es ihm leidgetan?

Natürlich, sagt Karl und legt die Hände auf seine Hüften.

Natürlich, sagt er noch einmal. *Aber*, sagt er und holt tief Luft, *es ist eine Fliege.*

Ja. Millie nickt. *Da hast du recht. Es ist eine Fliege.*

Karl schaut zu Millie hinunter.

Millie schaut zu Karl hoch.

Karl seufzt. *Was soll ich denn sagen?*

Was wünschst du dir denn, was auf deiner Beerdigung gesagt werden soll?

Karl starrt auf seine Füße. *Ich glaube kaum, dass da überhaupt jemand etwas sagen wird.*

Tja, sagt Millie und verschränkt die Arme, *jedenfalls musst du etwas sagen.*

Wieso kennst du dich mit diesen Dingen so gut aus?

Wieso du nicht? sagt sie.

EINE TATSACHE ÜBER DIE WELT, DIE MILLIE GENAU WEISS

Alle wissen alles darüber, wie man geboren wird, aber niemand weiß irgendetwas darüber, wie es ist, tot zu sein.

Darüber hat Millie sich schon immer gewundert. In der Schule gibt es Bücher mit Bildern von Mums, die durchsichtige Bäuche haben, und Millie wollte schon immer einmal das T-Shirt einer schwangeren Frau hochheben, um zu sehen, ob es tatsächlich stimmte, dass der Bauch durchsichtig wird, wenn man schwanger ist. Sie findet das sinnvoll, damit das Baby sich an die Welt gewöhnen kann, bevor es in ihr lebt; ähnlich wie im Glasbodenboot; denn sonst, was für ein Schock! Wie erschreckend wäre die Welt, wenn man nicht wüsste, dass sie auf einen zukommt. Millie hat auch die Bücher mit den Comicfiguren angeschaut, die sich so sehr lieben, dass der Mann der Frau einen Fisch schenkt, und der

Fisch kriecht in die Frau hinein und legt Eier, die sich dann in ein menschliches Baby verwandeln. Sie weiß, dass das Baby da rauskommt, wo man pinkelt, aber davon hat sie noch keine Bilder gesehen. Wenn Millie im Meer schwimmen war, sucht sie ihr Pipi immer genau nach Babys ab. Nur. Für. Alle. Fälle.

Die Erwachsenen wollen, dass sie über diese Sachen Bescheid weiß, sonst hätten sie ihr die Bücher nicht gegeben. Aber keiner hat ihr je ein Buch über Tote Dinge gegeben. Was gibt es da zu verheimlichen?

◆

Also gut, sagt Karl. *Die Fliege, von vielen geliebt und unvergessen.* Er räuspert sich. *God save our gracious Queen*, singt er, so leise, dass Millie ihn kaum hören kann.

Lauter, sagt Millie, und er gehorcht: *Long live our noble Queen, God save the Queen.* Millie betrachtet durch den Spalt in der Unterwäsche die vorbeigehenden Füße, während er singt. Manche werden beim Näherkommen schneller, andere verlangsamen ihre Schritte. Ein Paar Schuhe bleiben stehen. *Send her victorious,* er schmettert jetzt förmlich, und seine Grübchen werden wieder lebendig, *happy and glorious, long to reign over us.* Karl hebt mit großer Geste die Arme, seine Finger tippen in der Luft. *God save the Queen.* Er verbeugt sich. Die Schuhe – breit, schwarz, klobig – stehen immer noch dort im Gang; ein Fuß klopft ungeduldig auf den Boden. Millie zieht die Beine dicht an ihre Brust.

Sind Sie jetzt fertig, Sir? sagt eine Frauenstimme.

Karl schaut in die Richtung der Schuhe. Seine Augen weiten sich. *Ja, danke, Sir. Ich meine, Lady! Ich meine, Ma'am.*

Zwei Arme packen Karl, schieben ihn den Gang entlang, und die Frau sagt: *Gehen wir*, und Karl sagt, *Verzeihung, Sir. Ich mei-*

ne, Ma'am. Ma'am! Tut mir schrecklich leid, ich wollte das nicht sagen. Ich wollte auf keinen Fall andeuten, dass Sie auch nur die geringste Ähnlichkeit mit einem Mann haben.

Millie presst ihren ganzen Körper an die Stange in der Mitte des Kleiderständers. Karl sagt, *Sie sind ausgesprochen damenhaft, ehrlich.* Und dann *Verzeihung*, immer wieder, bis sie ihn nicht mehr hören kann. Eine Frau in der Nähe sagt, *Was soll das ganze Tamtam?* Millie formt mit den Lippen das Wort *Tamtam*, während sie die Beerdigungssachen wieder einpackt. Sie zieht den Rucksack nah zu sich heran und macht sich so klein wie möglich, wie Babys es machen, wenn sie noch in den Bäuchen ihrer Mums festsitzen. Sie drückt ihr Gesicht an die Metallstange. Sie fühlt sich kalt an ihrer Wange an. Das Glas mit der Fliege schaukelt im eingebildeten Wind hin und her, und das Kerzenlicht erzeugt dabei Schlieren, die verschwinden und wieder auftauchen. Millie fährt mit dem Finger durch die Luft, und sie fühlt sich nach nichts an, aber sie hält alle am Leben.

Wie kann sich so etwas nach nichts anfühlen?

Durch den Spalt in der Unterwäsche schaut der Puppenmann sie immer noch an, und sie erwidert den Blick. Es gefällt ihr, wie er sie die ganze Zeit anschaut. Es gibt ihr das Gefühl, er wird nicht zulassen, dass die klobigen Schuhe auch Millie mitnehmen.

Millie bleibt in dieser Position sitzen, bis es wieder Nacht ist im Kaufhaus. Ihre Füße schwitzen in den Gummistiefeln. Ihre Knie kleben aneinander. Die Kerze im Glas brennt immer noch, aber nur gerade eben, und durch die flackernden Schatten sehen die Unterhosen so aus, als wären sie an den Kanten verbunden, als wären sie ein einziges supergigantonormes Paar Damenunterhosen, und dieses Superunterhosenpaar kreist um ihren Kopf, es kommt immer näher, und Millie ist ganz sicher, es wird sich um sie herumwickeln und sie ersticken, und dann geht die Kerze im Glas aus, und Millie atmet viel zu tief, und ihre Wangen sind nass von Tränen. Sie vergräbt das Gesicht zwischen ihren Knien und presst die Augenlider fest zusammen.

Sie hört Schritte und denkt, *Goldene Schuhe, goldene Schuhe, goldene Schuhe,* und ihr Atem ist ganz zittrig, so wie bei alten Leuten, die laut atmen, um zu zeigen, dass sie es noch können, aber es ist gar nicht ihre Mum, denn die Schritte schlurfen über den Fußboden, und Mum geht nicht so. Die Schritte kommen auf Millie zu, und eine Taschenlampe strahlt überall hin, und jetzt trifft das Licht der Taschenlampe auf das Fliegenglas, und die Schritte kommen ganz nah, und die Taschenlampe strahlt immer noch das Glas an, und jetzt haben die Schritte aufgehört, und die Taschenlampe scheint wie ein Spotlight auf die Fliege, wie ein Raumschiff mit Aliens, die versuchen, das Glas zu sich hoch zu beamen, und Millie muss ihren zittrigen Atem anhalten, damit der Lichtstrahl der Aliens sie nicht auch erwischt.

Aber dann sieht sie etwas im Augenwinkel, durch das Licht der Lampe, ein Schimmern hinter den Wäscheteilen, und der Puppenmann schaut sie an, und aus irgendeinem Grund sind seine Augen geweitet, und in Millies Bauch ist etwas, das zieht und zerrt, und es fühlt sich an wie Punkt drei, aber das kann nicht sein, und dann fällt die Puppe irgendwie um, und die schlurfenden Füße rufen *Au!,* und die Taschenlampe fällt auf den Boden, und der Puppenmann liegt auch auf dem Boden, und er schaut sie immer noch an, und die Taschenlampe scheint auf ihn, so als wäre er auf einer Bühne, und Millie spürt, wie unvermittelt ein Lächeln auf ihrem Gesicht erscheint, und sie berührt es mit den Fingern. Am liebsten würde sie auch das Gesicht der Puppe berühren, denn er lächelt sie im Schein der Taschenlampe an.

NOCH EINE TATSACHE ÜBER DIE WELT, DIE MILLIE GENAU WEISS

Es ist wichtig, seine Mutter bei sich zu haben.

Sie bringt einem Jacken und schaltet die Heizdecke ein, bevor man ins Bett schlüpft, und sie weiß immer besser als man selbst, was man braucht. Und manchmal lässt sie einen auf ihrem Schoß sitzen und mit ihren Fingerringen spielen, während Deal or No Deal läuft.

Millies Mum ist ein Wind, der durchs Haus fegt. Ständig wäscht sie Overalls oder bügelt Unterwäsche oder wischt Lampen ab oder telefoniert oder fegt die Auffahrt oder bezieht die Betten. Ihr Haar ist immer verschwitzt und ein bisschen wirr, und ihre Stimme ähnelt einer Geige, sie klingt, als würde sie ständig versuchen, etwas sehr Schweres hochzuheben. Millie ist ihr immer im Weg, so sehr sie auch versucht, es nicht zu sein, deshalb hat sie gelernt, an der Wand oder in der Ecke zu sitzen, oder draußen zu bleiben und sich unter Büschen oder auf Bäumen zu verstecken.

Manchmal, wenn sie ausgehen will, verschwindet Millies Mum überhaupt nicht lange im Badezimmer. Millie horcht an der Tür, und es klingt dort drinnen wie in einer Fabrik, mit all dem Scheppern, Sprühen und Spritzen. Ihre Mum kommt jedes Mal mit geschminkter Haut und einer Zeitschriftenfrisur wieder heraus. Ein süßlicher Geruch folgt ihr wie ein Duftschatten.

Eines Tages, als ihre Mum zu den Nachbarn hinübergegangen war, kniete sich Millie auf den Badezimmerfußboden und machte den Schrank unter dem Waschbecken auf. Dort gab es Sachen zum Ausquetschen und Sachen zum Ausgießen. Alles stand ganz geduldig da. Millie reihte die Sachen nebeneinander auf den kalten Fliesen auf, von klein nach groß geordnet. Sie schaute sich ihr

Publikum aus kosmetischen Produkten lange an. *Ähem*, sagte sie zu ihnen.

Sie nahm einen Lippenstift und malte sich damit die Ohrläppchen an, sie sprühte immer wieder Parfüm in die Luft, nur um den Nebel zu beobachten, und pinselte sich Wimperntusche auf die Wangen und verteilte Rouge auf ihren Fingernägeln. Doch plötzlich stand ihre Mutter im Türrahmen, und Millie versuchte, sich schnell an die Wand zu setzen, um ihr nicht im Weg zu sein, aber sie packte Millie unter den Achseln, setzte sie auf die Badezimmerbank und wischte ihr mit einem Waschlappen das Gesicht ab. Sie bürstete ihr Haar glatt, schminkte ihr die Lippen mit Lippenstift, die Augenlider mit irgendetwas und die Wangen mit irgendetwas anderem. Ihre Mum war ihr ganz nah, und ihre Stimme lächelte, als sie Millie herumdrehte, damit sie sich im Spiegel betrachten konnte. *Siehst du?* Und Millie sah es tatsächlich, sie sah, dass sie eine andere sein konnte, wenn sie wollte. Neu und Verbessert.

◆

Jetzt, an ihrem Zweiten Abend des Wartens, beschließt Millie, sich Neu und Verbessert zu machen. Sie will, dass ihre Mum auf sie zugeht und sagt, *Verzeihung, Madam, ich suche ein kleines Mädchen. Haben Sie es gesehen?* Dann wird Millie ihren Hut abnehmen und sich mit dem Handrücken den Lippenstift abwischen und sagen, *Mum! Ich bin's! Millie Bird!* Und ihre Mum wird sie lachend hochheben und nach draußen zum Auto tragen, und Millie wird dem Kaufhaus zum Abschied zuwinken, *Tschüss Café, tschüss Riesenunterwäsche, tschüss Topfpflanzen, tschüss Karl, tschüss Puppenmann*, und ihre Mum wird mit ihr nach Hause fahren, und dort darf Millie auf der Küchentheke sitzen, während sie das Gemüse fürs Abendessen schnippeln.

Also sucht sie sich das schönste Kleid aus, das sie finden kann – es ist gelb und fühlt sich an, wie eine Wolke sich anfühlen sollte –, und zieht es über ihre Sachen. Sie geht zu der Wand mit dem Make-up, wo kleine schwarze Plastikdöschen an Metallhaken hängen, als wären es Angelköder. Sie wählt die aus, die sie erreichen kann, und trägt sorgfältig Lippenstift, Lidschatten und Rouge auf, wie ihre Mum es ihr gezeigt hat. Um sich im Spiegel zu betrachten, muss sie sich auf einen Stapel Bücher stellen, aber sie schafft es, ohne auch nur einmal herunterzufallen. *Siehst du?* sagt sie zu dem Puppenmann. Sie entdeckt einen roten Schlapphut. Trägt grünen Nagellack auf. Schaut sich die Schuhe an, ist sich darüber im Klaren, dass Mum sie vermutlich an den Gummistiefeln erkennen wird, aber die zieht sie nicht aus, niemals. Sie klebt mit Klebeband vier Matchbox-Autos unter die Sohle jedes Stiefels und skatet darauf durch den Laden.

Sie skatet an den Ständern mit den BHs vorbei; wie viele dort hängen. Aufgereiht wie Soldaten, die drauf warten, zum Einsatz gerufen zu werden. Millies Kopf löst sich von ihr ab und sieht ihre Mum nach dem Duschen mit schlaffem, tropfenden Haar und dampfender Haut. Ihre Brüste hängen wie Wasserbomben an ihrem Körper, und als sie von der Dusche zum Kleiderschrank geht, wackeln sie hin und her und versuchen, sich gegenseitig zu treffen. Ihre Mum sieht, dass Millie sie beobachtet, während sie die BH-Träger über ihre Schultern streift. *Eines Tages wirst du auch welche haben*, sagt sie.

Millie möchte gar keine. Nie. Sie hat mal im Nachttisch ihres Vaters ein paar Zeitschriften gefunden. Die Brüste ragten aus den Körpern der Frauen hervor, als könnte man sie hinten abschrauben, so wie Broschen. Sie sahen unberechenbar aus. Fordernd. Und dann hatte sich eines Nachmittags Die Nackte Frau Die Nicht Ihre Mum War in ihrem Badezimmer versteckt. *Du hast mich nicht gesehen, Kleine,* sagte sie. Millies Blick klebte an ihren

Brustwarzen, als wären es Magneten. Und Millie dachte, *Doch, hab ich.*

Sie skatet in die Spielzeugabteilung, zieht ein Brettspiel nach dem anderen aus dem Regal und reiht sie vor dem Puppenmann auf. Twister ist dabei, und Monopoly, und Wer ist es? und Mausefalle und Dame und Backgammon und Schiffe Versenken und Operation und Scrabble und Hippo Flipp und Vier Gewinnt. Sie kennt von keinem so richtig die Spielregeln, deshalb würfelt sie einfach einmal für sich und einmal für den Puppenmann und bewegt alle Teile, sodass die Schiffe versuchen, die Schlossstraße zu versenken, die Wer ist es?-Leute die Zuschauer bei Mausefalle sind und die Hippos die Damesteine auffressen.

Nachdem du ihm auf den Kopf gehauen hast, bin ich ihm gefolgt, sagt sie zu dem Puppenmann, während sie sich ein BH-Körbchen über den Mund stülpt und die Träger am Hinterkopf zusammenbindet. Aus hygienischen Gründen, erklärt sie ihm, jetzt ein bisschen gedämpft, und denkt an die Krankenhausserien, die ihre Mutter immer guckt. *Er ist da reingegangen*, sagt sie und zeigt auf ein Büro an der Rückwand des Kaufhauses. Sie steckt Scrabble-Buchstaben in den Mann auf dem Operations-Spielbrett. *Er hat sich ein Paket gefrorene Erbsen auf den Kopf gelegt.* Vorsichtig entfernt sie den Buchstaben M aus dem Bauch des Operations-Mannes. *Und dann ist er eingeschlafen. Er hat den Schlüssel in der Tür stecken lassen.* Sie hält den Schlüssel hoch und grinst. *Ich habe abgeschlossen.* Tätschelt dem Puppenmann den Kopf. *Du hast was gut bei mir*, flüstert sie ihm ins Ohr.

Zum Abendessen lädt Millie die Wer ist es?-Leute ein, dazu den Puppenmann, ein Steckenpferd – die Wer ist es?-Leute fühlen sich bestimmt wohler, wenn noch jemand da ist, der nur aus einem Gesicht besteht – und einen Spielzeughund, der genau wie Rambo aussieht. Sie setzt ihre Gäste an den größten Tisch in der Möbelabteilung. Er ist mindestens doppelt so groß wie der Esstisch bei Millie zu Hause, und es sind keine Kaffeebecher-Ringe und keine Wachsflecken darauf, und Millies Name steht auch nicht auf einem der Beine, und die Servietten, Sets, Teller und Schüsseln sind alle weiß und genau gleich.

Millie hievt den Puppenmann auf den Stuhl am Kopf des Tisches und setzt Rambo auf ein Set. Die Leute von Wer ist es? und das Steckenpferd starren sie von der anderen Seite des Tischs an. Es gefällt ihr, dass sie so gucken, als erwarteten sie etwas von ihr. Na schön, sagt sie und skatet davon, um mit einem Arm voller Luftschlangen und bunter Bänder zurückzukehren. Sie wirft sie über den Tisch, wickelt sie um die Stuhllehnen und bindet Schleifen um die Gabeln.

Für ihre Mum deckt sie einen Platz neben dem Puppenmann.

Nur.

Für.

Alle.

Fälle.

Für sich selbst stellt sie einen Stuhl zwischen den Puppenmann und Rambo, streicht ihr Kleid glatt und rückt ihren Hut zurecht. Sie spürt den Blick der Puppe. *Was denn?* sagt sie. *Ihr ist nur etwas dazwischengekommen.* Sie räuspert sich. *Lieber Gott*, sagt sie und faltet die Hände, wobei sie durch halb geschlossene Lider die Schaufensterpuppe ansieht. *Heute Abend servieren wir als Vorspeise Fantasuppe, als Hauptgericht Schlange und Dinosaurier, dazu einen Salat aus Minzblättern und zum Nachtisch Bananensplit. Ich hoffe, du bist damit einverstanden.* Sie füllt ihr Glas mit Traubensaft. *Aber erst mal wollen wir anstoßen.* Sie steht auf und berührt mit ihrem Glas die Gläser all ihrer Gäste. Sie macht es noch einmal, weil es Musik erzeugt, sie macht es immer schneller und skatet dabei um den Tisch, *kling kling kling kling kling*, und dann andersherum, *kling kling kling kling kling.*

Schließlich setzt sie sich auf den Tisch statt auf ihren Stuhl, denn sie ist der Boss, und dann essen alle und reden darüber, dass der Nachbarshund immer wieder große Haufen auf ihren Rasen macht und Mrs Pucker immer sehr ausgefallenes Make-up mit der Post bekommt, es ihr aber rein gar nichts nützt, und Ablett es sicher sehr bereut, dass er den Verein gewechselt hat, denn seine neue Mannschaft spielt wie eine Horde Mädchen. Und die ganze Zeit schaut der Puppenmann sie an, ohne mit der Wimper zu zucken und ohne einen Ton zu sagen.

NOCH EINE TATSACHE ÜBER DIE WELT, DIE MILLIE GENAU WEISS

Sie weiß nicht, wo der Körper von ihrem Dad ist.

Als sie ihren Dad auf dem Friedhof besucht haben, war er in einer winzigen Kiste in der Wand. *Dad ist dafür doch viel zu groß*, sagte Millie.

Es ist eine Zauberkiste, entgegnete Millies Mum.

Und was zaubert sie?

Sie zaubert einfach. Okay?

Darf ich mal reingucken?

Dann funktioniert der Zauber nicht mehr.

Wie beim Weihnachtsmann?

Ja. Genau wie beim Weihnachtsmann.

Sie brachte Perry Lake, einem der großen Jungs in der Schule, der einfach alles wusste, eine Packung Rosinen mit. *Was passiert mit den Körpern von Toten, nachdem sie gestorben sind?*

Er schob sich eine Handvoll Rosinen in den Mund und kaute. *Kommt drauf an*, sagte er.

Worauf?

Darauf, wie viele Packungen Rosinen du hast.

Am nächsten Tag schüttete Millie ihren Schulranzen vor ihm

aus. Ein ganzer Berg Rosinenpackungen fiel heraus. Er machte eine auf und schüttete sich den Inhalt in den Mund. *Sie werden steif.*

Steif?

Jupp. Und kalt.

Kalt?

Jupp.

So wie Plastik?

Er zuckte die Achseln. Kann sein.

Schrumpfen sie auch?

Schrumpfen?

Jupp.

Er warf eine Rosine in die Luft und fing sie mit dem Mund auf. *Die Körper von Toten schrumpfen nicht.*

Millie macht sich gerade über eine volle Schüssel Bananenlutscher mit Schokoglasur her, als ihr der Gedanke kommt. Sie legt eine Hand auf die Hand des Puppenmanns. *Versteh mich nicht falsch*, sagt sie, während sie seine kalte, steife Hand unter ihrer spürt. *Aber.* Sie beugt sich zu ihm hinüber. Seine Augen erwidern ihren Blick, als wäre er nur eine Zeichnung. *Bist du ein Totes Ding?*

DER DRITTE TAG DES WARTENS

Millie sitzt in dem Büro ganz hinten im Kaufhaus. Bei Tageslicht sieht es anders aus. Dort steht ein Schreibtisch mit Stiften und Papier und Büroklammern darauf, alles ordentlich angeordnet, und eine Ablage für Eingänge und eine für Ausgänge, in denen weder

Eingänge noch Ausgänge liegen. Das gelbe Kleid, das sie gestern Abend getragen hat, liegt gefaltet mitten auf dem Schreibtisch. An der Seitenwand hängt ein großer Fernsehbildschirm. Millie spielt an den Rädern der Matchbox-Autos unter ihren Gummistiefeln herum.

Sie schlägt ihr Buch der Toten Dinge auf, legt es flach auf den Tisch und streicht die Seiten glatt. Sie starrt das Bild an, das sie von der Zauberkiste ihres Dad gemalt hat. Der Bindestrich pulsiert ihr entgegen. Als hätte er einen Herzschlag. Sie weiß jetzt über Bindestriche Bescheid. Dass man viele davon in der Tasche bei sich tragen kann. *Harry Bird*, steht auf dem Bild. *1968–2012. Geliebt.* Sie sagt das Wort laut. *Geliebt.*

◆

Von wem? hatte Millie ihre Mutter gefragt. Sie standen Hand in Hand da und schauten die Zauberkiste ihres Vaters an, als wäre sie ein Gemälde.

Von dir, antwortete ihre Mum.

Und dir?

Ihre Mum räusperte sich. *Natürlich.* Millie schaute zu, wie sie ihren Ehering um ihren Finger drehte. Seit dieser Woche trug sie ihn wieder.

Und allen anderen?

Ja, Millie.

Warum steht das dann nicht drauf?

Millie! Sie schüttelte Millies Hand ab, kniete sich auf den Boden und legte den Kopf in die Hände.

Millie rührte sich nicht. *Mum?*

Weil nichts umsonst ist, Millie, sagte ihre Mum. *Nicht mal diese Scheiße hier.* Ihre Mum schaute sie nicht an, als sie aufstand und zum Auto ging. *Komm,* sagte sie. Millie warf noch einen letzten Blick auf die Zauberkiste ihres Vaters, ehe sie ihrer Mutter folgte.

Als Die Damen vom Tennis an dem Abend zu ihnen nach Hause kamen, umarmte eine von ihnen Millie und sagte: *Sein Körper ist nicht mehr da, aber seine Seele ist immer noch bei uns.*

Ist sie in der Zauberkiste? fragte Millie.

Sie ist in dir, sagte die Frau und legte eine Hand auf Millies Brust.

Millie schaute die Hand der Frau an. *Wie ist sie da reingekommen?*

Sie ist schon immer da gewesen.

Was?

Anständige Mädchen sagen nicht ›was‹.

Was?

Anständige Mädchen sagen ›wie bitte‹.

Wie bitte?

Braves Mädchen.

Die Dame vom Tennis stand auf, um Millies Mutter zu umarmen. *Wie bitte?* sagte Millie noch einmal, aber die Frauen hörten sie nicht.

Am nächsten Tag ging Millie in die Milchbar. Während das Mädchen, das dort arbeitete, mit einem Jungen herumalberte, der nicht dort arbeitete, füllte sie ihren Ranzen mit Rosinen und spazierte wieder hinaus.

Was ist eine Seele? fragte sie Perry Lake, nachdem sie ihm die Rosinen gezeigt hatte.

Sie ist wie ein Herz, aber im Bauch, antwortete er.

Wie sieht sie aus?

Wie eine sehr große Rosine. Er beäugte ihren Ranzen.

Sie zog den Reißverschluss zu und hielt ihn hinter ihren Rücken. *Was passiert damit, wenn man stirbt?*

Fällt raus.

Sie fällt raus?

Jupp, wie ein Placebo.

Was ist ein Placebo?

Die fallen aus den Frauen raus. Nachdem sie ein Baby bekommen haben oder so.

Und was machen sie damit?

Sie legen sie ins Gefrierfach und essen sie.

Die Seele?

Nein, die Placebos. Die Seele heben sie auf.

Wo denn?

In irgendeinem anderen Gefrierfach.

Wo ist das?

Von Weitem hörte man die Schulklingel. Kinder rannten in Grüppchen an ihnen vorbei, lachend und kreischend. *Irgendwo,* sagte Perry und rollte die Augen. *Weiß ich nicht. Ich weiß auch nicht* ALLES.

Könnte ich sie haben, ohne es zu wissen?

Perry streckte eine Hand aus. Sie war lang und dünn und knochig. *Na los, gib die Rosinen her,* sagte er.

◆

Die Tür zum Büro wird aufgestoßen, und Millie spürt den Luftzug von der Bewegung, wie ein Vakuum. Millie setzt sich aufrecht hin, klappt ihr Buch zu und schiebt es hinter ihren Rücken. Eine Frau steht im Türrahmen; sie redet gerade mit jemandem, der nicht zu sehen ist.

Heute zum Abendessen bei mir? sagt die Frau leise.

Nein, Helen. Eine Männerstimme. Er klingt ungeduldig.

Nein? Ich koche etwas Mexikanisches!

Ich hab zu tun.

Morgen dann?

Hab zu tun.

Dann melde dich einfach.

Helen. Ich werde den Rest meines Lebens zu tun haben.

Okay, Stan, sagt sie munter, jetzt mit lauterer Stimme. *Dann bring ich dir die Salbe gegen blaue Flecken mit. Damit reiben wir das Ding einfach weg.*

Millie sieht den Rücken des Mannes, als er weggeht. *Du rührst mein Gesicht nicht an, Helen,* sagt er.

Na schön, sagt sie zu seinem entschwindenden Rücken. *Du gibst mir einfach Bescheid, Stan, okay?* Sie dreht sich zu Millie um. Helen ist klein für eine Erwachsene, aber breit, so als hätte ihre Höhe sich zur Seite ausgedehnt. Die Knöpfe an ihrer Bluse klammern sich an den Stoff wie Menschen, die an einer Klippe hängen. Millie schaut auf die Schuhe der Frau. Klein, schwarz, klobig.

So! sagt die Frau, so als könne sie kaum glauben, wie aufregend dieses Wort klingt. Sie lässt sich auf den Stuhl hinter dem Schreibtisch fallen. Ihre Wangen sind rosig und rund. *Da steckst du ja ganz schön in der Patsche, was?* Sie nimmt eine Fernbedienung vom Schreibtisch und richtet sie auf die Wand. Der Fernseher geht an.

Millie erscheint auf dem Bildschirm. Sie ist schwer zu erkennen, und alles ist in Schwarz-Weiß und ohne Ton, aber es ist eindeutig Millie. Sie steht draußen vor der Tür zu diesem Büro. Sie geht zum Fenster und späht hinein. Streckt die Zunge raus. Schnappt sich die Schlüssel aus dem Türschloss und geht weg.

Helen drückt auf Pause. Die echte Millie schaut die Fernseh-Millie an. Es ist ganz schön komisch, sich selbst dabei zuzusehen, wie sie etwas tut, was sie bereits getan hat und nicht mehr ungeschehen machen kann.

Die echte Millie schaut Helen trotzig an. Helen zieht die Augenbrauen hoch. Die echte Millie zieht ebenfalls die Augenbrauen hoch.

WAS MILLIE GESTERN ABEND GEMACHT HAT

Millie kannte den Weg nach Hause, aber sie glaubte, ihre Mum wolle nur sichergehen, dass Millie in der Lage war, Zu Tun Was Man Ihr Sagte, dass sie Ein Braves Mädchen sein konnte. Nach einem Gespräch mit dem Puppenmann beim Abendessen beschloss Millie daher, es ihrer Mum leichter zu machen, sie zu finden. Mit Farben aus der Handwerksabteilung malte sie **HIER BIN ICH MUM** auf die Scheiben der automatischen Türen. Natürlich rückwärts, damit ihre Mum es von draußen lesen konnte. Sie ordnete die Vier gewinnt-Steine so an, dass sie einen nach rechts zeigenden Pfeil ergaben, und stellte das Spiel am Eingang auf. Alle Schaufensterpuppen entlang der Gänge zeigten mit den Armen in die Richtung, in die Millies Mum gehen sollte. Einige hatten Schilder in den Händen. *Hi Mum!* stand auf einem. *Hier entlang!* stand auf einem anderen. *Kleine Essenspause!* schlug die nächste Puppe vor, und Millie legte ihr ein Stück von ihren Fruchtgummis in die geöffnete Hand. Die Wer ist es?-Leute bildeten einen Pfeil, die Monopoly-Häuser zeigten eine Linkskurve an, das Twister-Rad wies geradeaus. Die vierzehn Puppen, die am nächsten an der Unterwäsche standen, hielten je einen Buchstaben fest, die alle zusammen **HIER BIN ICH MUM** ergaben. Die Puppe im Hawaiihemd trug das letzte M. Millie hakte ein paar BHs zusammen und spannte sie wie eine Ziellinie von der Hand der Puppe über den Gang bis zu dem Kleiderständer mit der Gigantischen Damenunterwäsche. Millie schmückte den Weg mit Weihnachtslichtern, die sie auf einem Grabbeltisch entdeckt hatte, und legte sich dann so, dass die Spitzen ihrer roten Stiefel ein bisschen herausschauten, unter die riesigen Wäscheteile, um zu warten.

Aber als die Schuhe auftauchten, waren sie nicht golden.

Gehörst du zu dem Mann? fragt Helen jetzt. *Dem, der gesungen hat?* Sie zieht die Schreibtischschublade auf und fängt an, den Inhalt fein säuberlich auf dem Schreibtisch aufzureihen. Ein Toblerone-Papier. *Er wirkte sehr nett.* Eine leere Saftpackung. *Aber ist er ein bisschen.* Flieges Marmeladenglas. *Ein bisschen.* Zwei Hände voll Lutscherpapier. Das verteilt sie auf dem ganzen Schreibtisch, indem sie es von hoch oben hinuntersegeln lässt, so als wolle sie Millie zeigen, wie Regen geht. *Weich? In der Birne? Nein? Natürlich nicht. Tut mir leid.* Ein Fruchtgummi. *Aber ist er. Schwer von Begriff? Ein bisschen?* Sie beugt sich vor und flüstert, *Zurückgeblieben?* Sie legt ihre Hand auf ihren Mund. *Oh. Natürlich nicht. Tut mir leid. Kaum zu glauben, dass ich das gesagt habe. Ich wollte ihn gar nicht hinauswerfen, es ist nur. Stan hat sehr hohe Ansprüche.* Helen fährt mit den Fingern nachdenklich über den Fruchtgummi. Sie beugt sich vor, in Richtung Tür. *Er ist sehr eigen*, sagt sie laut. Sie lehnt sich wieder in den Stuhl zurück. *Hat dieser Mann, der gesungen hat. Hat er. Vielleicht ein Verlies oder so was?* Sie verschwindet unter dem Schreibtisch, taucht mit einem Stapel Brettspiele wieder auf und stellt sie übereinander auf den Schreibtisch, sodass sie einen wackeligen Turm ergeben. Vier Gewinnt, Schiffe Versenken, Twister, Monopoly. Sie stützt sich mit dem Ellbogen auf den Stapel. *Peitschen und so? Ketten? Er kettet doch niemanden an, oder?*

Wir sind erst seit gestern Freunde, sagt Millie.

Er ist nur ein alter Mann, fährt Helen fort. *Man kann doch ein alter, einsamer Mann sein, der sich mit kleinen Mädchen abgibt, und trotzdem völlig normal. Oder?* Sie beugt sich noch einmal unter den Schreibtisch und steht dann auf, mit Millies Rucksack in der einen und einem offenen Farbeimer in der anderen Hand. *Tadamm!* Die Farbe schwappt über den Rand und tropft auf den Boden. *Es ist die Gesellschaft, verstehst du?* Helen hält inne, stellt den Rucksack und die Farbe auf den Schreibtisch, schiebt den Stapel mit den Spielen zur Seite und setzt sich auf den Rand der Schreibtischplatte. *Ist das da*, sie wackelt mit dem Zeigefinger vor Millies Nase herum, *für ihn? Das Make-up?*

Millie wischt sich mit einer Hand über den Mund. Auf ihrem Handrücken erscheint eine knallrote Schliere, wie Kriegsbemalung. *Ich habe Hunger,* sagt sie.

Oh, Schätzchen, das tut mir leid. Ich hatte Kekse da. Aber Stan, sagt sie wieder zur Tür, *Stan hat sie aufgegessen. Er isst dauernd meine Kekse auf. Wann immer er Lust hat.* Sie wartet, ein Ohr in Richtung Tür gespitzt.

Stan erscheint im Türrahmen, und Helen zuckt zusammen. Millie holt tief Luft. Es ist der Sicherheitsmann von gestern Abend. Er hat ein blaues Auge. Er telefoniert mit seinem Handy, aber er starrt Millie an, ohne mit der Wimper zu zucken, und drückt seine Fingerkuppen in die Schwellung auf seinem Wangenknochen. *Also, ich hatte gerade die Cosby Show auf DVD geguckt und wollte mir was anderes holen, verstehst du,* sagt er zum Telefon. *Wusste ja nicht, dass ich angegriffen werde.* Er starrt Millie immer noch an. *Helen hat mich heute Morgen rausgelassen.* Millies ganzer Körper scheint sich zusammenzuziehen. *Hör mal, Ma, kannst du kurz dranbleiben?* Er legt eine Hand über das Mikrofon. *Du solltest ihr was zu essen besorgen, Helen,* sagt Stan. *Bevor sie kommen.*

Helen springt vom Schreibtisch. *Natürlich,* sagt sie und zieht eine andere Schublade auf. Sie ist ganz rot im Gesicht. *Mentos? Die sind erstaunlich sättigend.*

Bevor wer kommt? sagt Millie.

Ich bin gerade auf Diät, sagt Helen. *Die Atkins-Diät. Ist es die? Oder die vom CSIRO? Man darf an allem riechen, was man essen möchte. Das ist toll.* Sie schaut Stan von der Seite an. *Nicht, dass ich es nötig hätte.* Sie reißt die Rolle Mentos auf, wirft sich zwei in den Mund und legt zwei für Millie auf den Schreibtisch. Millie nimmt sie und kaut sie gierig. *Eine Diät zu machen, meine ich. Ich gehöre nicht zu den Frauen, die sich über solche Sachen Gedanken machen. Es geht mehr darum, mich selbst so zu behandeln, wie ich es verdient habe. Das ist sehr aufbauend.*

Stan rollt die Augen. *Helen,* sagt er. *Besorg ihr was Richtiges, ja? Sie werden bald hier sein. Und sie haben eine längere Fahrt vor sich, also muss sie etwas in den Magen kriegen.* Er schaut Millie noch einmal an, dreht sich um und geht weg. *Nein, es war ein kleines Kind. Ich werde sie nicht anzeigen, Ma. Mum! Werd ich nicht. Die haben sie schließlich hier zurückgelassen, oder? Da wird wohl kaum viel zu holen sein.*

Er ist toll, nicht? Stan? Helen schaut zur Tür hinaus und spuckt die Mentos in ein Taschentuch.

Wer kommt? sagt Millie. Ihr ist übel. *Mum wird bald hier sein,* fügt sie hinzu. *Sie ist nur. Sie hat sich verlaufen.*

Ach, Süße, sagt Helen, wirft das Tuch in den Papierkorb zu ihren Füßen und wischt sich die Hände an ihrer Hose ab. *Bestimmt ist es so.*

Mein Dad ist gestorben. Aber meine Mum wird gleich hier sein.

Ach, Süße. Sie geht um den Schreibtisch herum und kniet sich vor Millie auf den Boden. Sie nimmt Millies Hand und hält sie mit beiden Händen fest. *Woran ist er denn gestorben? Oh, du brauchst darauf nicht zu antworten. Tu's nicht.* Helen spricht so, als sei sie erstaunt über die Worte, die aus ihrem Mund kommen, so als würde jemand anders sie sagen. *Wenn du nicht möchtest. Nur wenn du möchtest. Woran? Ist er gestorben? War er. Ein Spieler? Ein bisschen? War er in irgendwas verwickelt?*

Verwickelt?

Drogen? flüstert Helen.

Im Krankenhaus hat er Drogen bekommen.

War das. Eine Nervenklinik?

Was ist das?

Ach, vergiss es einfach.

Er hatte Krebs.

Ach, Süße. Ich hatte auch mal Krebs. Na ja, zumindest dachte ich das. Schlimme Zeit. Ganz schlimm. Dann stellte sich heraus, dass es nur ein sehr großes Geschwür war.

Meine Mum wird bald hier sein.

Direkt am Hals. Genau hier. Schlimm war das. Was? Natürlich. Süße. Natürlich kommt sie bald.

In Helens Tasche klingelt ein Telefon. Helen springt auf und geht ran. *Ja. Ja. Sie ist hier bei mir. Natürlich, ja.* Sie beendet das Gespräch. *Ach Süße, jetzt kommen sie dich abholen.*

Wer?

Das Jugendamt. Sie gehen ganz toll mit verlassenen Kindern um.

Verlassen?

Sie besorgen dir für eine Weile neue Eltern. Bis sie deine gefunden haben. Durch den Türrahmen beobachtet Helen, wie Stan mit einer jungen Angestellten herumwitzelt.

Aber Mum hat gesagt, ich soll hier warten.

Ich weiß, Süße. Aber. Seufzend geht sie zur Tür, legt die Hand an den Rahmen und schaut zu Stan hinüber. *Manche Leute meinen nicht immer, was sie sagen.*

Millie umklammert hinter ihrem Rücken fest das Buch der Toten Dinge.

Helen dreht sich um und schaut Millie an. Ihr Körper wabbelt unter der Bluse. Die Knopfmenschen klammern sich verzweifelt an die Kliffkante. *Keine Angst, Süße. Sie werden dich gernhaben. Du bist total niedlich. Also, Süße, warte einfach hier. Ja? Versprochen? Ja?* Sie hält inne, und die beiden starren sich an. *Ich hol dir Saft. Und Kekse. Ja?* Ohne auf eine Antwort zu warten, geht sie zur Tür hinaus.

Millie schaut Helen nach, bis sie nicht mehr zu sehen ist. Ihr ist speiübel. Ein Kind geht mit seiner Mutter an der offenen Bürotür vorbei und schreit, *Ich wollte aber das blaue!* Millie würde ihm am liebsten ins Gesicht schreien, *Ich will aber meine Mum!*

Millie reißt die Matchbox-Autos von den Sohlen ihrer Gummistiefel ab und klettert vom Stuhl. Sie nimmt ihren Rucksack und steckt die Autos ein. Sie schaut kurz zur Tür hinaus. Keine Helen und kein Stan in Sicht. Sie holt tief Luft und rennt, so schnell sie kann, in Richtung Café los. Ihr Rucksack hüpft auf ihrem Rücken auf und ab. Durch den Gang mit den knallbunten Besen, Lappen und Mopps. Vorbei an der Fotoabteilung, wo Leute an hellen Bildschirmen Fotos durchsehen. Vorbei an den CDs und Telefonen und Elektrogeräten. Millie versteckt sich hinter dem Pappmodell einer berühmten Sängerin, als sie Stan sieht. Er blättert die DVDs durch und murmelt dabei vor sich hin. *Kenn ich, kenn ich, interessiert mich nicht, kenn ich,* sagt er. Sein Telefon klingelt. *Ja? Ja, ja, ich komme schon.* Er geht direkt an ihr vorbei, ohne sie zu sehen.

Im Café sitzt Karl auf dem gewohnten Platz. Millie versteckt sich hinter der gewohnten Topfpflanze. Sie entdeckt Helen an der Theke.

Babumm. Babumm. Babumm.

Nur ein kleines Stück Kuchen, bitte, sagt Helen zu dem Mädchen hinter der Theke. *Den Karottenkuchen, bitte. Ja, nur zwei Stückchen, bitte. Ja, bitte, das da. Super, vielen Dank, nur die drei Stücke, das wäre alles.*

Karl, flüstert Millie.

Karl richtet sich auf und dreht sich zu der Pflanze um. *Hm,* sagt er. *Ja?*

Ich bin's, Millie. Sie reckt den Kopf um die Farnbüschel herum.

Nur Millie? Wo bist du gewesen?

Von ihrem Versteck hinter der Topfpflanze aus liefert ihm Millie eine Zusammenfassung der Ereignisse, seit sie ihn zum letzten Mal gesehen hat. *Erst hat mir der Puppenmann das Leben gerettet. Dann habe ich einen Schlüssel geklaut. Dann war der Sicherheitsmann eingesperrt. Dann haben wir zu Abend gegessen. Rambo war dabei. Und das Steckenpferd. Und die Leute von Wer ist es?. Und der Puppenmann. Ich werde ihn dir später vorstellen. Und dann habe ich den Puppenmann gefragt, ob er ein Totes Ding ist. Und dann wollte ich Mum helfen. Und dann hat Helen mir Saft und Kekse angeboten, aber ich habe keins von beiden bekommen. Und dann sollten meine neuen Eltern kommen. Und dann bin ich weggelaufen. Und dann habe ich dich gefunden. Willst du das noch essen?*

Karl reicht ihr sein Muffin. *Ist das alles?*

Das ist alles, sagt sie mit vollem Mund.

Vor wem denn weggelaufen?

Vor der da. Millie zeigt mit dem Finger und duckt sich, während Helen keine zehn Meter von ihnen entfernt mit einem Kunden spricht.

Das ist nicht für mich, sagt Helen. *Ich bin auf Diät. Die North Beach-Diät? Kate Moss macht die auch immer. Man darf so viel Essen anfassen, wie man will.* Karl schaut weg, als Helen an ihnen vorbei zurück in Richtung Büro geht.

Weggelaufen, sagst du? Karl steht auf. *Okay.*

Okay? sagt Millie.

Wir bringen dich hier raus. Jetzt sofort, sagt er laut.

Das Mädchen hinter der Kaffeemaschine blickt zu ihm herüber.

Schscht, flüstert Millie.

Karl setzt sich wieder hin. *Ja. Tut mir leid.* Er winkt dem Mädchen zu.

Aber wir sollten los.

Ja, sagt er und steht wieder auf.

Sie machen sich auf den Weg zu den riesigen Unterhosen und

bleiben dabei immer auf den schmalen Gängen, die zwischen den Hauptgängen verlaufen. Die Schaufensterpuppe im Hawaiihemd schaut zu ihr hinunter. Millie kann nicht wegschauen. *Schnapp ihn dir,* sagt Millie.

Was?

Anständige Männer sagen ›wie bitte‹.

Wie bitte?

Wir nehmen ihn mit.

Den?

Ja.

Warum?

Er hat mir das Leben gerettet.

Karl schaut zuerst Millie an, dann die Puppe, dann wieder Millie. *Mach ich,* sagt er, schon wieder zu laut. *Deine Freunde sind auch meine Freunde.*

Schscht, sagt Millie.

Ach ja. Stimmt. Karl hebt die Schaufensterpuppe hoch und hält sie so, als würden sie schwofen.

Fertig? fragt Millie.

Fertig, antwortet Karl.

Sie schlängeln sich an den Haushaltsgeräten, den Töpfen, den Malbüchern und den Handtüchern entlang. Eine Frau versucht, Karl mit Parfüm zu besprühen, als er an ihr vorbeigeht. Er kichert. Die Eingangstür ist nur noch ein paar Meter von ihnen entfernt – blendend hell erstrahlt sie inmitten von allem anderen. Sie rennen und machen einen ziemlichen Aufstand, aber niemand scheint es zu bemerken, und sie werden es schaffen.

Wir sind unsichtbar, sagt Millie.

Ja, sagt Karl.

Sie schauen sich lächelnd an. Sie werden es tatsächlich schaffen.

Aber dann erblickt Millie die Leute aus Wer ist es?, die zu ihnen hochschauen, und es ist zu spät, um etwas zu sagen, und Karls Fuß bleibt an ihren Gesichtern hängen, und er fällt kopfüber auf den Grabbeltisch mit den Weihnachtslichtern, der mitten im Gang steht. Millie fällt gleichzeitig hin und stößt sich den Kopf an der Kante des Tisches. Karl lässt den Puppenmann auf sie drauf fallen, und ein Bein geht ab und schliddert über den Boden.

Dann die drei Worte, die sie nicht hören will. *Da ist sie.* Helen und Stan und ein Mann und eine Frau in auffälligen, unbequemen Klamotten kommen auf sie zu. Ihre Neue Mum. Ihr Neuer Dad.

Los, komm, Karl, sagt Millie, die aufgestanden ist, sich den Kopf reibt und an seinem Arm zieht. Aber er hat sich vollkommen in den Lichterketten verfangen und macht durch sein wildes Zappeln alles nur noch schlimmer.

Schnapp ihn dir, Stan, sagt Helen und rennt hinter dem Sicherheitsmann her auf sie zu. *Ich glaub, er ist. Ich meine. Ich will ja keine voreiligen Schlüsse ziehen. Aber. Jeder. Nach dem, was ich gesehen habe. Er ist bestimmt. Ganz sicher. Glaube ich.*

Karl schlägt immer noch mit Armen und Beinen um sich, als Stan bei ihnen angekommen ist. Er hilft Karl aus dem Grabbeltisch und hält seinen Arm fest. *Okay, Sie alter Drecksack*, sagt Stan. *Die Show ist vorbei.*

Ach Stan, sagt Helen, die atemlos angelaufen kommt. *Du hast es geschafft.* Sie legt eine Hand auf seinen Oberarm und reißt die Augen auf. *Du bist ja so stark.*

Karl schaut Millie nicht an, aber aus dem Mundwinkel sagt er, *Lauf, Millie, lauf. Ich werd dich schon finden,* und die Wer ist es?-Leute schauen sie an, als erwarteten sie, dass sie etwas unternimmt, also schnappt sich Millie das Bein des Puppenmannes und *unternimmt etwas;* sie schlängelt sich durch den Wald von Menschen, läuft um sie herum und unter und zwischen ihnen hindurch. *LaufMillielauf*, singt sie, während sie, so schnell sie kann, zur Tür hinaus und über den Parkplatz rennt. Im Rennen schaut sie sich noch einmal um, und da steht es noch, in großen Buchstaben, die übereinandergleiten, wenn die Türen sich öffnen und schließen: HIER BIN ICH MUM.

♦

Millie geht den Fußweg zu ihrem Haus hinauf, legt das Puppenmannbein auf der Treppenstufe ab und versucht, die Tür zu öffnen. Sie ist abgeschlossen. Sie holt den Extraschlüssel unter der Fußmatte hervor, schließt auf, überprüft, ob auf der Straße das Polizeiauto zu sehen ist, das nach ihr sucht, und geht dann hinein. Drinnen ist es kalt und dunkel. Sie ist erschöpft, weil sie den ganzen Weg vom Kaufhaus hierher gerannt ist. Von der Tür aus ruft sie, *Mum?*

Millie geht in die Küche. *Mum?* Das Wort hallt von den Wänden wider. Im Waschbecken stapelt sich Geschirr, und im Müll ist irgendetwas, das stinkt. Sie geht ins Wohnzimmer. *Mum?* Das Sofa wirkt riesengroß, so leer, und der Fernseher ist ein großes schwarzes Loch mitten in ihrem Wohnzimmer. Warum ist ihr noch nie aufgefallen, wie groß und schwarz er ist und dass er aussieht, als bräuchte man nur auf einen Knopf zu drücken, und schon würde er das gesamte Haus verschlingen?

Der Bierflaschenkühler ihres Dad steht auf dem Couchtisch. Millie hält ihn in das Licht, das durch das Fenster hereinfällt. Staubkörner tanzen im Sonnenlicht um ihn herum. Sie streicht mit den Fingerspitzen über das Material. Er ist schwarz, und auf der einen Seite ist eine gelbe Landkarte von Australien abgebildet, auf der anderen eine sehr dickbusige Frau im Bikini. Millie streift ihn über ihren Unterarm und reibt ihre Wange daran.

Sie geht ins Zimmer ihrer Eltern. Die Bettseite ihrer Mutter ist ganz zerwühlt. Sie legt sich eine Weile hin und zieht sich die Decke über den Kopf. Auch dort ist es kalt und dunkel. Sie greift mit der Hand auf die Seite ihres Vaters hinüber und schlägt die Decke zurück. Steht auf und presst eine flache Hand an die Tür des Kleiderschranks, so als wolle sie dort einen Handabdruck hinterlassen. Sie schließt die Augen und schiebt die Tür auf. Als sie die Augen öffnet, sieht sie nichts als Drahtbügel. Wie die Schultern von Skeletten.

Sie setzt sich aufs Bett und fährt mit den Fingern durch die Luft, und es fühlt sich nach nichts an, und sie möchte am liebsten sagen, *Tut mir leid, Mum, es tut mir so leid, Mum, tut mir so leid, dass ich getan habe, was ich getan habe.*

EINE TATSACHE ÜBER DIE WELT, DIE MILLIE GENAU WEISS

Tut mir leid ist manchmal das Einzige, was man noch sagen kann.

Was sagt man, wenn jemand stirbt? flüsterte sie ihrem Dad zu, während ihre Mum Deal or No Deal schaute. Die Schwester einer Klassenkameradin war gestorben, und die Lehrerin hatte gesagt, Millie solle eine Karte schreiben.

Mills, Kleines, erwiderte ihr Dad flüsternd. Er hob sie auf seinen Schoß. *Niemand wird sterben.*

Sie runzelte die Stirn. *Alle werden sterben.*

Na ja, sagte er und hielt inne. Er schob die Hände unter ihre Achseln und drehte sie zu sich um. *Na ja. Schon. Aber niemand, den du kennst.*

Alle, die ich kenne.

Aber nicht so bald.

Woher weißt du das?

Ich weiß es eben.

Worüber redet ihr zwei denn da? sagte ihre Mum, während die Werbung im Fernsehen losschmetterte.

Mum, sagte Millie und schaute auf den Hinterkopf ihrer Mum.

Was sagt man seinen Freunden, wenn jemand stirbt, den sie lieben?

Ihre Mum drehte sich um und warf ihrem Dad Einen Blick zu. Sie nahm Millies Hände und beugte sich ganz dicht zu ihr. *Darüber brauchst du nichts zu wissen, Millie, sagte sie. Du bist noch ein Kind. Ein kleines Mädchen. Du solltest, keine Ahnung, mit Puppen spielen. Oder Büro spielen, oder Kaufladen.*

Millie zuckte die Achseln.

Ihre Mum lehnte sich wieder zurück und beäugte sie. *Wer ist denn gestorben?*

Becs Schwester. Aus der Schule.

Im Fernsehen ging Deal or No Deal weiter. *Schick ihr eine Karte*, sagte ihre Mum und wandte sich wieder dem Fernseher zu. *Schreib ihr was Nettes.*

Was denn?

Zum Beispiel – Deal! Spinnt der? Nimm das Geld, du Trottel!

Millies Dad legte eine Hand auf Millies Kopf. Sie fühlte sich gigantisch an. *Schreib Herzliches Beileid oder Tut mir leid.*

Ich kann doch nichts dafür.

Natürlich nicht. Er legte die Arme um sie und drückte ihren Kopf an seine Brust. *Sei einfach nett zu ihr*, sagte er. *Weiter nichts.*

Später, als Millies Dad tot war, saß ihre Mum vor dem Fernseher, den ganzen Tag lang, jeden Tag, und Millie legte eine Hand auf den Arm ihrer Mum und sagte, *Herzliches Beileid.* Und ihre Mum umarmte sie, so fest, dass Millie kaum Luft bekam, und sagte, *Dir auch herzliches Beileid, Millie.*

◆

Und jetzt, als sie aus dem Schlafzimmerfenster ihrer Eltern schaut und die Straße nach dem Polizeiauto absucht, fängt sie den Blick der alten Frau von gegenüber auf. Auch sie schaut aus dem Fenster ihres Hauses. Auch sie, das erkennt Millie, hat jemanden verloren. Millie kann nicht sagen, woran sie es erkennt, aber sie erkennt es. *Herzliches Beileid*, sagt Millie tonlos zu ihr; sie formt die Worte langsam und bedächtig mit den Lippen, die Stirn an die Scheibe gepresst. Die alte Dame starrt sie an. Und zieht dann die Vorhänge zu.

AGATHA PANTHA

Agatha Pantha hatte während ihrer gesamten Ehe versucht, den nackten Körper ihres Mannes zu meiden. Sie fand ihn zu heuschreckenhaft, so mager und gekrümmt, wie er war. Seine Knochen schienen darüber erstaunt zu sein, dass sie da waren, sie stachen unter der Haut hervor, als würden sie nach einem Ausgang suchen. In ihrer Hochzeitsnacht, als er in seiner klammen Art, die ihr schon bald sehr vertraut sein würde, den Reißverschluss ihres Kleides aufzog, erblickte sie seinen Penis, der im Mondlicht glänzte wie ein blankgezogener Säbel. Da wurde ihr endlich klar, warum er immer so ging, als würde er von hinten angeschoben. Der Penis wirkte abnormal groß für seinen Körper. Beim Sex faltete er seinen Körper auseinander und präsentierte sich ihr wie bei einem Zaubertrick. Sie schaute ihn mit verschwommenem Blick an und versuchte, seinen Körper mit den Wänden verschmelzen zu lassen. Er nahm an, es wäre ihr Sexblick, der Blick, den man von dem Moment an, in dem man vermutet, dass so etwas wie Sex existiert, vor dem Spiegel einübt.

Als es vollbracht war und er ins Bad hoppelte, zog sich Agatha die Bettdecke bis unters Kinn und stellte sich vor, wie sein Penis beim Gehen von einem Bein zum anderen schwang, wie ein Orang-Utan, der sich durch den Dschungel schwingt. Als sie so dalag und darauf wartete, dass er zurückkam, empfand sie weder Erstaunen noch Schock, nicht einmal Wut; sie war einfach enttäuscht. Enttäuscht darüber, dass ein Mann, der wie ein Stängel gekochter Spinat auf ihr herumzappelte, das Beste sein sollte, was die Menschheit zu bieten hatte.

Sie erinnerte sich, wie sie erfahren hatte, dass alle Männer so ein monströses Ding zwischen den Beinen hängen haben. Monatelang konnte sie keinen Mann mehr anschauen. Allein das Wissen, von so vielen verborgenen Penissen umgeben zu sein, nervte sie. Sie verstand nicht, wie andere Frauen in so einer Welt leben konnten. Sie fühlte sich umzingelt, in der Falle. Männer gingen auf der Straße an ihr vorbei und sagten mit geradezu überheblicher Selbstverständlichkeit *Hallo*, und alles, was Agatha fertigbrachte, war, zu Boden zu schauen und zu denken, *Er hat einen Penis er hat einen Penis er hat einen Penis.*

Später jedoch, während sie mit ansah, wie der Penis ihres Mannes alt und welk wurde, wie alle Wesen es tun, konnte sie den Männern auf der Straße wieder in die Augen schauen. *Hallo*, gab sie zurück, mit klarem Blick und ruhigen Lippen. Aber sie dachte, *Du tust mir leid mit deinem sterbenden Penis.*

Rons welkender Penis war Agathas erstes Indiz dafür, dass ihr Ehemann langsam alt wurde. Das zweite waren die Haare in seinen Ohren, die sich im Wind wie die Hände Ertrinkender bewegten. Sie schaute hilflos zu, wie die Haare von einer Stelle seines Körpers nach und nach verschwanden und an anderen wiederauftauchten. Das dritte war ein Schlaganfall, durch den er das Gefühl im linken Bein verlor. Er musste beim Gehen seinen Oberschenkel festhalten, um es hinter sich herzuziehen.

Hopp, schleeppp. Hopp, schleeppp. Hopp, schleeppp.

Nummer vier war der Kunststoffbeutel seines Katheters, den er nachts auf dem Nachttisch liegen hatte. Infolgedessen begann für Agatha der Morgen mit dem sanften Glucksen des Urins ihres Mannes, der an die Wände der Katheterblase platschte, wenn Ron sich auf die Toilette schleppte.

Hopp, platsch, schleeppp, platsch. Hopp, platsch, schleepp, platsch.

Eines Morgens fiel ihr auf, dass der Orangensaft das gleiche Geräusch machte, wenn sie ihn zum Frühstückstisch hinübertrug. Sie kaufte ihn nie wieder.

Nummer fünf war die Bildung eines Fettpolsters, das von seinem Kinn bis zum Halsansatz reichte, wie der Hautsack eines Pelikans. Jedes Wort, das er sagte, wurde vom tonlosen Erbeben dieses Fleischlappens unterstrichen, das umso stärker wurde, je lauter er sprach. Er schwabbelte ihr Tag und Nacht entgegen, wurde zu einer ebenso unausweichlichen Konstante in ihrem Leben wie die Sonne. Und genau wie bei der Sonne konnte sie den Anblick kaum ertragen.

Ungefähr um die Zeit hörte sie auf, mit ihrem Mann zu sprechen. Sie grunzte, seufzte, nickte, zeigte, stupste mit dem Ellbogen, sprach aber nie. Es war nicht böse gemeint. Es gab einfach nichts mehr zu sagen. Sie hatten alles besprochen, ihre Vorlieben, Abneigungen, Verschiedenheiten, Ähnlichkeiten, Größe, Gewicht, Schuhgröße. Fünfundvierzig Jahre lang hatten sie sich gestritten, Meinungen ausgetauscht, darüber diskutiert, wie man es am besten anstellte, bei Der Preis ist heiß zu gewinnen. Jetzt konnte sie mit erstaunlicher Treffsicherheit vorhersehen, was er sagen, denken, tun, anziehen oder essen würde. Was dann noch zu sagen blieb – etwa, *Hol's dir selber* –, ließ sich leicht durch Gesten ausdrücken. Und so aßen sie gemeinsam, schliefen gemeinsam, saßen gemeinsam im Wohnzimmer, atmeten gemeinsam – und waren einander doch nie ferner gewesen.

Als ihr Mann starb, kamen die Nachbarn plötzlich unangekündigt vorbei, standen auf der Türschwelle, halb verborgen hinter riesigen, schweren, mit toten Tieren und Mitleid gefüllten Auflaufformen. Ihre Kinder hielten Platten mit Kokosschnitten in den Händen und wirkten fehl am Platze. Sie alle belagerten Agathas Küche, als würden sie eine politische Kampagne führen. Urplötzlich standen sie bei ihr im Hausflur, im Schlafzimmer oder im Badezimmer, so als könnten sie durch Wände gehen, legten den Kopf schief und griffen nach ihr. Wenn sie mit ihr sprachen, waren ihre Gesichter nur Zentimeter von ihrem eigenen entfernt. *Ich weiß, wie das ist*, sagten sie alle, denn Susie/Fido/Henry war letztes Jahr/letzte Woche/vor zehn Jahren auch gestorben, weil sie/es/er Lungenkrebs hatte/überfahren wurde/zwar nicht tot, für sie aber gestorben war, denn er lebte jetzt mit einer Sechsundzwanzigjährigen an der Gold Coast.

Wieso stehen neunzehn Blumensträuße auf meiner Veranda? fragte Agatha auf einem ihrer häufigen Gänge von einem Zimmer ins andere. Niemand antwortete. Die Blumensträuße wirkten wie raffinierte Explosionen von Feuerwerkskörpern, die für immer erstarrt waren.

Phillip Stone aus Nummer sechs brachte ihr eine Tasse Tee, die sie nicht wollte, und legte seine Hand auf ihre Schulter. Er hatte sie noch nie angefasst.

Lass es raus, Agatha, sagte er.

Durch die Wärme seiner Hand fing ihre Haut unter dem Blusenstoff unangenehm zu prickeln an. *Ich habe kein Haustier, wenn Sie das meinen*, erwiderte sie und trat einen Schritt zurück, außer Reichweite.

Sie wollen es nicht wahrhaben, sagte Kim Lim aus Nummer zweiunddreißig. Ihre Nasen berührten sich beinahe. *Haben Sie keine Angst, Ihre Trauer zu zeigen*, fügte sie hinzu. Agatha roch Kokosschnitte in ihrem Atem.

Sie erwischte Frances Pollop aus Nummer zwölf in ihrer Kleiderkammer; sie schwenkte einen Packbandabroller durch die Luft, als wäre es eine Kettensäge. Rons Sachen waren in Pappkartons, die überall herumstanden. Agatha und Frances schauten sich an. Der Packbandabroller wackelte ein bisschen über Frances' Kopf. Nach gut einer Minute machte Agatha kehrt, ging hinaus und schloss die Schlafzimmertür hinter sich.

Und dann waren sie ebenso plötzlich alle wieder weg. Sie hinterließen Schmortöpfe, fremde Gerüche und den Lärm der Stille. Durchs Fenster beobachtete Agatha, wie sie durch ihr Gartentor und dann die Straße entlang zu ihren Häusern gingen. Ihre erleuchteten Fenster waren wie Pupillen. Ihre Briefkästen wie Periskope. Sogar die Blumen in ihren Vorgärten schienen sich im Kreis versammelt zu haben und miteinander zu tuscheln.

Agatha ließ das Licht aus. Die Kartons mit den Sachen ihres Mannes waren an die Flurwände geschoben worden. Sogar im Dunkeln konnte sie erkennen, dass auf jedem HEILSARMEE stand, mit schwarzem Filzstift geschrieben. Jeder Buchstabe war mehrfach nachgemalt worden. Die Kartons waren in der Mitte wild mit Klebeband umwickelt.

In der Küche klingelte das Telefon. Ihr Anrufbeantworter sprang an. *Sie haben die Nummer von Agatha Pantha gewählt*, sagte eine fremde Stimme. *Bitte hinterlassen Sie eine Nachricht.* Das Fehlen seines Namens fühlte sich an wie ein Schwindelanfall.

Agatha? sagte eine andere Stimme. *Sind Sie da?*

Sie wusste darauf keine Antwort.

Agatha stand in ihrem Schlafzimmer und starrte die Hausschuhe ihres Mannes an. Das war jetzt ihre Beschäftigung, sie lief durchs Haus und blieb in den Zimmern stehen. Da spürte sie es, etwas, das versuchte, aus ihrer Kehle herauszuklettern. Agatha hielt sich am Bettpfosten fest und schluckte, immer wieder, bis es wegging. *Das kommt von dem vielen Reden*, sagte sie zu den Hausschuhen ihres Mannes. *Die reden mir das ein*.

Sie setzte sich aufs Bett und bedeckte ihre Knie mit den Händen. *Wie wird man alt, ohne zuzulassen, dass es nur noch Traurigkeit gibt?* Ihre Mutter war einmal jung gewesen, mit geschmeidigen Gliedern und hübschen Fingern, aber dann war sie traurig geworden und in sich zusammengefallen. Ihre Satzenden wurden zittrig, und sie schien ständig den Atem anzuhalten.

Agathas Verwandte hatten das *Kummer* genannt. Sie sprachen das Wort nicht laut aus, sondern formten es nur mit den Lippen, so als sei es eine Gotteslästerung. Agatha, damals eine erwachsene, verheiratete Frau, in deren Kopf sich allmählich eine eigene Meinung zusammenbraute, fand das Wort vage. Cartoonhaft. Vor allem aber glaubte sie, der Zustand ihrer Mutter sei etwas, das sich umgehen ließ, so wie man auf der Straße einer Pfütze ausweicht.

Damals war Agatha nicht klar gewesen, dass sie in die Zukunft blickte. Dass ihre Mutter sie selbst war, dass Agatha bald sie sein würde. Ging es bei der Evolution nicht darum, besser zu sein als die eigene Mutter? Agatha kam sich nicht besser vor als ihre Mutter. Sie konnte jetzt ihre Mutter in sich erkennen, in ihren fleckigen Händen, in den Todesfalten, die ihr Gesicht durchzogen, in den Krampfadern, die wie Wurzeln an ihren Beinen emporrankten. Sie spürte die abscheuliche Unausweichlichkeit des Ganzen. Als ginge es im Leben nur darum, ihre Mutter zu werden.

Also stand Agatha in der Küche und machte den Kühlschrank auf. Licht flutete ins Zimmer. Sie schaute hinein; ihre Augen mussten sich an die Helligkeit gewöhnen. Die Ablagen waren gefüllt mit Hackbraten, Fingerfood und rosa Cupcakes mit Kirsch-Brustwarzen obendrauf. Agatha nahm die Auflaufformen eine nach der anderen heraus. In Windeseile trug sie alle nach draußen und leerte sie auf dem Fußweg im Vorgarten aus. Hühnerbrühe und Möhren und Soße und Zwiebeln und Fleischbrocken spritzten zu Agathas Genugtuung an ihre Schienbeine. Sie lud sich die Arme mit Kokosschnitten voll und schleuderte sie von der Türschwelle aus weit von sich. Sie landeten in ihren Rosenbüschen, auf den Windschutzscheiben parkender Autos und vor den Briefkästen der Nachbarshäuser. Eine dreistöckige Biskuittorte hob sie hoch über ihren Kopf und warf sie, so weit sie konnte, wie beim Einwurf in einem Fußballspiel. Die Torte zerbrach in der Luft, und rote Marmelade klatschte in dicken Klecksen auf Agathas Einfahrt. Die Sandwiches legte sie in einer Reihe auf die niedrige Ziegelsteinmauer, die ihr Grundstück begrenzte. Mit ausgestreckten Armen lief sie der Länge nach darüber und spürte, wie das Brot unter ihren Füßen zermanscht wurde. Gurkenscheiben rutschten an den Seiten heraus. Zwei Cupcakes mit rosa Zuckerguss stellte sie vorsichtig auf ihren Briefkasten. Dann nahm sie einen Hackbraten in beide Hände, hob ihn hoch über den Kopf und zog durch. Der Hackbraten zerfiel zwischen ihren Fingern, die Cupcakes purzelten auf den Gehweg. Eine Kirsche landete neben Agathas Fuß, und sie kickte sie weg.

Sie wusch die Tupperware-Dosen, die Auflaufformen und die alten Eiscreme-Eimer in der Küchenspüle. Dabei bewegte sie die Hände so heftig, dass das Wasser bis zum Beckenrand hochschwappte. Sie trocknete alles mit furiosem Schwung ab. Und dann stapelte sie die Sachen alle übereinander in der Einfahrt auf. Es sah aus wie der Totempfahl eines vergessenen Volkes aus uralter Zeit. Das sanfte Schwanken der Säule hatte etwas Trauriges an sich, das Agatha geflissentlich übersah.

Sie schrieb ein Pappschild, das sie daneben aufstellte. VIELEN DANK FÜR IHRE LIEBENSWÜRDIGKEIT, stand in großen schwarzen Buchstaben darauf. Sie zog die Buchstaben mehrfach nach. ABER ICH BRAUCHE SIE NICHT.

In kleinerer Schrift fügte sie hinzu: *Außerdem mag ich keine Kokosschnitten.*

Sie stand in der Haustür und schaute blinzelnd durch den Schweiß auf ihren Augenlidern. Mit den Fingern aß sie einen Kartoffelauflauf direkt aus der Glasform und betrachtete ihr Werk. War das Kunst? Oder war es Krieg? Sie hatte weder das eine noch das andere je verstanden, aber als sie jetzt dem Bach aus Essen zusah, der im Rinnstein die Straße hinunterfloss, da dachte sie, es könnte vielleicht beides sein.

Die Lichter in den Häusern um sie herum gingen an und aus, wie Warnsignale. Agatha schob sich eine Handvoll Kartoffeln mit Käse in den Mund. Sie spürte die Spannung, die in der Luft lag. *Ich bringe meine Traurigkeit zum Ausdruck, Kim Lim!* schrie sie in die Nacht hinaus, und kleine Stückchen Kartoffelauflauf flogen durch die Luft. Dann ging sie hinein, knallte die Haustür zu und schloss ab. Sie schloss die Hintertür ab. Sie schloss die Fenster. Sie zog alle Vorhänge zu. *Ich mache jetzt den Fernseher an!* schrie sie, und tat es; Schatten huschten über alle Wände. Sie drehte die Lautstärke so weit auf, wie es ging. Weißes Rauschen erfüllte das Zimmer. Sie zog einen Stuhl ans vordere Fenster, setzte sich und beugte sich vor. Sie zog den Vorhang zurück, um auf die Straße schauen zu können. *Kssssschhh*, machte der Fernseher im Hintergrund. Die Sonne ging gerade auf. *Ich kann es kaum erwarten, ihre Gesichter zu sehen!* schrie sie. Schreien schien zu helfen.

♦

Sieben Jahre sind vergangen, und Agatha hat seit jenem Abend ihr Haus nicht mehr verlassen. Nicht, um den Garten zu sprengen, nicht, um mit dem Bus zu fahren, nicht, um die Auffahrt zu fegen. Sie hat weder die Haustür noch die Vorhänge geöffnet, weder Radio gehört noch Zeitung gelesen. Sie hat den Fernseher nicht abgeschaltet, und das *Kssssschhhh* ist die einzige Wahrheit, derer Agatha sich sicher ist. Die ungeöffnete Post von sieben Jahren überschwemmt ihre Diele. Sie watet durch die Briefe, wenn sie vom Schlafzimmer ins Wohnzimmer geht. *Bloß weil ihr wisst, wie ich heiße,* brüllt sie ihnen zu, *bin ich euch noch lange nichts schuldig!* Die Briefe scheinen nach ihren Fersen zu schnappen.

Jeden Montag stellt eine Frau vom Supermarkt eine Kiste mit Essen auf Agathas Fensterbank. Jeden zweiten Dienstag nimmt ein Postbeamter das Geld für ihre Rechnungen vom Treppenabsatz und steckt die Post durch einen Schlitz in der Haustür. Sie bezahlt die beiden mit Umschlägen, auf die sie **HIER, NEHMT** schreibt und die sie unter der Haustür durchschiebt. Der Rasen im Vorgarten liegt flach und braun zwischen den Beeten. Das Unkraut steht hoch. Efeu bedeckt das Haus. Agatha hat das vordere Fenster geöffnet und ihre Hand hindurchgeschoben, um mit ihrer Handarbeitsschere ein Loch in den Efeu zu schneiden. Sie weiß nicht, was auf der Welt los ist, aber sie weiß, was in ihrer Straße los ist.

Sie hat den tropfenförmigen Körper alter Frauen bekommen, bei dem schwer zu sagen ist, was wo anfängt oder aufhört. An ihrem Kinn sprießen lange, wirre Haare. Sie zupft sie aus, aber sie kommen immer wieder, so als wären sie ein Teil von Gottes Plan. Sie hat sich angewöhnt, vom Aufwachen bis zum Einschlafen eine getönte Sonnenbrille zu tragen. Für Agatha wirkt dieser braune Schutzschild vor ihren Augen wie Maismehl – er dickt ein und verlangsamt die Welt um sie herum.

EIN TAG IM LEBEN DER AGATHA PANTHA

6.00: Wacht ohne Wecker auf. Öffnet erst die Augen, wenn sie ihre dunkle Brille aufgesetzt hat. Schaut auf die Uhr an der Wand vor sich. Nickt beifällig. Geht im Takt der tickenden Uhr ins Badezimmer. Passt auf, dass sie nicht über die Hausschuhe ihres Mannes stolpert, die nicht bewegt worden sind, seit er sie zum letzten Mal getragen hat.

6.05 bis 6.45: Setzt sich auf den Stuhl der Fassungslosigkeit und misst Wangenelastizität, Abstand zwischen Brustwarzen und Taille, Fremdartigen Haarwuchs, Faltenanzahl, Prognostizierten Faltenverlauf und Armschwabbelstärke. Notiert die Werte in einem Schulheft mit der Aufschrift *Alter*. Kommentiert das gesamte Geschehen, während sie sich selbst im Spiegel betrachtet. *Ich messe gerade die Armschwabbelstärke!* schreit sie sich selbst zu, während sie mit einer Hand gegen die Unterseite ihres Oberarms schlägt. *Sie ist höher als gestern!* schreit sie, nachdem sie die Daten verglichen hat. *Sie ist immer höher als gestern!*

6.46: Gestattet sich einen tiefen, schweren Seufzer.

6.47: Duscht. *Ich wasche mich gerade!* schreit sie. Unter der Dusche macht sie keine allzu genauen Angaben.

7.06: Zieht sich eins ihrer vier braunen Kostüme an. *Strümpfe!* schreit sie, während sie die Strumpfhose über den Bauchnabel zieht. *Rock! Bluse! Schuhe!*

7.13: Macht sich zum Frühstück zwei Spiegeleier mit einer Scheibe Speck und einem Vollkorntoast.

7.21: Setzt sich auf den Stuhl der Verköstigung, schneidet ihr Frühstück in kleine viereckige Stücke und verzehrt es, Stück für Stück. *Ich esse gerade Speck!* schreit sie zwischen zwei Happen.

7.43: Setzt sich auf den Stuhl der Begutachtung. Mit vorgebeugtem Oberkörper, beide Hände auf die Knie gelegt, beobachtet sie durch das Loch im Efeu die Straße. *Zu sommersprossig!* ruft sie mit schriller Stimme einem Vorbeigehenden zu, springt von ihrem Stuhl auf und zeigt mit dem Finger in die Luft wie beim Bingospielen. *Zu asiatisch! Zu glatzköpfig! Zieh deine Hose hoch! Bescheuerte Schuhe! Zu viele Haarspangen! Dünne Lippen! Anzug zu lila! Spitze Nase! Asymmetrisches Gesicht! Knochige Knie!* Manchmal beziehen sich ihre Beschimpfungen auch auf die

Nachbarsgärten. *Schneid mal deine Hecke! Zu viele Blumen! Briefkasten hängt schief!* Oder sogar die Vögel. *Zu trällernd! Zu wenig Ausdauer!* Die Worte hallen von den Zimmerwänden wider, und ihre Stimme wird lauter und lauter, bis sie in einer letzten, alles umfassenden Beschimpfung kulminiert, die nie die gewünschte Wirkung zu haben scheint. *Die Menschheit ist dem Untergang geweiht!*

12.15: Lehnt sich schwer atmend im Sessel zurück und sinkt in sich zusammen.

12.16: Gestattet sich, verschwitzt und erleichtert zu sein.

12.18: Mittagessen. Ein Vollkornsandwich mit Vegemite-Aufstrich. Schneidet es nicht in Vierecke wie das Frühstück, sondern in lange dünne Streifen. *Abwechslung ist wichtig! Wenn man bei Trost bleiben will!* schreit sie, während sie einen Sandwichstreifen vor ihrem Mund hin und her schwenkt.

12.47: Tea Time. Eine Kanne Tee und ein Haferkeks. Setzt sich im Flur auf den Stuhl des Grolls. Betrachtet die braune Wand und schreit Sachen wie *Zu lauter Rasenmäher!* oder *Neugierige Nachbarn!* Manchmal fällt ihr nichts ein, dann brüllt sie nur: *Braune Wände!* Wenn sie grollt, fühlt sich ihr Gesicht spitzer an als sonst, und dieses Gefühl verschafft ihr, aus Gründen, die sie nicht benennen kann, eine gewisse Befriedigung. *Ich mag dieses Gefühl!* bestätigt sie der Wand.

13.32: Putzt das Haus. Schreit dabei: *Ich schrubbe gerade die Kleiderbügel!* oder *Ich poliere die Kugellampen!*

15.27: Setzt sich auf den Stuhl des Unmuts im Wohnzimmer und schreibt Beschwerdebriefe, die sie in einem Karton mit der Aufschrift ZUR AUSLIEFERUNG NACH ALL DEM HIER sammelt. Sie unterstreicht ALL DEM HIER, spezifiziert aber nicht, was mit ALL DEM gemeint ist.

16.29: Eins von zwei Dingen tritt ein. Setzt sich auf den Stuhl des Verschwindens, schließt die Augen und lauscht dem

Ksssschhhhh! des Fernsehers. Oder. Ganz, ganz selten: setzt sich auf den Stuhl der Enttäuschung und starrt die Hausschuhe ihres Mannes an.

17.03: Abendessen. Meistens ein Braten. Bedeckt Fleisch, Kartoffeln und Brokkoli mit Soße.

18.16: Setzt sich auf den Stuhl der Loslösung. Trinkt einen Becher Rinderbrühe und schaut sich die Statik auf dem Bildschirm an.

20.00: Zieht ihre Sachen aus – *Schuhe! Bluse! Strümpfe!* – und hängt sie auf.

20.06: Setzt sich auf den Stuhl der Fassungslosigkeit und betrachtet sich im Spiegel.

20.12: Zieht ihr Nachthemd an und macht das Licht aus.

Erst im Dunkel der Nacht nimmt Agatha ihre braune Sonnenbrille ab. Und das auch erst, wenn sie im Bett liegt, sich die Decke bis übers Gesicht gezogen und die Augen ganz fest zugemacht hat. Und selbst dann fühlt sich die Welt noch zu nah an, lauert direkt über ihr, nur wenige Zentimeter entfernt. Und in den sanften Sekunden zwischen Schlafen und Wachen – diesem winzigen Bewusstseinsspalt, in dem man gerade noch wach genug ist, um Bescheid zu wissen, und gerade eingeschlafen genug, um nichts mehr zu wissen, so gegen

21.23 – gestattet sich Agatha Pantha, einsam zu sein.

ABER HEUTE VORMITTAG UM 10.36 WIRD ALLES ANDERS

6.00: Wacht auf. Tastet nach der braunen Brille.

6.05 bis 6.45: Sitzt auf dem Stuhl der Fassungslosigkeit und schreit *Ich zähle gerade Falten! Ich glaube, diese hier am Knie habe ich noch nie gesehen!* Sie schreibt *Neue Kniefalte* unter *Faltenanzahl.*

6.47: *Ich drehe gerade den Wasserhahn auf!* schreit sie in der Dusche.

7.06: *Strümpfe! Rock! Bluse! Schuhe!*

7.22: *Ich esse gerade Eier!*

7.56: Setzt sich auf den Stuhl der Begutachtung. *Zu weit vom Bordstein geparkt!*

8.30: *Die Blumen wachsen nicht!*

9.16: *Fußweg ist verdreckt!*

10.12: *Helme sind keine Modeartikel!*

10.36: Ein Polizeiauto fährt langsam vorbei. *Das ist neu!* schreit sie.

10.42: Dasselbe Polizeiauto fährt in entgegengesetzter Richtung vorbei. *Das auch!*

10.47: Ein kleines Mädchen mit lockigen roten Haaren rennt die Straße entlang, öffnet Agathas Gartentor, rennt in Agathas Vorgarten und versteckt sich hinter Agathas Zaun. *Was?* schreit Agatha.

10.48: Das Polizeiauto fährt erneut vorbei. Das Mädchen drückt sich tief ins Unkraut, den Rücken an den Zaun gelehnt. Sie schaut Agatha an. *Was?* schreit Agatha.

10.49: Das kleine Mädchen späht über den Zaun. Schaut auf die Straße, zuerst nach rechts, dann nach links. Schaut wieder Agatha an. Steht auf, verlässt Agathas Vorgarten, überquert die Straße und geht den Fußweg zum Haus gegenüber hoch. Sie probiert, die Tür zu öffnen, holt einen Schlüssel unter der Fußmatte hervor, wendet den Kopf, um noch einmal nach rechts und links auf die Straße zu schauen. Und verschwindet im Haus.

10.50: *Was?* schreit Agatha.

Agatha beobachtet das Haus schon seit einiger Zeit. Vor drei Monaten hat sie gesehen, wie der Krankenwagen ohne Blaulicht eintraf. Sie hat das weiße Laken über der Trage gesehen, die vagen Umrisse eines Körpers. Sie hat gesehen, wie die ganze Straße sich dort mit ihren Gott-sei-dank-hat-es-dich-getroffen-und-nicht-mich-Essensgaben versammelte. Sie hat die lange Reihe mit den Lieferwagen der Blumenhändler gesehen. Sie hat gesehen, wie die Mutter bis zum Skelett abmagerte. *Du solltest etwas von dem Essen verzehren, das sie dir dauernd bringen!* schrie sie ihr einmal zu und klopfte ans Fenster. Sie hat das Kind gesehen. Sie war noch ein Kind.

Ich werde euch in Ruhe lassen! hatte sie geschrien. *Das ist am besten für euch!* Sie lehnte sich zurück und verschränkte die Arme. *Glaubt mir!*

Als Agatha also das kleine Mädchen im Haus gegenüber verschwinden sieht, weiß sie, dass ihr Vater tot ist und ihre Mutter nicht zu Hause. Die Mutter hatte Agatha vor zwei Tagen angeschaut. Sie hatte ihr durch das Loch im Efeu und durch die Fensterscheibe direkt in die Augen geblickt. Sie war dabei, einen Koffer in den Kofferraum ihres Wagen zu laden, und ihr Blick hatte Agatha etwas zugerufen, eine Art Entschuldigung, eine Art Schrei, ein Flehen, ungefähr dies:

Wie wird man alt, ohne zuzulassen, dass es nur noch Traurigkeit gibt?

Und durch Agathas Körper war ein kleiner Schauer gelaufen.

Agatha hatte nicht gewusst, was vor sich ging, aber sie merkte, dass etwas vor sich ging. *Da geht was vor! Da läuft was schief!* schrie sie, stand auf und presste eine Wange gegen die Fensterscheibe, während sie zusah, wie die Mutter und das kleine Mädchen wegfuhren. Agatha konnte es spüren.

Etwas ging vor sich.

11.37: Agatha versucht, die Rückkehr des kleinen Mädchens zu verdrängen. Sie versucht, das Gesicht der Mutter zu verdrängen und die Tatsache, dass kein Auto in der Einfahrt steht. Sie versucht, sich auf alle Häuser zu konzentrieren, die sie sehen kann, nur nicht auf das Haus gegenüber. *Der Rasen hat braune Stellen!*

schreit sie. *Ich sehe Unkraut! Dein Hund ist hässlich! Zu viele Kinder! Und hässlich sind sie auch noch!*

Aber dann geht gegenüber die Haustür auf. Das kleine Mädchen erscheint. Agatha sieht zu, wie sie die Straße überquert und den Fußweg zu ihrem Haus hochgeht. *Was?* schreit Agatha. Das kleine Mädchen klopft an Agathas Tür. Es hat ein Stück Papier in der Hand. *Nein danke!* schreit Agatha durchs Fenster. *Ich brauche nichts!* Das kleine Mädchen verschwindet und kommt dann mit einer Plastikkiste in den Händen zurück. Es bugsiert sie unter Agathas Fenster und stellt sich darauf, sodass es Agatha durch die Scheibe auf Augenhöhe anschauen kann.

Das kleine Mädchen hält das Papier hoch. *Was ist das?* fragt sie.

Agatha kneift die Augen zusammen und betrachtet es. *Wenn ich es dir sage, gehst du dann weg?*

Das kleine Mädchen nickt.

Es ist ein Reiseplan.

Was ist ein Reiseplan?

Das ist ein Zettel, auf dem steht, wo jemand hinreisen will. Ist das der Name deiner Mutter?

Das kleine Mädchen nickt erneut.

Sie ist nach Melbourne gefahren. Vor zwei Tagen. Agatha macht eine Pause. *Und in sechs Tagen reist sie nach Amerika.* Sie starren einander durch die Scheibe an. *Jetzt geh weg.*

DER NÄCHSTE TAG

7.43: Das kleine Mädchen steht im Haus gegenüber am Fenster und schaut zu Agatha herüber. Sie starren einander an. Die Augen des Mädchens scheinen zu fragen:

Wie wird man alt? Oder etwas in diesem Sinne.

8.07: Agatha hängt einen Kopfkissenbezug vors Fenster, damit sie nicht mehr durch das Loch im Efeu schauen kann.

9.13: Es klopft an der Scheibe. Agatha zuckt zusammen. *Ich habe Hunger*, sagt eine piepsige Stimme. Agatha dreht die Lautstärke am Fernseher bis zum Anschlag auf. *Ksssschhhh.*

12.15: Agatha nimmt den Kissenbezug ab. Das kleine Mädchen beobachtet sie immer noch vom Fenster gegenüber, aber jetzt sitzt sie auf einem Stuhl.

15.27: Agatha versucht, Beschwerdebriefe zu schreiben, aber alles, was ihr einfällt, ist *Liebe Mutter des kleinen Mädchens, was bilden Sie sich eigentlich ein?*

16.16: Das Kind schaut sie immer noch durchs Fenster an. Agatha kann sich auf nichts konzentrieren. Sie sieht immer nur das Gesicht der Mutter vor sich und die leere Einfahrt. Ehe sie sich's versieht, ist sie durch die Briefflut gewatet und hat die Haustür aufgemacht. Sie hat ein paar Kekse und eine Tasse Tee in den Händen. Die Luft fühlt sich frisch an auf ihrem Gesicht, an ihrem ganzen Körper. Sie hat keine frische Luft mehr am Körper gespürt, seitdem … Seitdem. Sie spürt, wie der Wind um ihre Beine streicht, spürt ihn durch die Strümpfe hindurch. Ihre Haut prickelt. Sie holt tief Luft. *Das hier ist neu!*

Das Unkraut vor ihrer Haustür reicht ihr bis zum Kopf, und es begrüßt sie wie eine Gruppe unterernährter Menschen. *Von mir kriegt ihr nichts!* schreit sie und stößt die Gräser mit den Ellbogen weg, während sie an ihnen vorbeistürmt. Am Gartentor bleibt sie stehen und schaut auf die Straße. *Zu viele Risse im Gehweg!* schreit sie. *Ich überquere gerade die Straße! Die Hecke da ist viel zu ausgefallen! Pass auf, Auto, deinetwegen bleib ich bestimmt nicht stehen! Das hier ist gar nicht so schwer! Eigentlich braucht man bloß zu gehen! Das hab ich tausend Mal gemacht! Solange ich Beine habe, die gehen können, sollte ich sie vermutlich benutzen!*

Agatha geht den Fußweg zum Haus des kleinen Mädchens hinauf und klopft an die Tür. Das kleine Mädchen öffnet.

Hallo, sagt das kleine Mädchen.

Agatha hält ihr den Teller mit den Keksen und die Tasse Tee hin. Das kleine Mädchen starrt die Gaben an. *Und?* sagt Agatha. Das kleine Mädchen nimmt den Teller, ignoriert aber den Tee. *Hast du deine Mutter angerufen?*

Das kleine Mädchen stellt den Teller auf einen Tisch und beißt in einen Keks. Sie schaut Agatha nicht an. *Ihr Telefon ist nicht an.*

Dann eben Verwandte. Agatha betrachtet die Tasse Tee und trinkt schließlich davon. *Hast du welche?*

Meine Tante wohnt im Osten, sagt das kleine Mädchen. *In Melbourne.* Agatha kommt sich vor wie ein Riese, der drohend auf sie hinunterschaut. War sie auch mal so klein? *Aber Mum sagt, wir brauchen niemanden.*

Ach, das hat sie also gesagt, ja? Hast du deine Tante schon angerufen?

Ich hab die Nummer nicht.

Habt ihr kein Adressbuch?

Mum hat alles in ihrem Handy.

Dann sieh in den Weißen Seiten nach!

Was sind die Weißen Seiten?

Wie heißt sie denn?

Judy.

Judy wie?

Tante Judy.

Tante Judy! Aus Melbourne! Agatha dreht sich um und geht den Fußweg hinunter. *Was soll ich denn damit anfangen!* Sie wirft einen Arm in die Luft, und der Tee schwappt über den Tassenrand.

Das kleine Mädchen rennt hinter ihr her. *Mein Dad ist gestorben.*

Tja! Agatha dreht sich um und schaut das Mädchen an. *Meiner auch!* Sie nimmt einen entschlossenen Schluck von dem Tee.

Wann ist er gestorben?

Vor sechzig Jahren!

Meiner vor drei Monaten.

Das ist doch kein Wettbewerb! Aber selbst wenn! Ich lebe schon viel länger ohne meinen als du ohne deinen! Also!

Wie war seine Beerdigung?

Was soll denn die Frage!

Mum hat nicht erlaubt, dass ich zu Dads Beerdigung gehe.

Das war vermutlich auch besser so!

Warum schreist du?

Warum flüsterst du?

Tue ich gar nicht.

Ich auch nicht! Agatha wendet sich ab, um die Straße zu überqueren, bleibt aber abrupt stehen. Sie starrt das Haus gegenüber an. Dann nimmt sie noch einen kräftigen Schluck Tee und dreht sich zu dem kleinen Mädchen um. *Dort wohne ich?*

Das kleine Mädchen nickt.

Aber das ist – Agatha bringt den Satz nicht zu Ende. Es ist das Haus in der Straße, vor dem Kinder Angst haben und das Erwachsene mit Verachtung oder Mitleid betrachten. Sie wendet sich wieder dem kleinen Mädchen zu. *Bist du ganz sicher, dass ich dort wohne?*

Das kleine Mädchen nickt erneut. *Kannst du mir helfen, meine Mum zu suchen?* fragt sie.

Agatha wacht aus ihren Gedanken auf. *Natürlich nicht! Ich habe zu tun! Ich bin sehr beschäftigt! Geh zur Polizei!*

Das geht nicht. Sie wollen mir eine neue Mum und einen neuen Dad besorgen.

Geh wieder rein! schreit Agatha und geht zu ihrem eigenen Haus. *Versuch weiter, deine Mutter zu erreichen!*

18.16: Setzt sich auf den Stuhl der Loslösung. Trinkt einen Becher Rinderbrühe und schaut sich den Schnee auf dem Fernsehbildschirm an.

18.24: Der Schnee auf dem Fernsehbildschirm fängt an, so auszusehen wie das Gesicht des kleinen Mädchens.

18.25: Schüttet den Rest der Rinderbrühe in den Ausguss.

18.26: Zieht alle ihre Sachen aus. *Schuhe. Bluse. Strümpfe.* Und hängt sie auf.

18:31: Setzt sich auf den Stuhl der Fassungslosigkeit und starrt sich im Spiegel an.

18.33: Ihr Gesicht wird zu dem Gesicht des kleinen Mädchens. Sie stößt aus Versehen den Wecker von der Badezimmerbank, und er zerschellt auf den Fliesen.

18.33 bis 18.45: Starrt die zerbrochene Uhr an.

18.46: Zieht ihr Nachthemd an und schaltet das Licht aus.

UND DER ÜBERNÄCHSTE TAG

17.36: Agatha klopft an die Haustür des kleinen Mädchens und gibt ihr einen Teller voll Braten, Kartoffeln, Brokkoli und Soße.

Danke, sagt das kleine Mädchen und fängt an, mit den Fingern von dem Teller zu essen, im Stehen.

Was soll das?

Was denn? fragt das kleine Mädchen, das Gesicht schon ganz mit Soße verschmiert.

Du solltest draußen sein! Spielen! Du bist noch ein Kind! Nicht am Fenster sitzen!

Du machst das doch auch.

Aber ich bin alt! Ich darf das! Ich darf machen, was ich will! So ist das, wenn man alt wird! Schreib dir das auf! Es ist wichtig!

Ich verstecke mich.

Vor wem?

Helen. Stan. Meinen neuen Eltern. Der Polizei.

Agatha starrt sie an. *Was hast du denn angestellt?*

Weiß ich nicht, sagt das kleine Mädchen und fängt an zu weinen.

20.12: Agatha zieht ihr Nachthemd an und macht das Licht aus. Als sie ins Bett steigen will, stolpert sie über etwas Weiches. Sie macht das Licht wieder an.

20.13: Sie hat einen der Hausschuhe ihres Mannes durchs Zimmer gekickt.

20.14: Agatha knipst die Badezimmerlampe an und betrachtet sich im Spiegel. Sie spürt es wieder. Das Ding, das in ihrer Kehle hochsteigt. *Sie redet mir das ein!* schreit sie.

UND DER ÜBERÜBERNÄCHSTE TAG

6.00: Agatha hat die Nase voll.

7.43: Sie packt alles, was sie braucht, in ihre große Handtasche. Ihr Heft über das Altern. Zwei Armbanduhren und einen kleinen batteriebetriebenen Wecker aus dem Schrank. Extra Unterwäsche. Zwei Blusen. Ein paar Haferkekse. Ein Glas Rinderbrühe. Ihren Schreibblock für die Beschwerdebriefe.

8.12: Agatha klopft an die Haustür des kleinen Mädchens. Sie hält ihre Handtasche fest umklammert und hat ihre Kostümjacke zugeknöpft.

Hast du deine Mutter noch mal angerufen? fragt Agatha, als das kleine Mädchen die Tür öffnet.

Das kleine Mädchen schaut auf ihre Füße. *Ihr Telefon ist immer noch aus.*

Beim ersten Anzeichen eines öffentlichen Telefons rufst du sie an!

Das kleine Mädchen bemerkt Agathas Tasche. *Wo fährst du hin?*

Und du rufst sie die ganze Fahrt über an! So leicht kommt sie mir nicht davon!

Bringst du mich irgendwo hin?

Falls du denkst, ich steig mit dir in eins von diesen Düsenflugzeugen, dann irrst du dich gewaltig!

Wie bitte?

Und ich kann dich auch nicht zur Polizei bringen! Ich weiß, was die mit Frauen wie mir machen! Die in solchen Häusern wohnen! Sie zeigt auf ihr Haus. *Sie werden mich einsperren! Mich in so ein Heim mit lauter sabbernden Leuten stecken!*

Das kleine Mädchen sieht unsicher aus und rührt sich nicht.

Steh nicht da wie versteinert! Pack deine Sachen!

Das kleine Mädchen verschwindet kurz und kommt mit einem Rucksack zurück.

Ist das alles?

Sie hebt ein langes Plastikding auf, das neben der Tür auf dem Boden liegt, und nickt.

Was ist das denn? fragt Agatha.

Das kleine Mädchen drückt das Ding an seine Brust. *Es ist ein Bein.*

O Gott! Na schön, dann also los! Wir fahren nach Melbourne!

KARL DER TASTTIPPER

Karl besaß weder einen Computer noch eine Schreibmaschine oder wenigstens eine Tastatur. Er tippte blind auf Mülltonnendeckel, in die Luft, auf die Köpfe kleiner Kinder, auf seine Beine. Fragen tippte er, bevor er sie stellte, nur um sicherzugehen, dass er sie tatsächlich stellen wollte. In der Verschwiegenheit seines eigenen Zuhauses, ehe er zu seinem Sohn gezogen war, hatte Karl Tastaturen auf Couchtische, Wände und Duschvorhänge gemalt. Er liebte die Bewegungen der Hände beim Tippen, den Tanz der Finger, die wie beim Square-Dance umeinander herumhüpften. Er hatte beobachtet, wie die Finger seiner Mutter, und später dann Evies, über die Tasten sprangen wie Wassertropfen auf heißem Asphalt, und er fand die gekrümmten Finger einer Frau beim Tippen ebenso elegant und erregend wie ihr Fußgewölbe oder ihren Nacken.

Als Karls Sohn sich im Pflegeheim von ihm verabschiedete, sagte er, *Bis bald, Dad,* und küsste ihn auf die Wange. Karl spürte das kratzige Gesicht seines Sohnes an seiner Haut, und plötzlich erschien es ihm unvorstellbar, dass sein eigener Sohn sich rasieren musste. Das Leben war nicht mehr als ein Wimpernschlag, ein Atemzug und eine Pinkelpause gewesen, und jetzt saß er hier auf diesem Bett, in einem Zimmer mit lauter alten Männern, die ihre eigene Scheiße nicht bei sich behalten konnten. Er ging ans Fenster und schaute seinem Sohn nach, der gerade den Parkplatz überquerte. Wie bewusst der Junge ging, er setzte immer den ganzen Fuß auf, von der Ferse bis zum Zeh, und Karl dachte, *Wann hat er beschlossen, so zu gehen?* Evies Gang war so leicht und unberechenbar gewesen wie Salz, das aus dem Salzstreuer rieselt. Seinem Sohn hingegen schien ständig bewusst zu sein, dass jeder Schritt ihn näher an etwas brachte, dessen er sich nicht sicher war. Ferse und Zeh, Ferse und Zeh.

◆

Es war die Idee seiner Schwiegertochter Amy gewesen. *Ich komme nach Hause und muss darauf gefasst sein, einen Toten im Sessel vorzufinden*, hörte er sie eines Abends durch die dünne Wand zwischen ihren Schlafzimmern sagen. Sie war eine spitze kleine Frau, eine, der ihr Parfüm überall vorauseilte.

Aber er ist mein Vater, erwiderte Scott.

Und ich bin deine Frau! Sie machte eine Pause. *Du weißt ja, was der Arzt über meinen Blutdruck gesagt hat.*

Dann war es lange still, und Karl lag im Bett und hielt beide Arme an den Körper gepresst, so als warte er darauf, durch eine Kanone in die Luft geschossen zu werden.

Na schön, sagte sein Sohn schließlich. Karl krallte die Finger zusammen. *Ich werde mit ihm reden.*

Karl drehte den Kopf auf eine Seite und spürte das Kopfkissen an seiner Haut. Blinzelnd schaute er in die Dunkelheit. *Evie*, flüsterte er und streckte wie zu einem Friedensangebot die Hand aus.

Mit der geöffneten Hand zog er die Umrisse ihres Körpers in der Luft nach. Er versuchte, ihre Nase an seiner Nase zu spüren, ihren Atem in seinem Gesicht, ihre Hand auf seinem Rücken. *Evie*, sagte er wieder, weil es das einzige Wort war, das ihm einfiel. Er legte eine Handfläche neben seinem Kopf auf das Kopfkissen und schloss die Augen.

Als Scott und Amy am nächsten Morgen zur Arbeit aufstanden, saß Karl schon mit gepackter Tasche am Esstisch. Er trug seinen Hut und die Handschuhe, die er früher zum Autofahren getragen hatte.

Dad, sagte Scott und blieb in der Küchentür stehen.

Karl räusperte sich. *Ich glaube, ich bin bereit, weiterzuziehen*, sagte er und tippte mit den Fingern auf die Tischplatte.

Scott zog den Stuhl neben seinem heraus und setzte sich. Karl faltete die Hände. Scott legte vorsichtig eine Hand auf Karls Hände. Während Karl mit seinem behandschuhten Daumen über die Fingerknöchel seines Sohnes strich, dachte er: *Ich habe diese Hand gemacht.*

♦

Karl setzte sich auf die Bettkante. Er war mit vier anderen Männern in einem Zimmer. Ihre bleiche Haut schien mit der Farbe der Wände zu verschmelzen. Sie lagen alle in ihren Betten und strahlten eine Art verdutzte Langeweile aus; ihre Münder standen offen, ihr Lidschlag wirkte so, als müssten sie sich immer wieder bewusst daran erinnern, die Augen zu schließen.

So, sagte Karl laut. *Das wär's dann also.*

Eine Schwester blieb im Türrahmen stehen und beäugte ihn. *Na, wollen wir nicht auspacken?*

Doch, natürlich, antwortete er. *War nur grad ein bisschen wackelig auf den Beinen.*

Die Schwester lächelte. Sie hatte ein hübsches Lächeln. *Lassen Sie sich Zeit*, sagte sie und lehnte sich an den Türrahmen. *Aber in einer Stunde gibt es Abendessen.* Sie zwinkerte ihm zu und machte auf dem Absatz kehrt, wobei ihr Pferdeschwanz wippte. Ihr Po wackelte unter ihrer Tracht, als sie wegging.

Es war noch hell draußen, als Karl den Korridor entlang zum Speiseraum ging. Die Uhr an der Wand zeigte 16.30, und als man ihm einen mit unidentifizierbarem Essen gefüllten Teller vorsetzte, dachte Karl, *Das wär's dann also.* Er saß an einem langen Tisch von der Art, wie er sie aus Gefängnisfilmen kannte. Er trug immer noch seine Autohandschuhe und den Hut.

Die Schwester mit dem Wackelpopo zog sich einen Stuhl heran und setzte sich zu ihm. Sie nahm seine Hand und schaute ihm in die Augen. *Na, alles ok bei uns*, fragte sie.

Er konnte sich nicht erinnern, wann ihn das letzte Mal jemand offen und ehrlich angesehen hatte. Er schloss die Augen und gönnte sich diesen Moment. Sie hatte dunkles Haar, dunkle Augen und blasse Haut. Sie war so sauber. Er dachte, *Zu einem anderen Zeitpunkt und an einem anderen Ort würde ich sie küssen.* Wenn er seine Nase in ihrem Ausschnitt vergraben dürfte, dann würde das diesen Ort erträglich machen.

Stattdessen erwiderte er nur mit seinen Altmänneraugen ihren Blick. Er sagte, während er in ihre Handfläche tippte, *Ja, danke.*

Sein Körper fühlte sich im Vergleich zu ihrem erbärmlich an, uralt und eingefallen, aber sie schaute ihn mit einer Freundlichkeit an, die ihn das vergessen ließ. Und dann stand sie auf und wackelte davon, und er saß da, betrachtete etwas, das pürierte Erbsen sein mochten, und dachte darüber nach, wie sehr er sich wünschte, sie würde sich auf ihn setzen und so wackeln, gleich hier auf diesem Stuhl, vor allen Leuten. Niemand würde es auch nur bemerken. Und als er sich schließlich mit den Erbsen abfand, sie sich in den Mund schaufelte, spürte, wie sie durch seine Kehle nach unten glitten, da dachte er, *Ich tue nie das, was ich tun möchte.*

HIER KOMMEN DIE DINGE, ÜBER DIE KARL BESCHEID WEISS

TASTTIPPEN

Als Karl ein kleiner Junge mit riesengroßen Gedanken war, tat er manchmal so, als wäre er krank, damit seine Mutter ihn mit zur Arbeit nahm. Sie arbeitete in einem großen Raum voller tippender Frauen, und Karl saß dann unter ihrem Stuhl, berührte mit dem Kopf die Sitzfläche und hatte die vollkommene Linie ihrer Beine vor sich, die sie mit solcher Beharrlichkeit zusammenpresste, dass man sie nur mit einer Brechstange auseinanderbekommen hätte. Trotzdem besaßen sie eine Lieblichkeit, irgendwo in den Rundungen ihrer Waden. Er erinnerte sich an seine Mutter inzwischen nur noch bruchstückhaft. Beine, Finger und Spiegelbilder.

Die Frauen waren ihm vorgekommen wie aus einer anderen Welt, wie etwas, das man in einer Vitrine aufbewahrte oder an die Wand hängte. Er schloss unter dem Stuhl seiner Mutter die Augen und lauschte. Das Tippen war laut und unerbittlich. So viele hübsche Frauen, deren Körper vollkommen still waren, während ihre Finger mit den Schreibmaschinen Krieg führten.

Für Karl setzte eine Entwicklung ein, als er den Ausdruck *Tasttippen* lernte. Ihm wurde klar, dass die Frauen ihre Finger gar nicht anzuschauen brauchten, damit sie sich auf diese dramatische Art bewegten. Diese Erkenntnis löste Gefühle in ihm aus, die er nicht verstand. Bis er Evie kennenlernte, wusste er nicht, dass es dabei um ihn selbst ging.

Jahre später saß Karl nach seinem ersten Tag im Schreibmaschinenkurs am Küchentisch und hielt die Finger in eine Schale mit Eiswürfeln. Die Kuppen waren ganz rot und pulsierten. Aber es war schön, Schmerzen in den Fingerkuppen zu erleben, zu spüren, wie der Schmerz seine Unterarme hinauflief, als wolle er in ihn hineinkriechen. Es fühlte sich gut an, etwas zu haben, das in ihn hineinkriechen wollte.

Zum ersten Mal im Leben hatte er das Gefühl, in einer Machtposition zu sein, durch die Entschlossenheit, mit der er seine Finger bewegen musste. Die Tasten knallten aufs Papier – klack, klack, klack –, als würde er Faustschläge austeilen. Er liebte das Potenzial der weißen Seiten. Die nichts waren und aus denen dann etwas wurde. Sie gaben ihm das Gefühl, dass auch aus ihm etwas werden konnte.

Am Tag füllte er Seiten mit sinnlosen Sätzen über Hunde und Katzen oder Jack und Jill und Jane. Er tippte sie ab, als wären sie das Wichtigste, was je jemand zu sagen haben würde. Nachts träumte er von den Tippübungen. Morgens trällerte er die Übungen in den Duschkopf, schloss dabei die Augen und ließ das Wasser über sein Gesicht strömen. Seine Gedanken leuchteten als Buchstaben auf, wenn er redete.

Er liebte es, seinen Fingern dabei zuzuschauen, wie sie über die Tasten huschten. Er erkannte, dass er womöglich schön war, weil er etwas schuf. Es war keine Musik, die in Konzertsälen gespielt wurde, und keine Kunst, die man an die Wand hängte, aber für Karl war es beides, und noch viel mehr.

EVIE

Karl hatte Evie im Schreibmaschinenkurs kennengelernt. Mit der Zeit sollte er ihre Art, beim Sprechen die Hände an die Brust zu pressen, als wolle sie ihr Herz vor dem Herausfallen bewahren, lieben lernen. Beim ersten Zusammentreffen allerdings dachte er bloß, ihr Name eigne sich gut dazu, ihn beim Sex zu sagen. Es lag etwas aufregend Frevelhaftes darin, auf diese Weise die Erbsünde mit Sex in Verbindung zu bringen. Damals kannte er sie natürlich als Eva; Evie kam erst später, als ihm ihre Knie, ihre Ellbogen und ihr Bauchnabel vertrauter waren als seine eigenen. Ihr Name war ihm von Anfang an ohne das ›ie‹ unvollständig vorgekommen, etwa so, als hinge er ganz unnötig pathetisch in der Luft.

Nach zwei Monaten hatten sie drei Mal miteinander gesprochen, und die Blicke, die Berührungen und ihre Art, beim Gehen die Hüften zu bewegen, ließen sich nicht mehr aus seinem Kopf vertreiben. War sie im Raum, konnte er an nichts anderes denken als an ihre Anwesenheit, so bemerkenswert fand er ihre Wärme und ihre Energie. Nicht nur in Gedanken spielte er durch, was alles geschehen würde, sobald sie ihm die Erlaubnis erteilte, sie kennenzulernen; auch sein Körper war daran beteiligt; Karl spürte, dass sein Körper ihre Nähe brauchte, es war, als würde seine Haut in Flammen aufgehen, wenn sie sich nicht berührten.

Eines Abends verließ sie mit einer Pirouette den Unterrichtsraum und schaute ihn dabei an. Karl saß vor seiner Schreibmaschine und dachte, *Evasfinger-Evashände-Evaslächeln-Evashaar.* Als auch der letzte Nachzügler gegangen war, entfernte Karl mit großer Mühe die Buchstaben H, E, I, R, A, T, M und C von seiner Schreibmaschine. Dann ging er ganz ruhig zu Evas Tisch und entfernte dort das E, das I und das H. Er klebte die Buchstaben auf seine Fingerkuppen, HEIRAT auf die rechte, EMICH auf die linke Hand, und stand bei Einbruch der Dunkelheit vor ihrer Tür. Er hielt beide Hände hoch und wackelte leicht mit den Fingern. Sie legte ihre Hände auf seinen Unterarm und tippte, *Ja, danke schön.*

Ihre Hochzeit war schlicht. Weder zu pompös noch zu ruhig. Eigentlich ging nichts schief, außer dass der Organist mitten im Hochzeitsmarsch auf seinem Posten einschlief. Aber selbst das war in Ordnung, denn als sein Kopf auf die Tasten schlug und das schreckliche Geräusch einer wilden Mischung aus Tönen durch die ganze Kirche hallte wie ein Spannungsmoment in einem Film, da hatte Karl das Gefühl, als sei sein Leben solcher Spannung würdig, ja filmreif.

Karl stand vorne in der Kirche und spürte, wie sich der Schweiß in den Falten seiner Handflächen sammelte, spürte die Blicke der Tippfrauen, die über zwei Bänke verteilt saßen und aussahen wie Vögel auf einer Stromleitung. Alle hatten ihre Beine auf die gleiche Art übereinandergeschlagen, und jede Faser ihrer Körper schien sich des Winkels ihrer geneigten Köpfe bewusst zu sein. Karl dachte: *Sind diese Frauen schon immer so gewesen?* Sie hatten etwas an sich, das ihm Unbehagen verursachte.

Und dann stand Evie vor ihm und schaute ihn mit ihrem biederen, unscheinbaren Gesicht voller Herzenswärme an. Er liebte dieses biedere, unscheinbare Gesicht. Die vereinzelten Sommersprossen, die uninteressante Nase, die dünnen Lippen, die ganz gewöhnlichen Augen. Wenn Karl gefragt wurde, wie Evie aussah, dann hatte er Schwierigkeiten, ihr Äußeres zu beschreiben. Er kannte den abfälligen Beigeschmack des Wortes *unscheinbar*, deshalb log er lieber und behauptete, sie wäre hübsch.

Frauen waren komisch, das wusste er. Nicht witzig, sondern seltsam und unberechenbar. Sie erkannten jede mögliche Implikation eines Wortes, wie ein Prisma, das das Licht brach und zu viele Muster an die Wand warf. Er hatte schon in jungen Jahren gelernt, wenig zu sagen und so zu tun, als sei er ein bisschen schwer von Begriff. Wenn man wenig redet, stellte Karl fest, dann halten einen die Frauen für tiefgründig und geheimnisvoll; aus irgendeinem Grund halten sie einen nicht für dumm.

Ihr Kleid war aus einem mattweißen Stoff und hatte keinerlei Muster, ganz so wie die Stapel von Papier, die er tagein, tagaus durch die Schreibmaschine jagte. Der Ehering, den er ihr ansteckte, war individuell gefertigt: ein schlichter Silberring, auf dem anstelle eines Steins eine Schreibmaschinentaste mit dem Und-Zeichen prangte. Als er ihr später am Abend im Mondlicht das Kleid auszog und es aufs Bett legte, als wäre es sie selbst, tippte er auf den Stoff, *Ich bin so froh, dass ich dir begegnet bin, Evie.* Aber er tippte es nicht so, als läge er mit dem Stoff im Clinch, er verteilte keine Faustschläge. Er tippte ganz sanft, so als tippe er in eine Flüssigkeit und versuche, nicht zu spritzen.

Und als er *Ich bin hier, Evie* auf ihr Schlüsselbein tippte, so zart, dass seine Finger dabei kaum ihre Haut berührten, da legte sie ihre Lippen an sein Ohr und flüsterte, *Ich auch.*

LIEBE

In ihrem gemeinsamen Leben fuhren Karl und Evie nie irgendwo hin. Sie waren für einander die fremden Länder.

Nur unglückliche Menschen fahren von zu Hause weg, erklärte Evie.

Und wir brauchen nicht wegzufahren, sagte er und tippte es auf ihren Unterarm.

Ja, sagte sie und legte die Stirn an sein Kinn. *Wir brauchen nicht wegzufahren.*

Sie führten ein gänzlich unbedeutendes Leben. Bäume, Blumen, Meer und Nachbarn. Sie erklommen keine Berge, bezwangen keine Stromschnellen, traten nicht im Fernsehen auf. Sie aßen keine exotischen Tiere in asiatischen Ländern. Sie gingen nicht in den Hungerstreik und steckten sich nicht für einen guten Zweck in Brand. Sie hielten nie eine flammende Rede oder sangen in einem Musical mit oder kämpften im Boxring. Ihre Namen würden in keinem Schulbuch vorkommen, ihre Gesichter nicht auf Banknoten erscheinen. Sie würden nicht als Statuen verewigt werden. Und wenn sie starben, dann würden mit ihrem letzten Atemzug auch ihre Namen verschwinden, wären nur noch ein Schriftzug für interessierte Friedhofsbesucher, nichts weiter.

Aber sie hatten die Liebe erlebt. Sie zogen Pflanzen, tranken Tee im Nachmittagslicht, winkten den Nachbarn zu. Jeden Abend schauten sie sich Hopp oder Top an und waren, beide zusammen, relativ gut darin. Zu Weihnachten tauschten sie mit dem Metzger, dem Gemüsehändler und dem Bäcker kleine Geschenke aus. Karl schenkte dem äußerst belesenen Jungen, der im Zeitungsladen arbeitete, eine alte Schreibmaschine. Evie strickte für die Mädchen, die im Supermarkt die Vormittagsschicht machten, Handschuhe. Karl ging als Gast in die sechste Klasse der städtischen Schule und erzählte etwas über die Geschichte ihrer Stadt. Evie besuchte die siebte Klasse der städtischen Schule, um vorzuführen, wie man einen Baiserkuchen herstellt. Karl hantierte in seinem Schuppen herum. Evie hantierte in der Küche herum. Morgens und abends unternahmen sie Spaziergänge, durch das heimische Buschland, durch die Stadt, am Strand entlang. Ihr Leben spielte sich im Umkreis von zwanzig Kilometern um ihr Haus herum ab.

DER TOD

Er weiß noch, dass er nicht mit ihr reden konnte, als sie dort lag, den Maschinen und den gestärkten Laken ausgeliefert. Seine Worte, die ohne ihre Worte in der Luft hängen blieben, waren schreckenerregend. Sie schlief, immer schlief sie. Manchmal öffnete sie die Augen, aber sie rollten herum wie bei einem Neugeborenen.

Also war er aufgestanden und hatte das Laken zurückgeschlagen, in das sie so fest gewickelt war, als wollte jemand sie dort festhalten, sie im Bett fixieren, als Musterexemplar einer Fast-Toten.

Er legte seine Hände auf ihren Arm, der fast nur noch aus Knochen bestand, und tippte, sanfter als ein Atemhauch, *Ich bin hier, Evie*, ging dann auf die andere Seite des Bettes und legte seine Hände auf ihren anderen Arm, und ihre Haut war nicht ihre Haut, dieser Arm war mit blauen Flecken übersät, tief lila und ganz klar umrissen, so wie Landkarten von wenig bekannten Ländern, und er dachte, *Du bist mein fremdes Land,* aber er tippte, *Ich bin hier, Evie*, und dann schob er ihr Krankenhaushemd bis kurz über die Knie hoch, und ihre Oberschenkel waren ein Nichts, einfach ein Nichts, und er legte seine geöffnete Hand auf einen ihrer Oberschenkel und spürte ein endloses Nichts, und jetzt weinte er, ganz unwillkürlich, so schwach war er, so schwach angesichts von so viel Nichts, und er dachte daran, aus dem Nichts etwas zu machen, und diesmal tippte er kraftvoll und mit viel Fingerspitzengefühl und beobachtete dabei seine Finger, wie sie sich über ihre Haut bewegten, und er wünschte sich so sehr, dass sie die Schönheit dieser Bewegungen spüren könnte, und er tippte, *Ich bin hier, Evie Ich bin hier, Evie Ich bin hier, Evie*, immer wieder, den ganzen Oberschenkel entlang, über ihr Knie und auf ihr Schienbein tippte er diese Buchstaben, wie eine Prozession von Ameisen, die ihr Bein hinuntermarschierte, und dann beugte er sich über das Bett und tippte auf ihr anderes Bein *Ich bin hier, Evie*, und dann ging er ans Fußende des Bettes und nahm ihre Füße, ihre sehr sehr kalten Füße, in seine geballten Hände, so wie kleine Kinder Buntstifte halten, und er umklammerte sie so fest, so fest, wie er noch nie etwas umklammert hatte, aber sie reagierte nicht, sie merkte nichts, sie rührte sich nicht einmal.

Ich bin hier, Evie
Ich bin hier, Evie
Ich bin hier, Evie

In den Tagen nach Evies Tod flüsterte Karl vor dem Spiegel die Worte *Meine Frau ist tot*, probte sie für irgendein Publikum. Er dachte an die Frau von der Post, die Nachbarin von nebenan, seinen Bruder. Die Vorstellung ihres Unbehagens fühlte sich gut an. Die Macht, die es ihm verlieh. Dieses Gefühl entschädigte ihn irgendwie für alles, was geschehen war, so als hätte der Tod seiner Frau ihm eine Art geheime Macht verliehen.

Er schlief in ihrer Kleiderkammer und schaute zu Evies Sachen hinauf, als würde er die Sterne betrachten. Wie Gespenster hingen sie über ihm, und Evies Fehlen wurde in der Schmalheit dieser Kleider überdeutlich. Es fühlte sich an, als läge er unter einer Guillotine; diese langen dünnen Stoffbahnen würden ihn ganz bestimmt töten, irgendwie.

Er träumte von ihr, natürlich, und erwachte mit dem Gedanken, *Das ist von jetzt an die einzige Zeit, in der ich sie sehen werde.* Er stand im Dunkeln auf und lehnte sich mit ausgestreckten Armen in ihre Kleider hinein, als wolle er fliegen. Ihre Kleider waren so kalt.

Es war ihm jeden Morgen wieder eingefallen, seit sie gestorben war. Er wachte auf, dann der Schock der Erinnerung. Er hätte am liebsten überhaupt nicht mehr geschlafen, weil er es nicht vergessen wollte, weil das Erinnern noch schlimmer war. Es war so körperlich.

Er setzte sich auf den Toilettensitz und starrte ihre Badutensilien an. Die Sachen, die sie früher auf ihrer Haut verteilt oder in die Luft gesprüht oder in ihr Haar einmassiert hatte. Er holte den großen Topf aus der Küche und schüttete den Inhalt aller Flaschen hinein. Ihre Parfüms, ihre Bodylotion, ihre Handcreme, ihre Tabletten. Er vermischte alles mit den Händen. Der Geruch war entsetzlich, wie etwas aus dem Kaufhaus. Aber das Gefühl an den Fingern war erregend.

Er tauchte beide Arme bis zu den Ellbogen in die Masse, mischte all ihre Cremes und Düfte durcheinander. Die leeren Flaschen lagen überall auf den Badezimmerfliesen verstreut, wie Kadaver. Er presste die hohlen Hände zusammen und machte Furzgeräusche. Immer wieder machte er das und ließ dabei die bräunliche Pampe aus dem Topf an den Spiegel, in sein Gesicht und an die Wände spritzen. Dann nahm er den Topf und stellte ihn auf ihr Ehebett.

Mein Bett, dachte er.

Er ließ eine Hand über Evies Kopfkissen schweben, so als könne er mit seinen magnetischen Fingern seine Frau aus dem Bett hervorziehen. Hellbrauner Glibber tropfte auf den Kissenbezug. Er zog sich aus und warf seine Sachen auf den Boden. Er stieg aufs Bett, stand leicht schwankend auf der Matratze und passte auf, dass er sich nicht an der Deckenlampe den Kopf stieß. Er hob den Topf bis zum Bauch hoch. Holte tief Luft. Schloss die Augen. Den Mund. Hob dann den Topf höher und schüttete sich den gesamten Inhalt über den Kopf. Er schnappte nach Luft. Es fühlte sich so an, als wäre er mitten im Winter in einen Fluss gesprungen. Er machte die Augen auf. Der Glibber rann ihm über Gesicht und Nacken, und er erschauderte. Er warf den Topf an die Wand, wo er mit einem befriedigenden Scheppern auftraf.

Karls Sohn fand ihn Stunden später hinten auf dem Hof. Er lag auf dem Rücken auf dem Betonboden und schmorte in der Sonne. Splitternackt, nur mit klebrig-braunen Klecksen übersät. Die wie eine Kruste auf seiner Haut getrocknet waren.

◆

An seinem ersten Abend im Altersheim setzte sich Karl nach dem Essen mit ein paar anderen Gästen ins Fernsehzimmer und schaute sich Echt abgefahren! an, einen Film, der auf einer amerikanischen Highschool spielte. Er hatte noch nie einen Filmtitel mit

Ausrufezeichen gesehen, und der Titel ergab für ihn auch keinen Sinn, aber er fand den Film ziemlich spannend. Die Hauptperson war ein junger Mann namens Branson Spike. Er war nicht im üblichen Sinne gutaussehend, aber wenn man ihn lange genug ansah, entdeckte man in seinem Gebaren eine gewisse unaufdringliche Anmut, die ihn sympathisch machte. Er verstand nicht, was seine Kumpels machten, und er kannte seinen Platz in der Welt noch nicht, aber er gab sich Mühe, und genau darum ging es anscheinend.

Das Leben in Echt abgefahren! bestand aus Poolpartys und Zwischenprüfungen und der Frage, wie Veronica einen bei Vee's Körpertauglichkeitstest einstufte, bei dem die einzelnen Körperteile der Kommilitonen bis ins kleinste quälende Detail unter die Lupe genommen und – oft genug ungnädig – auf einer Skala von eins bis zehn benotet wurden. Branson Spike wollte einfach nur dazugehören, wollte nur ein Mädchen finden, nur cool genug sein. Wollte einfach nur. Mit urkomischen und manchmal bedauerlichen Ergebnissen.

In der Werbepause schaute Karl sich im Raum um. Es roch nach Putzmitteln und Kotze. Eine Frau saß in einem Sessel und strickte – ein vertretbares und durchaus tröstliches Szenario, wäre sie eine dieser gemütlichen, pummeligen Frauen mit rosigen Wangen und einem Funkeln in den Augen gewesen, umringt von Enkelkindern, für die sie strickt, während ein Blech Scones im Ofen backt. Aber diese Frau hier kam Karl so vor, als stricke sie an ihrer eigenen Nabelschnur, ihrer Verbindung zu den Lebenden, als stricke sie, um nicht zu sterben. Sie schaute mit leerem Blick auf den Bildschirm und saß über ihr wirres Strickzeug gebeugt wie ein am Fluss kauerndes Tier, und Karl dachte, *Niemand wird haben wollen, was sie da produziert.*

Der Mann, der neben ihm auf dem Sofa saß, machte alle paar Minuten ein gurgelndes Geräusch. Er drehte sich zu Karl um und starrte ihn an. Man hatte versucht, ihn zu rasieren, aber nicht sehr gekonnt. Saubere kurze Stoppeln wechselten sich mit erstaunlich borstigen Haaren ab.

Gurgel, sagte der Mann.

Allerdings, sagte Karl.

Zwei weitere Männer saßen an einem Tisch in der Nähe und versuchten, Karten zu spielen. Der eine war eingeschlafen, sein Kopf rollte im Sitzen hin und her. Der andere hatte es nicht bemerkt, oder es war ihm egal, und steckte die Karten auf seiner Hand immer wieder um, während er missmutig vor sich hin murmelte.

Karl wandte sich wieder dem Fernseher zu. Ein Werbespot für ein Fußballspiel, eine Reality-Show, Gesichtscreme, Frischkäse, ein Schnellrestaurant. Alle vereint durch ihre zentrale Botschaft: Du bist nicht genug.

Karl kam sich bei alldem sehr unbedeutend vor, schwer und farblos.

Wer wart ihr? dachte er und schaute die Strickerin, den Gurgler und die Falschspieler an. *Seid ihr nicht einmal jemand gewesen?* Er hatte das Gefühl, in einen Strudel aus Vergangenheitsformen hineingesogen zu werden.

Er vermied jeden Augenkontakt. Er stellte sich nicht vor. Er wollte keine Freundschaften schließen. Er fühlte sich von diesen Menschen ebenso weit entfernt wie von den jungen Amerikanern im Fernsehen.

Und dennoch empfand Karl, während er die Heldentaten von Branson Spike und seinen Kumpeln gespannt verfolgte, eine überwältigende Nähe zu dem Jungen. Während sich Branson Spike nach Veronica Hodges, dem beliebtesten Mädchen der Schule, verzehrte, spürte Karl, wie sein eigener Körper sich verkrampfte. Er konnte sich nicht entspannen. So verzweifelt wünschte er sich, dass Branson Spike geliebt wurde.

Er sah die Hoffnung in Branson Spikes Augen. Die Hoffnung

auf diese eine Frau. Karl wusste, dass man nur eine brauchte, eine einzige, an der man sich festhalten konnte wie an einer Boje im Meer, die einen über Wasser hielt und nicht ertrinken ließ. Man schwamm trotzdem noch im Meer, aber das machte nichts, denn man konnte sie umarmen, sich auf den Rücken legen und treiben lassen, in den Himmel schauen und über die Dinge staunen, die man vielleicht verpasst hatte. Tag, Nacht, Wolken, Sterne, der wogende Ozean unter einem. Und er dachte, *Komm schon, Branson Spike.*

Die schöne Veronica Hodges war nicht diese Frau, wie sich herausstellte. Es stellte sich vielmehr heraus, dass diese Frau seine beste Freundin war, Joan Peters, die schon die ganze Zeit da gewesen war. Niedlich, schüchtern, zuverlässig. Da. Karl hatte Evie gefunden, und Branson Spike hatte Joan gefunden.

Aber was würde aus Branson Spike werden, wenn sie ihn verließ? Wegen eines Jobangebots, wegen jemand anderem, um zu sterben? Was wurde aus Karl? Während der Abspann lief, erblickte er in dem dunklen Bildschirm sein Spiegelbild.

Was wird aus Karl? dachte er.

Später saß Karl im Dunkeln aufrecht in seinem Bett. Das Licht war schon seit Stunden aus, aber er konnte sich nicht überwinden, sich hinzulegen. Er hatte das Gefühl, wenn er es täte, dann würde er entweder nicht mehr aufwachen oder einer von ihnen werden. Die schmatzenden Münder und pfeifenden Nasen und röchelnden Atemzüge, von denen er umgeben war, ergaben eine deprimierende Choreografie. Er dachte, *Ich spiele keine Rolle mehr.*

Dann, mit schmerzhafter Klarheit, *Habe ich je eine Rolle gespielt?*

Er war leer geworden, aber ohne die Erwartung, die etwas Leeres, zum Beispiel ein Blatt Papier oder eine Leinwand, hervorruft; ohne das Staunen, die Hoffnung und die Angst, die Leere manchmal erzeugen kann. Er war einfach nur nichts. In der Welt der

Satzzeichen hätte er ein Bindestrich sein können – frei schwebend, dazwischen, nicht unbedingt nötig.

Karl wollte wieder etwas fühlen. Er wollte in einen überfüllten Bus steigen und Blickkontakt mit einer Frau mit braunen Haaren aufnehmen, oder einer mit blonden oder blauen Haaren – Hauptsache Haare –, und dabei diesen Ruck im Magen spüren, diesen süßen Stich. Er wollte lauthals lachen, sich vor Lachen bis über die Knie vorbeugen, wollte jemanden mit Weintrauben bewerfen, sich in eine Schlammpfütze setzen, schreien, irgendetwas schreien, egal, was. Er wollte einer Frau den Rock herunterziehen, auf der Motorhaube eines fahrenden Autos sitzen, Shorts tragen, mit offenem Mund kauen. Er wollte Liebesbriefe an Frauen schreiben, tonnenweise. Er wollte ein paar Lesben sehen. Er wollte laut fluchen. In der Öffentlichkeit. Er wollte, dass eine unerreichbare Frau ihm das Herz brach. Er wollte, dass jemand Fremdes seinen Arm berührte. Mann oder Frau, egal. Er wollte einen Bizeps. Er wollte jemandem etwas Großes schenken. Nichts Bedeutungsvolles, nur etwas Riesengroßes. Er wollte hochspringen und versuchen, etwas zu berühren, das weit außerhalb seiner Reichweite hing. Er wollte Löcher in die Wand bohren, wollte in der Nase bohren. Er wollte auf etwas einschlagen. Mit. Aller. Kraft. Und er dachte, *Wann habe ich eigentlich aufgehört, Sachen zu machen, statt mich nur noch an sie zu erinnern?*

Also schlug Karl der Tasttipper die Bettdecke zurück. Er rutschte an die Bettkante und schleuderte seine Hausschuhe von sich, erst den einen, dann den anderen, wie ein Kind, das nach einem langen Schultag nach Hause kommt, seine Schuhe wegschleudern würde, ohne sich darum zu kümmern, wo sie landeten. Ein Schuh stieg hoch in die Luft und vollführte einen Salto, wie ein Kunstturner, der andere flog quer durchs Zimmer und landete am Fußende des Bettes eines seiner Zimmergenossen. Karl wartete auf eine Reaktion, aber niemand rührte sich. Er glitt vom Bett, zog seine Schlafanzughose aus, trampelte darauf herum und ließ sie auf dem Fußboden liegen. Er riss sich das Oberteil vom Leib, sodass die Knöpfe in alle Richtungen flogen, und stand dann ein paar Sekunden lang da und genoss das wunderbare Gefühl, an einem fremden Ort so gut wie nackt zu sein. Dann zog er sich beim Licht der Straßenlaterne, das durch das Fenster hereinfiel, an.

Er schlüpfte in seine Schuhe. Seine Haut prickelte vor Entschlossenheit. Er nahm einen Filzstift von dem Klemmbrett, das am Ende seines Bettes befestigt war, und schrieb mit riesigen zittrigen Buchstaben *Karl der Tasttipper war hier* an die Wand über seinem Bett. Er warf den Filzstift in die Luft, und der fiel klappernd zu Boden. Nach kurzem Nachdenken hob er den Stift wieder auf und steckte ihn in die Tasche. Er winkte den vier schlafenden Männern zu. Er spähte durch den Türspalt hinaus und ging auf Zehenspitzen den Korridor entlang. Er öffnete die Haustür und trat in die Nacht hinaus. Und als er den Fußweg hinunter und dann durch das Tor spazierte, dachte er, *Dies ist bei Weitem das Mutigste, was ich je gemacht habe.*

TEIL 2

KARL DER TASTTIPPER

Karl sitzt an einem Schreibtisch auf der Polizeiwache und wartet darauf, dass ein Polizist sich um ihn kümmert. Auf der Wache sieht es nicht viel anders aus als in der Tippschule – reihenweise Schreibtische mit Computern obendrauf, Papierstapel und schweigende Telefone. Keine Kriminellen, die in Handschellen abgeführt werden, keine Schüsse, keine dramatischen Gespräche zwischen den Polizisten. Alles ist so wie in jeder anderen Behörde auch, und Karl kann nicht umhin, das ein bisschen enttäuschend zu finden.

Er klopft mit den Händen auf den Tisch. *Lauf, Millie, lauf!* hatte er gesagt und die Verfolger abgelenkt, damit sie fliehen konnte. Er ist stolz auf seine Geistesgegenwart. Aber wo wird sie hinlaufen? Was wird sie tun? Sie ist ja noch ein Kind, und er hat sie in den Vorstadtdschungel geschickt.

Er schaut aus dem Fenster. Eine Mutter mit Kinderwagen geht gerade vorbei. *Ich werde dich finden*, flüstert Karl. Die Frau dreht den Kopf zum Fenster. *Nicht Sie*, sagt er schnell und spürt, wie ihm die Röte ins Gesicht steigt. Er schüttelt den Kopf über sich selbst, als ihm klar wird, dass sie ihn unmöglich gehört haben kann. Dann ist die Frau nicht mehr zu sehen. Er schaut die Schaufensterpuppe an, der er den Namen Manny gegeben hat und die aufrecht neben ihm am Schreibtisch lehnt. *Wir werden Millie schon finden, was, Manny?* Karl ist froh, dass Manny da ist, dass er nicht in der Unterzahl ist, sondern jemanden an seiner Seite hat.

Karl streicht Mannys Hemd glatt. Er schnippt gegen das Hosenbein, in dem Mannys Bein stecken sollte. Er schaut auf seine eigenen Hände hinab. Sein linker Zeigefinger und beide Ringfinger enden kurz über dem Knöchel. Wenn er jetzt mit ihnen tippt, dann stoßen sie bloß in die Luft, suchen etwas, das sie nicht finden werden. Er hat sich beigebracht, mit den Stumpen zu tippen, indem er das Handgelenk absenkt, um an die Tasten heranzukommen. Er reibt mit dem Daumen über die Stümpfe.

Der Polizist, der ihn hergebracht hat, beugt sich über die Empfangstheke in der Ecke und spricht leise mit der Rezeptionistin. Der Polizist heißt Gary. Voller, massiger Körper, klare Gesichtszüge, Bewegungen wie eine Bulldogge, wenn sie aufrecht gehen könnte. Die Rezeptionistin ist jung und hübsch. Sie hat lange blonde Haare, pinkfarbene Fingernägel und kühle blaue Augen, die von dicken schwarzen Linien umrahmt sind, so als hätte sie sie mit schwarzem Filzstift eingekreist, ähnlich wie eine Lehrerin einen immer wieder vorkommenden Fehler umkreist. Gary lässt seinen Bizeps für sie spielen; er tut zwar so, als mache er das nicht mit Absicht, aber Karl weiß Bescheid. Es wirkt, als mache Gary sich auf einen Aufprall gefasst, der ihn jeden Augenblick kalt erwischen könnte. Sie lässt ihren Blick an seinem Unterarm hinaufwandern, über den Bizeps bis zum Hals und schließlich in seine Augen. Gary bemerkt es und grinst triumphierend, so als ob er etwas gewonnen hätte: ein Rennen, eine Wette, einen Erfolg fürs Leben.

Karl wendet sich von den beiden ab, zieht einen Beutel aus der Jackentasche und leert ihn auf dem Schreibtisch aus. Er hat ihn in Evies Nachttischschublade gefunden, als er endlich den Mut aufgebracht hatte, ihre Sachen durchzugehen. Ein Zettel hing daran; Karl, stand darauf. In dem Beutel sind elf Schreibmaschinentasten.

W, C, A, D, S, S, A, R, U, H und M.

Sie wollte ihm etwas mitteilen, so viel ist klar. Er verbringt die meiste Zeit mit dem Versuch, herauszufinden, was es ist. Er schiebt die Buchstaben herum und legt jede Kombination, die ihm einfällt.

Wachsam durs.

Schar da was um.

Du Schwarm As.

Maus war Dachs.

Das war Schaum.

Das war Schaum.

Am Ende landet er immer dabei.

Was war Schaum? Der Fleck auf dem Teppich? Die Affäre mit dem äußerst gutaussehenden Footballspieler, die ich dir verschwiegen habe? Unsere Liebe? Nur Schaum? Von Anfang bis Ende?

So, sagt Gary und setzt sich an seinen Schreibtisch. *Was haben wir denn da?*

Karl setzt sich aufrecht hin, schiebt die Tasten zusammen und lässt sie in seinen Taschen verschwinden. *So*, sagt er. *Nichts.*

Gary macht sich an einigen Papieren auf seinem Schreibtisch zu schaffen und ordnet sie stapelweise. *Karl, nicht wahr?*

Ja, Sir, sagt Karl, während seine Hände in den Hosentaschen auf seine Oberschenkel trommeln.

Was glauben Sie, warum Sie hier sind, Karl?

Ich wurde verhaftet, Sir.

Und warum wurden Sie verhaftet, Karl?

Ich weiß nicht genau. Gary.

Das glaube ich kaum, Karl. Ich glaube, Sie wissen sehr genau, warum Sie verhaftet wurden. Gary lehnt sich zurück. *Ich glaube, Sie müssten ein echter Dummkopf sein, um das nicht genau zu wissen. Und ich halte Sie keineswegs für einen Dummkopf.*

Karl schweigt kurz. *Ich wäre da nicht so sicher, Gary. Ich benehme mich ziemlich oft wie ein Dummkopf.*

Hören Sie, Karl. Hören Sie. Gary beugt sich vor und legt die Ellbogen auf den Tisch. *Es liegen ziemlich schwere Anschuldigungen gegen Sie vor.*

Anschuldigungen?

Gary reckt sich, um über den Schreibtisch schauen zu können. *Was machen Sie da unten?*

Karls Hände stecken noch in seinen Taschen und tippen unermüdlich, während er spricht. Seine Finger bewegen sich unter dem Hosenstoff auf und ab. Mist. Er weiß, wonach das aussieht. Er zieht die Hände aus den Taschen. Legt sie auf seine Oberschenkel. Besinnt sich dann eines Besseren, weiß aber nicht, wohin mit ihnen. Er streckt die Arme seitlich aus wie ein Kind, das Rakete spielt.

Gary nickt Manny zu. *Wozu ist der denn da? Ist der auch mit von der Partie?*

Partie?

Ja, Partie. Gary schreibt etwas auf ein Blatt Papier, das oben auf einem seiner Stapel liegt. *Wir werden bei der Puppe einen Abstrich machen müssen. Und bei Ihnen auch,* sagt er knapp.

Das ist Manny, erklärt Karl. Die Rezeptionistin kommt mit zwei Gläsern Wasser. Garys Augen leuchten auf. *Perfektes Timing, Süße,* sagt er, nimmt ihr ein Glas aus der Hand und nippt daran. *Könntest du bitte das Abstrichset holen?*

Das Mädchen knallt das zweite Glas vor Karl auf den Tisch. *Ja klar, cool,* sagt sie und schenkt Gary ein strahlendes Lächeln, ehe sie sich mit einem großzügigen Wippen ihrer langen Haare umdreht. Gary schaut ihr mindestens fünf Sekunden lang nach.

Und in dem Moment sieht Karl es, an der Wand hinter Garys Schreibtisch. Eine Wand voller Poster mit Gesichtern, die ihn anstarren. Manche ganz offensichtlich gut getroffen, manche ganz offensichtlich schlecht. *Gesucht*, steht auf einigen. *Vermisst*, auf anderen.

Eins davon eindeutig sein eigenes Gesicht.

Vermisst wird er. Nicht *Gesucht. Vermisst.*

Er versteht das und stimmt zu.

Gary hält ein Blatt Papier hoch, sodass Karl es sehen kann. Karl kneift die Augen zusammen. Er spürt, wie sein Herz klopft. Er wischt sich die Hände an seiner Hose ab.

Was wissen Sie über das Altersheim von Warwickvale? sagt Gary.

Karl erkennt das Logo auf dem Papier, und sein Kiefer verspannt sich. *Oh, ja.*

Ja was?

Es ist ein Altersheim.

Waren Sie schon mal dort, Karl?

Nein.

Nein?

Ich meine, ja.

Sie meinen ja?

Na ja, ja. Und nein.

Gary legt das Blatt zwischen sie auf den Schreibtisch. Er schiebt die Ellbogen auf die Tischplatte und faltet die Hände. *Was zum Teufel reden Sie da, Karl?*

Karl lacht. Es ist ein schrilles Lachen. Es klingt kein bisschen nach seinem normalen Lachen. *Ich, ähm.* Er räuspert sich. *Ich war schon zu Besuch dort. In meinem Alter ist fast jeder, den man kennt, da drin!* Wieder das schrille Lachen, das nicht seins ist.

Gary nickt. *Klar.* Er steht auf. *Also. Würden Sie bitte hier warten?*

Karl nickt lächelnd, während Gary in einem anderen Zimmer verschwindet und die Tür hinter sich zumacht. Karl dreht seinen Drehstuhl herum und beobachtet ihn durch das Fenster. Gary nimmt das Telefon und wählt. Er bemerkt, dass Karl ihn beobachtet. Karl winkt und zwinkert ihm zu. Gary lässt die Jalousie herunter.

Oh-oh, Manny, sagt Karl kaum hörbar.

Die Rezeptionistin tippt klackend auf ihrer Computertastatur.

Hallo, ruft Karl ihr durch den Raum zu.

Sie blickt auf. *Hi*, sagt sie schroff. Nicht freundlich. Mit einem verächtlichen Schnauben.

Was würde Branson Spike wohl tun? *Arbeitet sich's gut hier?* fragt er.

Sie ignoriert ihn.

Wie ist die Bezahlung? Okay?

Sie steckt sich Kopfhörer in die Ohren und tippt weiter.

Plan B, Manny, sagt Karl und wirft der Rezeptionistin einen schnellen Blick zu, um sicherzugehen, dass sie nicht zu ihm herüberschaut. Er nimmt das Glas Wasser und gießt es sich in den Schritt.

Ähm, sagt er, steht auf und geht auf sie zu.

Igitt! sagt sie und springt auf. *Stehen geblieben! Was haben Sie gemacht?*

Karl bleibt stehen. *Ich glaube, ich hatte einen kleinen Unfall*, sagt er und hebt die Arme, als wolle er auf die nasse Stelle zwischen seinen Beinen aufmerksam machen.

Ekelhaft, sagt sie. *Alte Leute sind echt ekelhaft.*

Karl zuckt mit den Schultern. *Macht es Ihnen was aus, wenn ich …?* Er zeigt mit dem Daumen auf das Schild, das den Weg zu den Toiletten weist.

Gehen Sie einfach.

Ich tausche Hosen mit ihm hier, sagt er und klemmt sich Manny unter den Arm.

Mir egal, sagt sie, holt tief Luft und setzt sich wieder hin. *Solange Sie mir vom Leibe bleiben.*

Bin gleich wieder da, sagt Karl. Das Toilettenschild zeigt nach rechts den Korridor entlang. Der Ausgang ist links. Karl wirft einen Blick zurück zu der Rezeptionistin. Sie trägt wieder ihre Kopfhörer und hat ihm den Rücken zugedreht. Er lächelt zu Manny hinunter, der anerkennend zu Karl hochschaut. *Millie, wir kommen*, flüstert Karl. Und geht in Richtung Ausgang.

AGATHA PANTHA

7.43: Holt die Kleine ab. Geht mit ihr zum Busbahnhof.

7.53: Ein Teenager geht auf der Straße an ihnen vorbei. Er trägt eine Zahnspange, hat Pickel im Gesicht, und der Schirm seiner Mütze zeigt zur Seite. *Denkt bestimmt ans Masturbieren,* sagt Agatha, als sich ihre Schultern berühren. *Was?* erwidert er. Er hält sich ein Handy ans Ohr, als wäre es ein lebensrettendes Instrument. *Was sagst du in dieses Ding?* fragt sie. *Was haben Kinder anderen Kindern zu sagen? ›Fred, letzte Nacht hab ich nicht ins Bett gepinkelt?‹* Der Junge schüttelt den Kopf. *Sie sind ja verrückt, Lady,* sagt er und blickt sich um, während er weitergeht. *Zu meiner Zeit gab es überhaupt keine Teenager!* erklärt sie seinem sich entfernenden Rücken. *Man war Kind, bis man zwei wurde, und dann war man erwachsen!* Zu dem kleinen Mädchen gewandt verkündet sie: *Er ist hier der Verrückte.*

8.06: Trifft am Busbahnhof ein. *Was ist Masturbieren?* fragt das kleine Mädchen. *Das machen die Jungs, wenn sie nichts zu tun haben!* sagt Agatha. *Und was ist mit den Mädchen?* fragt das kleine Mädchen. *Was soll denn mit ihnen sein? Jungs fassen sich selbst an, Mädchen bereiten sich darauf vor, von Jungs angefasst zu werden! So ist das im Leben! Am besten schreibst du's dir auf!*

8.07: Sieht im Busbahnhof ein Münztelefon. Die Kleine ruft Mum an. *Ihr Telefon ist noch aus*, sagt sie.

8.09: Kauft Busfahrkarten. *Zweimal nach Kalgoorlie!* sagt sie zu der Frau am Schalter. *Macht vierundsechzig Dollar,* sagt die Frau. *Was?* sagt Agatha. *Vierundsechzig Dollar*, wiederholt die Frau. *Wie viel?* sagt Agatha. *Vier. Und. Sechzig. Dollar,* sagt die Frau. *Das zahlst du mir zurück,* sagt Agatha zu dem kleinen Mädchen. *Ich hab aber kein Geld,* sagt das kleine Mädchen. *Du kannst dir einen Job suchen,* sagt Agatha. *Ich bin sieben,* sagt das kleine Mädchen. *Genau!* sagt Agatha. *Mein Dad ist gestorben,* sagt das kleine Mädchen. *Das hatten wir doch schon,* sagt Agatha. *Meiner auch.*

8.13: Sieht sich auf dem Busbahnhof um. *Wozu gibt's hier so viele Getränke?* sagt sie zu dem kleinen Mädchen. Dicht an der Wand stehen vier Kühlschränke mit Getränken, die man kaufen kann. *Zu meiner Zeit gab es einen viertel Liter Milch und zwei Zapfhähne für Soda, einen gelben und einen schwarzen. Wer weiß, was da drin war. Der schwarze war mit Geschmack, und das reichte. Wozu gibt es fünfzehn Sorten Wasser?* Sie betrachtet mit zusammengekniffenen Augen den Kühlschrank. *Was zum Teufel ist Vitaminwasser?* Das kleine Mädchen hebt die Schultern. *Zu meiner Zeit konnte man froh sein, wenn man ein Glas Wasser kriegte, das nicht nach Abwasser schmeckte!*

8.24: Ein blonder Junge setzt sich Agatha gegenüber und starrt sie an. *Was guckst du so?* Das blonde Kind bleibt ungerührt. *Menschen mögen es nicht, wenn man sie anstarrt. Katzen auch nicht. Das hab ich früh gelernt. Am besten schreibst du dir das auf. Katzen und Menschen mögen es nicht, wenn man sie anstarrt. Besorg dir einen Stift!*

8.36: An der Wand hängt ein Werbeplakat mit dem Foto von einer Frau, die ein Schild in der Hand hat, auf dem steht *Altwer-*

den kann warten. Agatha stellt sich vor die abgebildete Frau, als würden die beiden in einem Western zum Duell antreten. Der blonde Junge starrt Agatha immer noch an. *Altwerden sucht man sich nicht aus!* brüllt sie ihn an. Der Junge fängt an zu weinen, und seine Mutter wirft Agatha einen zornigen Blick zu. *Hat keinen Zweck, ihm das zu verheimlichen,* sagt Agatha und setzt sich wieder hin. *Ist das nicht unser Bus?* sagt das kleine Mädchen. Durch das Fenster sieht Agatha eine Reihe von Leuten, die in einen Bus einsteigen. *Kalgoorlie,* steht vorne dran. *Oh,* sagt Agatha. Sie gestattet sich einen tiefen, finsteren Seufzer.

MILLIE BIRD

Manchmal, wenn Millie ihre Gummistiefel ausführt und mit ihnen im Park in der Nähe ihres Hauses, in der Einkaufszone oder unten am Strand spazieren geht, macht sie Spaziergedichte. Sie hört drei Wörter von dem muskulösen Joggerpaar *(Er hat gesagt)* und vier Wörter von der Mutter, die mit ihrem Kind im Kinderwagen spricht *(Willst du den Schnuller?)*, und ein, zwei Wörter von dem älteren Paar, das Händchen hält, als würden sie sich gegenseitig stützen *(vor allem)*, und dann das Schweigen der jungen Frau, die nicht besonders viel anhat (…); aber ihre Sonnenbrille ist das größte Teil an ihrem Körper, und sie hat Musik im Ohr und konzentriert sich darauf, das Fett von ihren Oberschenkeln zu ihren Brüsten zu verschieben, und ihr Gesichtsausdruck, diese Konzentration, gehört auch zum Gedicht dazu.

Er hat gesagt
Willst du den Schnuller?
vor allem
…

Und jetzt, als Millie durch den Bus geht, den Gang auf und ab läuft, ihre Finger über die Sitze gleiten lässt und mit den Füßen über den Boden schlurft, macht sie auch ein Gedicht.

also du
erst zwanzig
kirchlich geheiratet?
o Gott!

Es gefällt ihr, dass die Wörter manchmal hart aufeinandertreffen, sich manchmal aber auch wie von selbst zusammenfügen. Die Überraschung dabei. Und es gefällt ihr, dass es ein Geheimgedicht ist, sogar für sie, denn sie wird es sich nicht merken. Und es wird nur in diesem Augenblick existieren.

Der Bus fliegt durch die Landschaft; Bäume, Sträucher und Häuser huschen vorbei. Die Straße vor ihnen ist lang und gerade, und ganz am Ende sieht es so aus, als würde man von einer Klippe aus abheben und in den Himmel fliegen, in den Weltraum, ins All, ins Nichts, oder ins Etwas, oder beides.

Die Sonne bringt das Gras zum Leuchten und färbt den Himmel wie Feuer, und plötzlich tut Millie der Bauch weh, alles tut ihr weh, denn sie denkt an Den Abend vor dem Ersten Tag des Wartens, deshalb setzt sie sich neben Agatha und versucht, ihrer Mum im Geiste Botschaften zu senden. Wenn sie ihren Kopf ablösen und in die Vergangenheit schicken kann, warum kann sie dann nicht auch ihren Kopf ablösen und an einen anderen Ort schicken? Sie sagt in Gedanken: TUTMIRLEIDMUMTUTMIRLEID MUMTUTMIRLEIDMUM.

Die Mum auf dem Sitz neben ihnen stillt ihr Baby. Der Dad macht viel Getue um die beiden. Millie spürt ein Ziehen im Magen.

Sie schaut Agatha an. *Hast du eine Familie, Agatha Pantha?*

Also das geht dich wohl kaum etwas an!

Wer ist für Familien zuständig? fragt Millie.

Was? sagt Agatha. *Die Regierung, nehme ich an!*

Kann man eine gründen, wenn man seine verliert?

Nur. Für. Alle. Fälle.

Du kannst nicht einfach eine Familie gründen! Du bist erst vier!

Sieben.

Du musst zuerst schwanger werden. Und vierjährige …

Sieben.

Egal! Du kannst nicht schwanger werden!

Warum nicht?

Du musst erst deine! Deine! Agatha schluckt. *Deinen monatlichen Besuch von Tante Rosa kriegen!*

Kommt die von der Regierung?

Du liebe Güte, nein!

Woher denn dann?

Sie kommt von nirgendwo!

Wieso wird sie dann Besuch genannt?

Das sagt man nur so!

Wer denn?

Agatha seufzt laut. *Na schön, ich geb's auf! Jemand von der Regierung kommt zu dir nach Hause und macht eine Frau aus dir!*

Millie schaut verstohlen die stillende Mutter an und beugt sich dicht zu Agatha hinüber. *Bringt sie mir auch meinen Busen mit?* flüstert sie. *Den werde ich nämlich nicht annehmen.*

Das sagst du jetzt! Erst willst du ihn nicht, dann willst du ihn doch, und wenn du in mein Alter kommst und er viel länger ist als breit, dann wärst du am liebsten tot!

Der Dad in der Nebenreihe beugt sich über seine Frau. *Würden Sie bitte etwas leiser sprechen?* sagt er, zeigt auf das Baby und legt einen Finger auf seine Lippen.

Nein! schreit Agatha.

He! sagt die Busfahrerin von vorne. *Haltet mal die Luft an da hinten!*

Agatha lehnt sich auf ihrem Sitz zurück und verschränkt die Arme vor der Brust. Millie trommelt mit den Fingern auf die Armlehne.

Was wolltest du werden, als du klein warst? flüstert sie Agatha zu.

Ist doch egal! flüstert Agatha laut zurück.

Verrätst du's mir?

Na schön! Ich wollte größer werden! Ich wollte glücklicher werden! Ich wollte Krankenschwester werden! Ich wollte ein eigenes Set sehr guter Sherrygläser besitzen! Nicht solche wie die Queen, einfach nur sehr gute! Das war's auch schon! Ich hatte keine großen Wünsche! Aber nichts davon ist eingetreten! Das Leben entscheidet, was passiert, nicht man selbst!

Wolltest du heiraten?

Heiraten ist nichts, was man sich wünscht! Man tut es einfach!

Millie rutscht auf ihrem Sitz herum. Die Busfahrerin schaut immer wieder im Spiegel zu ihnen hinüber.

Habt ihr euch sehr geliebt, du und dein Mann? flüstert Millie.

Sind wir hier in der Talkshow oder was?

Kannst du mein Punkt vier sein? fragt Millie.

Was?

Schscht! sagt der Dad.

Ist ja schon gut, sagt Agatha. *Sie ist hier die Verrückte,* fügt sie noch hinzu und zeigt auf Millie. *Nur damit das klar ist.*

NOCH ETWAS, DAS MILLIE GENAU WEISS

Obwohl es alle möglichen Wörter gab, hieß das noch lange nicht, dass man sie auch benutzen durfte. Aber es gab kein Buch darüber, man musste es einfach irgendwie wissen. Alle schienen es zu wissen, nur sie nicht. Manche Wörter durfte man sagen, andere nicht, so war das eben.

Beispiele von Sachen, die man nicht sagen durfte, niemals, zu keinem:

Wie dick bist du?

Hast du eine Vagina oder einen Penis?

Was für eine Beerdigung willst du haben, wenn du stirbst?

Eines Abends, als ihre Mutter gerade auf allen vieren die Badezimmerfliesen wischte, sagte Millie, *Was für eine Beerdigung wünschst du dir, Mum? Wenn du stirbst?*

Ihre Mum richtete sich auf, als hätte sie jemand am Nacken hochgezogen.

Millie machte einen Schritt rückwärts. *Heute ist in der Schule ein Luftballon geplatzt, und George hat geweint, und Claire hat gelacht, aber alle waren total überrascht, und so eine Überraschung möchte ich bei meiner Beerdigung haben, eine, bei der alle ganz dolles Herzklopfen kriegen, damit sie sich daran erinnern, dass ihr Herz noch schlägt, deshalb möchte ich, dass du einen Luftballon mitbringst und Dad auch, und ihr sollt sie zu verschiedenen Zeiten platzen lassen.*

Okay? fragte Millie, als ihre Mutter keine Antwort gab.

Geh in dein Zimmer, sagte ihre Mutter schließlich.

Millie gehorchte und setzte sich neben ihrem Bett auf den Teppich. Mit den Fingern zog sie Muster in den Teppich, und dann betrachtete sie die Welt falsch herum durchs Fenster, indem sie sich auf den Rücken legte und den Kopf über die Bettkante hängen ließ. Der Boden war der Himmel, der Himmel war der Boden, und die Bäume wuchsen nach unten. In dieser umgekehrten Welt wirkte alles ein bisschen freier.

Als ihr Dad ins Zimmer kam, betrachtete Millie gerade die Muster, die sie mit den Fingern in den Teppich gezeichnet hatte, winzige Straßen für winzige Menschen. *Warum, Dad?* fragte sie.

Ihr Dad hob sie hoch und setzte sie auf seine Hüfte, so wie er es immer gemacht hatte, als sie so klein war, wie sie in ihrer frühesten Erinnerung war. *Das ist einfach eine Regel,* sagte er. *Man spricht nicht darüber.*

Ja, aber wer sagt das?

Er zuckte die Achseln. *Gott?*

Aber Gott tötet doch dauernd Leute. Hat Mum gesagt.

Dann war es vielleicht jemand anders. Der Gleiche, der auch bestimmt hat, dass man nicht auf Leute zeigen und sie auslachen darf, oder ohne Hosen aufs Postamt gehen. Irgendeiner stellt Regeln auf, an die wir uns alle halten müssen. Verstehst du?

Ich mag diesen Typen nicht.

Ihr Dad lachte. *Den mag keiner.*

Ein paar Wochen später saß Millie bei den Nachbarn im Gartenhaus auf einem grünen Stuhl. Sie weiß noch, dass er grün war, weil sie versucht hat, nur an grüne Sachen zu denken, solange sie dort saß. Rasen. Bäume. Frösche. Ihre Mülltonne. Ihr Sofa. Das Zeug, das ihr Vater manchmal zwischen den Zähnen hatte. Den Stein am Ring der Dame dort. Die Bierdose da. Ihr Federmäppchen.

Ihr Dad war auch da und alle Männer aus der Nachbarschaft, und ihre Mutter war da und alle Frauen aus der Nachbarschaft. Die Männer trugen Schals und hatten Bier in der Hand, und ihr Dad hatte einen Bierflaschenhalter mit einer Karte von Australien auf der einen und einer Frau im Bikini auf der anderen Seite, und sie redeten alle sehr laut über Tore und Tags und Half-Forwards und Flanken und Schiris und Squares, und sie umrahmten diese Wörter mit Wörtern, die man normalerweise nicht sagen durfte, die an dem Tag aber aus irgendeinem Grund erlaubt waren. Zum Beispiel *verdammt* und *Scheiße* und *So ein Arschloch* und *Ver-*

dammte Scheiße, willst du mich verarschen, du Mistkerl? Die Nachbarsfrauen und ihre Mum schwebten mit Platten voller Essen herein, bahnten sich tänzelnd einen Weg wie beim Schwofen und sagten, *Siehst du, wie er mit mir redet?* und *Möchtest du ein bisschen Soße dazu, Schatz?* und *Finger weg!*. Ihr Dad war laut, und ihre Mum lächelte viel, und beides war nicht ihre übliche Art, sich zu benehmen. Während die Kinder draußen *Du bist's* und *Du hast gemogelt!* und *Dann bist du nicht mehr meine beste Freundin* schrien, saß Millie auf ihrem grünen Stuhl und dachte *Sellerie. Gurke. Avocadocreme.*

Und wieder hatte Millie das Gefühl, es gab Regeln im Gartenhaus der Nachbarn, die sie nicht kannte, die alle anderen aber kannten; Regeln über das Verhalten von Männern, Frauen und Kindern in Gegenwart der anderen, Regeln, die den Männern einen Platz vor dem Fernseher verschafften, den Frauen den Raum zwischen den Männern gaben und den Kindern den Raum draußen zuwiesen.

Große, stattliche Männer, die alle gleich angezogen waren, standen Seite an Seite auf dem Bildschirm und formten mit den Lippen *Australians all let us rejoice.* Die Kamera schwenkte über den Platz. Er war so riesig, dass er ihr unwirklich vorkam. *Wenn ich jetzt da sein könnte, würde ich glücklich sterben,* sagte ihr Dad lauter als alle anderen. Ihr Dad und die männlichen Nachbarn lachten zusammen, aber Millie hörte nur seine Stimme, die verbotenen Worte, die wie springende Steine über die Oberfläche von allem anderen sprangen.

Kann man glücklich sterben? flüsterte sie ihren Gummistiefeln zu.

KARL DER TASTTIPPER

Ehe Evie krank wurde, arbeitete sie manchmal nachmittags im Kaufhaus. Eines Abends beim Essen sagte sie, *Hast du schon mal davon geträumt, im Kaufhaus eingeschlossen zu sein?*

Natürlich, sagte Karl.

Wir sollten das mal machen, sagte sie. *Wir könnten uns abends in den Umkleidekabinen für Männer verstecken, wenn abgeschlossen wird. Dort schaut nie jemand nach.*

Sie grinste ihn spitzbübisch an. *Männer probieren in dieser Stadt nichts an.*

Abwechselnd zählten sie alles auf, was sie machen würden, nachdem sie das geschafft hatten.

Auf den Betten herumspringen, sagte sie.

Die ganze Schokolade aufessen, sagte er.

Alle Lippenstifte ausprobieren.

Du brauchst keinen Lippenstift, Liebes.

Auf den ganzen tollen Computern herumtippen.

Du weißt doch gar nicht, wie man einen Computer bedient.

Er braucht ja nicht an zu sein.

Ich würde alle Buchstaben von den Tastaturen abnehmen und dir damit einen Liebesbrief schreiben.

Ach, Schatz, sagte sie und griff über den Tisch nach seiner Hand. *Wir sind doch keine Vandalen.*

Vielleicht doch? sagte er. *Vielleicht werden wir welche, wenn wir zusammen im Kaufhaus eingeschlossen sind?* In dieser Kaufhausfantasie lag das Versprechen einer anderen Version ihrer selbst.

Aber sie setzten nichts davon je in die Tat um, denn sie redeten viel, taten aber wenig und fanden das alle beide vollkommen in Ordnung.

◆

Nachdem Karl der Tasttipper also aus dem Altersheim abgehauen war, ging er direkt zum Kaufhaus und wartete, bis es aufmachte. Er setzte sich ins Café und hielt mit beiden Händen seinen Kaffee fest. Es beruhigte ihn, etwas zum Festhalten zu haben. Er beobachtete die Leute, die ein Leben hatten, eine Zukunft, Liebe, und hatte das Gefühl, über alldem zu schweben, so als lägen alle Gefühle, die diese Leute hegten, weit außerhalb dessen, was er je selbst erleben könnte. Und dann, um 16.30, ging er in die Umkleideräume für Männer und wartete.

Es funktionierte, genau wie Evie gesagt hatte, also blieb er jeden Abend dort; sobald das Licht ausgegangen war, schlich er sich aus den Umkleiden weg und legte sich für einige Stunden, so lange wie er sich traute, in eins der Ausstellungsbetten. Jeden Morgen spazierte er die anderthalb Kilometer zum städtischen Zeltplatz, schlich sich in die Duschen, wusch sich und lief die anderthalb Kilometer bis zum Kaufhaus wieder zurück. Nachmittags saß er im Kaufhaus-Café, schaute in seinen Kaffeebecher und dachte, *Die ganze Schokolade aufessen, auf den Betten herum-*

springen, dir einen Liebesbrief schreiben. Und dann, wenn die Uhr halb fünf schlug, spulte Karl das ganze Programm von vorne ab.

Er war schon fast drei Wochen dort und hatte es geschafft, sich so einzurichten, dass das Leben erträglich war. Niemand hatte ihn erkannt. Niemand schien nach ihm zu suchen. Das einzige Problem war Stan, ein kleiner, grimmig aussehender Mann, der nicht viel sprach und der Wachmann war, den Karl aus Evies Zeit im Kaufhaus kannte. Aber wie sich herausstellte, war Stan der Wachmann für die ganze Stadt und arbeitete nur ein oder zwei Mal in der Woche im Kaufhaus, und dann saß er die meiste Zeit über hinten im Büro und schaute sich Wiederholungen von Fernsehserien aus den Achtzigerjahren an. Karl glaubte allmählich, er könnte den Rest seiner Tage so verbringen. Und fand den Gedanken gar nicht mal schlecht. Er hatte alles, was er brauchte. Ihm fiel kein Grund ein, warum er dort weggehen sollte.

Und dann kam Nur Millie, und alles wurde interessanter, komplizierter, hoffnungsvoller. In ihrer ersten Nacht hockte er sich hinter die Ständer mit Umstandskleidung und beobachtete, wie sie durchs Fenster auf den leeren Parkplatz hinausschaute. Er beobachtete, wie sie in die Abteilung für Damenunterwäsche zurückging, und das war der Moment, in dem er entschied, dass er auf sie aufpassen musste. Am zweiten Abend beobachtete Karl sie aus einem Versteck hinter Manny – er überlegte, wie er etwas sagen könnte, ohne sie zu erschrecken –, als Stan auf sie zu kam. Karl geriet in Panik und schubste Manny vor Stans Füße. Eigentlich hatte er Stan nur ablenken wollen, damit Millie Zeit hatte, wegzulaufen, aber dann war Stan ein paar Minuten lang bewusstlos liegen geblieben. Als Millie losrannte und Karl sich die Bescherung ansah – Stan mit dem Gesicht am Boden, Manny mit abgespreizten Gliedern auf ihm –, dachte Karl, *Also, Stan ist wirklich nicht der Hellste.*

Diesmal ist es ein bisschen schwieriger, im Kaufhaus herumzuschleichen. Sie sind hinter ihm her. Sie wissen, wie er aussieht. Es gibt Plakate mit seinem Foto, verdammt noch mal! Und dann noch Manny. Was würde Branson Spike tun? Also geht er mit Manny zum Busbahnhof und versteckt ihn dort, draußen, hinter dem großen Container. Er deckt ihn mit seinem violetten Jackett zu. *Bin gleich wieder da,* sagt er zu Manny und klopft ihm tröstend auf die Schulter. Er geht zum Zwei-Dollar-Laden und kauft sich eine Brille und eine neue Kappe. Und dann spaziert er ganz ungeniert ins Kaufhaus. Stolz und aufrecht, mit herausforderndem Blick.

Aber niemand nimmt Notiz von ihm, und das ist ärgerlich. Da hat er sich so viel Mühe gemacht, und dann schaut nicht mal jemand hin. Er läuft direkt an dem Wachmann vorbei, im Café sitzt Helen am Nebentisch, die Rezeptionistin vom Polizeirevier blättert nur wenige Meter von ihm entfernt Zeitschriften durch. Keiner von ihnen bemerkt ihn. Sie suchen überhaupt nicht nach ihm. Falls sie ihn sehen, ist es ihnen egal.

Er spielt keine Rolle.

Nachdem er also am Abend eingeschlossen worden ist und sich davon überzeugt hat, dass Stan nicht da ist, und nachdem er dreimal nachgesehen hat, dass Millie sich weder in der Damenwäscheabteilung noch hinter der Topfpflanze versteckt hat, nimmt Karl seinen Schraubenzieher und macht von allen Computertastaturen, die er entdeckt, die Bindestriche ab. *Siehst du, Evie?* sagt er. *Ich bin doch ein Vandale.* Er legt alle Bindestriche aneinander, um ICH BIN HIER auf die Theke des Cafés zu schreiben. Dann holt er sich ein Stück Kreide aus der Spielwarenabteilung und schreibt ICH BIN HIER auf die Menü-Tafel des Cafés. Er schiebt die Tische zusammen und arrangiert die Salz- und Pfefferstreuer zu ICH BIN HIER.

Er entdeckt, dass die Tür zum Kaufhausbüro nicht abgeschlossen ist, also geht er hinein und durchsucht alle Schubladen nach etwas, irgendetwas, das auf Millies Aufenthaltsort hinweisen könnte. Nichts. Wo kann sie sein? Hatte man sie gefunden? Was hatten sie mit ihr gemacht? Er setzt sich auf den Schreibtisch und reibt sich übers Gesicht. Er betrachtet die blütenweiße Wand. Er nimmt die Kappe von seinem Filzstift ab und schreibt *Karl der Tasttipper war hier,* mit großen, sorgfältig abgerundeten Buchstaben an die Wand.

Am nächsten Morgen läuft er die achthundert Meter zum Busbahnhof, um nach Manny zu sehen. *Alles klar bei dir?* fragt er und hebt die Jacke hoch. *Ist nicht für immer*, verspricht er. *Nur bis wir Millie gefunden haben.* Manny geht es gut, er ist nur ein bisschen feucht vom Morgentau. *Wir brauchen aber einen Plan.*

Karl späht um die Ecke des Busbahnhofs. Vor dem Gebäude sind fünf langgestreckte Haltebuchten für die Busse. Ein Bus schließt gerade seine Türen und erwacht rumpelnd zum Leben. Hinter den Fensterscheiben sieht man die Köpfe der Reisenden. Manche drücken die Nase an die Scheibe, andere schauen nach vorn. Der Bus fährt rückwärts heraus, und Karl starrt die Gesichter an, die in den Fensterrahmen wie Kopfbilder wirken. Er denkt, *Gesucht. Vermisst.*

Doch dann, im Heckfenster des Busses. Ein Schild, von innen mit Klebeband befestigt, aber von außen zu lesen. HIER BIN ICH MUM.

Millie? sagt er atemlos. Und dann mit dringlicherer Stimme, als der Bus abfährt und den Hügel hinauftuckert, *Millie!* Er zieht die Jacke von Manny weg und rüttelt ihn an den Schultern. *Manny,* sagt er, *Millie sitzt in dem Bus da.*

Er klemmt sich Manny unter den Arm und rennt in den Bahnhof. *Verzeihung*, sagt er, als er atemlos am Schalter ankommt. *Wohin fährt dieser Bus?*

Die Frau hinter dem Schalter schaut ihn nicht an. *Nach Kal,* sagt sie und starrt auf ihren Bildschirm.

Aha. Gibt es noch einen Bus nach Kal?

Ja klar, antwortet die Frau.

Oh, wunderbar! Eine Fahr-

Fährt morgen um die gleiche Zeit ab.

Karl seufzt. Er legt den Kopf auf die Theke.

Entschuldigen Sie bitte, mein Herr, sagt die Frau.

Er schaut zu ihr hoch. Endlich sieht sie ihn doch an.

Bitte unterlassen Sie das, mein Herr, sagt sie und schiebt ihn sanft von der Theke weg. Sie holt ein Tuch unter der Theke hervor und wischt die Stelle ab, an der sein Kopf gelegen hat.

♦

Karl steht mit der Puppe unter dem Arm auf dem Bürgersteig vor dem Busbahnhof und überlegt, was er tun soll, als ein Auto neben ihm anhält. Ein hellblonder Teenager lehnt sich aus dem Beifahrerfenster. *Haben Sie den Bus verpasst, Sir?* fragt er. Die Augenbrauen des Jungen verziehen sich widerstandslos zu einem besorgten Gesichtsausdruck. Er ist Karl sofort sympathisch.

Ja, sagt er.

Der Junge nickt in Richtung Puppe. *Braucht ihr beiden eine Mitfahrgelegenheit?*

In der Ferne entdeckt Karl ein Polizeiauto, das den Hügel herunterkommt. *Ja,* sagt er schnell, dreht sich um und zieht die Schultern hoch, so als könne niemand diese sorgfältige Tarnung durchschauen. Er kniet sich neben das Autofenster und schaut auf die Fahrerseite hinüber. Ein weiteres blondes Geschöpf erwidert seinen Blick, diesmal ein Mädchen. Das gleiche entspannte Gesicht.

Wir fahren Richtung Osten, sagt sie mit einem Lächeln, das einen Toten zum Leben erwecken könnte.

Oh, sagt er. *Ich muss nach Kalgoorlie.* Ihre perfekten, schimmernden Teenager-Beine funkeln ihn von unter dem Lenkrad an.

Ähm, Sir, sagt der blonde Junge. *Ihr, ähm. Ihr Ding, Sir.*

Oh. Karl merkt, dass Manny dem Jungen einen Kopfstoß verpasst hat. *Tut mir leid. Es lebt!* Er wackelt mit der Puppe und setzt ein trotteliges Gesicht auf, aber sie scheinen die Anspielung nicht zu verstehen. Inzwischen ist das Polizeiauto nur noch ein paar hundert Meter entfernt, und Karl duckt sich.

Ist alles okay, Sir? Der Junge beugt sich aus dem Autofenster, um einen Blick auf Karl zu werfen, der im Rinnstein kauert. Karl mag es, dass ihn der Junge Sir nennt, so als wären sie beim Herrenausstatter.

Ja, danke, sagt er, immer noch kauernd, und späht um das Auto herum, als die Polizei an ihnen vorbeifährt. *Bin nur kurz aus dem Gleichgewicht geraten.* Auf einmal findet Karl es toll, so alt zu sein, dass niemand ihm zutraut, dass er lügt. Vermutlich ist es Diskriminierung, anzunehmen, dass alte Leute so unschuldig wie Kinder sind, aber das macht ihm nichts aus. Es kommt ihm nur gerecht vor, wie eine Belohnung dafür, dass man es geschafft hat, so lange am Leben zu bleiben. Sobald die Polizei weg ist, steht Karl wieder auf, klopft sich den Staub von der Kleidung, zwinkert dem Mädchen zu und lächelt den Jungen an.

Wir sind frisch verliebt, sagt der Junge. *Und wir brauchen jemanden mit Führerschein als Begleitung.*

Karl entdeckt das Schild mit dem L hinter der Windschutzscheibe. *Aha*, sagt er. *Cool,* sagt er. *Find ich cool, kein Problem.* Er beobachtet sie, um festzustellen, ob cool ein Wort ist, das sie benutzen. Ihre Mienen verraten nicht viel.

Das Mädchen beugt sich über den Schoß des Jungen. *Wir können gern über Kalgoorlie fahren,* sagt sie.

Karl nickt. Er zeigt auf den Rücksitz. *Habt ihr Platz?*

Karl setzt sich in die Mitte des Rücksitzes und versucht, nicht an die schimmernden Beine des Mädchens zu denken. Manny sitzt angeschnallt neben ihm. Auf der anderen Seite steht ein Karton mit einer Küchenmaschine und einem Toaster. Karl beugt sich vor und legt die Hände auf die Oberkanten der beiden Vordersitze. Die Fenster vorne sind offen, das Mädchen und der Junge haben ihre Arme aus dem Fenster gehängt und schwenken die Hände im Fahrtwind. Die zwei haben keine Ahnung, was auf sie zukommt. Es gibt so vieles, was sie erfahren und herausfinden werden. Kann Karl sich daran erinnern, wie er herausgefunden hat, dass er nichts wusste? Nein. Es war ein allmählicher Prozess, eine Art Schmelzvorgang, der sich über Jahre hinzog. Er muss an den Zauberer von Oz denken. *Ich schmelze!*

Das Mädchen lächelt ihm im Rückspiegel zu. *Anschnallen.*

Karl lehnt sich zurück, versucht, lässig zu wirken. Denkt an Branson Spike. *Wisst ihr,* sagt er, *als ich in eurem Alter war, gab es noch gar keine Sicherheitsgurte.* Er klickt seinen Gurt ein. *Dieses ganze Sicherheits-Tamtam ist ein bisschen übertrieben, findet ihr nicht auch?*

Wow, Sir, sagt der Junge, dreht sich um und schaut Karl mit aufgerissenen Augen an, so als wäre er auf eine antike Stadt gestoßen. *Keine Sicherheitsgurte? Sie müssen ja wirklich. Ich meine, Sie wissen schon.*

Das *Sir* nutzt sich allmählich ab. *Vermutlich sind Sie auch noch nie betrunken Auto gefahren,* fügt Karl hochmütig hinzu.

Nein, Sir, sagt der Junge. *Ich trinke nicht, Sir.*

Er wird mal Gehirnchirurg, sagt das Mädchen.

Jupp, sagt der Junge und zieht verlegen die Schultern hoch.

Mein Süßer hat echt eine ruhige Hand, sagt sie.

Der Junge hält sich eine Hand seitlich vors Gesicht. *Das will ich hoffen,* sagt er. Karl findet ihn langsam unsympathisch.

Jo, sagt Karl und legt die Arme um Manny und die Küchenmaschine. *Ich bin früher dauernd betrunken gefahren. Die Polizei hat schon damit gerechnet.* Er sieht, wie Manny ihn aus dem Augenwinkel anstarrt. Seinen Bluff durchschaut hat.

Was haben Sie gemacht, Sir? fragt der Junge.

Was ich gemacht HABE*?*

Ich meine, womit haben Sie Ihr Geld verdient.

Diese Vergangenheitsform. *Ich war, ähm.* Er sucht nach etwas Beeindruckendem.

Wer ist der denn? sagt das Mädchen, während sie Manny im Rückspiegel anschaut, und bewahrt Karl davor, sie zu enttäuschen. *Ist das so ein komisches, na ja, Sexding?* Bei dem Wort *Sex* flüstert sie. *Wir verurteilen Sie nicht dafür, keine Sorge,* sagt sie.

Jupp, wir verurteilen Sie nicht, sagt der Junge zu Karl und zuckt mit den Augenbrauen. *Egal, was Sie für Vorlieben haben.*

Ach, Karl wünschte, es wäre so ein komisches, na ja, Sexding. *Ja,* sagt er, ehe sein Gehirn seinen Mund einholen kann. *Sex. Und so weiter. Das volle Programm.*

Wow, sagt der Junge, legt den Kopf schief und schaut Manny an, als versuche er, sich das logistisch vorzustellen.

Mit Erwachsenen, fügt Karl eilig hinzu. *Uralten Erwachsenen.*

Wir mögen es, sagt das Mädchen. *Sie wissen schon, ES.*

Was ist mit Ihren Händen? sagt der Junge.

Was ist denn mit ihnen? sagt Karl.

Ja, was ist da los? Wieso sind Sie so zappelig? Haben Sie was genommen?

Karl schaut auf den Sitz hinunter. *Was genommen?*

Schon gut. Wollen Sie deshalb nach Kal? Um was aufzureißen?

Was denn? Karl ist ziemlich verwirrt und muss sich einen Augenblick lang sammeln. Er verdreht den Hals, um aus dem Rückfenster zu schauen, und sieht zu, wie der schwarze Asphalt der Straße wie ein Speer hinter ihnen ausfährt, so als würde ein Zauberer ein endlos langes Band aus einem Ärmel ziehen. Er betrachtet die Küchenmaschine und den Toaster neben sich und denkt, wie schön es wäre, seine Küchengeräte mit jemandem zu teilen; wie schön, mit nichts weiter als der Möglichkeit, Essen zu mixen und Brot zu toasten ein ganz neues Leben anzufangen.

Jemand sitzt in dem Bus, sagt Karl. *Ich muss zu ihr.*

Das Mädchen beäugt ihn neugierig im Rückspiegel. *Sind Sie in die Person verliebt?*

Karl denkt darüber nach. *In gewisser Weise,* sagt er.

Oh, sagt sie. *Eine Altersliebe. Wie süß.* Sie wendet sich dem Jungen zu. *Wir müssen ihn unbedingt zu diesem Bus bringen. Wir werden Sie zu dem Bus bringen. Sie sind zu süß.*

Süß? denkt Karl. Er weiß nicht, ob das ein Kompliment oder eine Beleidigung ist.

Sind Sie verheiratet, Sir? fragt der Junge.

Ja. Ich meine, nein. Das ist kompliziert.

Wieso denn? Wo ist Ihre Frau?

Karl blickt auf seine Finger hinab. *Ich bin hier, Evie,* tippt er auf seine Knie.

Hafenfriedhof, sagt er.

Oh, sagt der Junge, und dann, nach kurzem Schweigen, *Das heißt, sie ist …*

Dort begraben, ja.

Oh. Der Junge schaut sich um, um ihn anzusehen. *Das tut mir leid, Sir.*

Du hast so gute Manieren, Schatz, sagt das Mädchen und schaut ihn an, während der Wagen nach links zieht.

Vom Rücksitz aus zeigt Karl auf die Straße. *Ähm.*

Die hast DU, sagt der Junge und erwidert ihren Blick. DU *hast gute Manieren, Schatz.*

Sie fährt an den Straßenrand und hält an. Dann nimmt sie sein Gesicht in beide Hände, schaut ihm verzweifelt in die Augen und sagt, *Bitte stirb nie. Du darfst niemals sterben.*

Werd ich nicht, sagt er und legt die Hände auf ihre Schultern. *Versprochen.*

Sag es, sagt sie und zerdrückt fast sein Gesicht. *Sag, ›Ich werde niemals sterben‹.*

Ich werde niemals sterben.

Er wird sterben, will Karl sagen, während sie sich aufeinanderstürzen und mit einer Dringlichkeit abknutschen, die sie aus Kinofilmen abgeguckt haben müssen. Sie grabschen, zerren an ihren Klamotten, Haaren und Lippen, als wollten sie sich gegenseitig von innen nach außen stülpen. Sie werden so bald nicht damit aufhören. Sie sehen aus, als wären sie durch nichts davon abzubringen, so wie Leute vom Land, wenn sie über das Wetter reden. *Ich werd dann mal,* sagt Karl. *Wir werden. Wir gehen uns dann mal ein bisschen die Beine vertreten.* Sie haben ihn nicht gehört. Oder wenn doch, ist es ihnen egal. Der Junge zieht gerade sein Hemd aus. Haben alle Sechzehnjährigen so einen Brustkorb? *Wir sind dann mal.* Karl zeigt nach draußen. *Wir lassen euch mal.* Er kann den Blick nicht von den Brustmuskeln des Jungen abwenden. Unglaublich. Wie im Fernsehen. *Ein Weilchen.* Karl berührt seine eigene Brust, wo früher mal seine Brustmuskeln gewesen sein könnten. Waren da je welche? *Allein.*

Karl beugt sich über Manny, macht die Tür auf, stößt Manny nach draußen und fällt dann selbst hinaus. Er schließt leise die Tür. Er weiß nicht, warum er das tut, als wären sie schlafende Kinder, aber er tut es. Er hebt Manny auf und schleppt ihn zu einem Baum in der Nähe. Er lehnt Manny an den Baumstamm und stellt sich neben ihn. Die Straße wird auf beiden Seiten von kleinen Eukalyptusbäumen gesäumt, und sporadisch sprießen Grasbüschel aus der roten Erde, wie der Bart eines Halbwüchsigen.

Angeber, sagt Karl, zieht am Kragen seines eigenen Hemds und schaut hinein. Er spürt Mannys Blick. *Sieh mich nicht so an,* sagt er und lehnt sich an die Rinde des Baums. *Tut mir leid wegen.*

Du weißt schon. Dem Sexding. Unwillkürlich flüstert auch er bei dem Wort Sex. *Ich würde niemals.* Er zuckt die Achseln. *Ich wüsste gar nicht, wo ich anfangen sollte.* Er verschränkt die Arme.

Karl hört erstickte Laute aus dem Auto, die immer schriller werden. *Was wissen die zwei schon von der Liebe, Manny?* Die Hupe fängt rhythmisch an zu tuten und scheucht ein paar graurosa Kakadus auf.

Karl setzt sich hin und schläft an den Baum gelehnt ein, die Arme um Mannys übrig gebliebenes Bein geschlungen. Er erwacht vom Geräusch zuschlagender Autotüren, begleitet von einem Kichern.

Sir? ruft der Junge.

Schnell, Manny, sagt Karl in einem Anfall von Spontaneität. *Stell dich tot.* Er lässt sich auf dem Boden zusammensacken. Der Kies gräbt sich in seinen Nacken. *Keine Sorge,* versichert er Manny. *Das wird lustig. Sie werden sich köstlich amüsieren.*

Durch die Wimpern sieht Karl, wie sie auf ihn zukommen. Der Junge gibt ihr einen Klaps auf den Po, und sie macht einen Satz und droht ihm in gespieltem Zorn mit dem Zeigefinger.

Sir? sagt der Junge, der jetzt neben ihm steht. Karl merkt, wie er ihm die Sonne wegnimmt und ein Schatten über seinen Körper fällt.

Karl spürt einen Knuff an der Schulter. *Sir,* sagt der Junge noch einmal. *Wir sind jetzt so weit.* Der Junge packt ihn an den Oberarmen und schüttelt ihn. *Sie sollten jetzt aufstehen, Sir.* Karl rührt sich nicht.

Ist er etwa? sagt das Mädchen ein bisschen atemlos.

Sir, sagt der Junge und gibt Karl eine Ohrfeige. *Sie können jetzt aufstehen.* Karl spürt den Atem des Jungen auf seinen Wangen.

Das Mädchen fängt an zu jammern. *Du hast ihn umgebracht, du Idiot,* kreischt sie. *Ich wusste ja, dass du eines Tages jemanden umbringen würdest.* Der Junge sagt, *Das war ich nicht,* und sie sagt, *Wir hätten nie so einen alten Typen mitnehmen sollen. Ich hab ja gleich gesagt, er ist zu alt,* und Karl zuckt bei diesen Worten ein bisschen zusammen. *Halt den Mund, du Schlampe,* sagt der Junge, *ich muss nachdenken, bei deinem Gequassel kann man ja keinen klaren Gedanken fassen,* und dann schlägt sie auf den Jungen ein, drischt mit den Armen auf seine Brustmuskeln ein, und der Junge verzieht kaum eine Miene – ist er etwa Superman? –, und sie sagt, *Was machen wir denn jetzt mit der Leiche?,* und der Junge sagt, *Wir müssen ihn begraben,* und zieht an Karls Beinen, und Karl fühlt sich langsam reichlich unwohl, deshalb öffnet er die Augen und winkt ihnen beidhändig zu, so wie die Kandidaten bei Wer wird Millionär es manchmal machen. *Überraschung,* sagt er, aber sein Tonfall ist nicht sehr überzeugend, und der Junge lässt seine Beine fallen und fängt an zu schreien, und das Mädchen fängt auch an zu schreien. Hat ihn je jemand so angeschrien? Vermutlich nicht, also lächelt er, hievt sich auf die Beine und windet sich dabei vor Schmerz wegen seiner alten Knochen. *War doch nur ein Scherz, seht ihr?* Er dreht sich und gibt sich Mühe, einen kleinen Hüpfer hinzukriegen.

Von da an ist die Stimmung angespannt. Karl versucht, Small Talk zu machen, plaudert über das Wetter, die Familie, Automarken. Er liest die Schilder vor, an denen sie vorbeifahren – *Kalgoorlie: hundertfünfzig, gar nicht mehr so weit. Vorfahrt beachten. Vorsicht, Tiere kreuzen.* Er weist auf Vögel hin, auf überfahrene Tiere, Vegetationswechsel und verändert dabei Ton und Höhe seiner Stimme, um Interesse zu wecken.

Dann versucht er es anders. *Sagt mal, wie viele Tote Dinge kennt ihr?*

Wie bitte? sagt das Mädchen.

Er räuspert sich. *Na ja – ist schon mal jemand, den ihr kennt … verstorben?*

Warum fragen Sie das? will der Junge wissen.

Werden Sie uns umbringen?

Nein! Natürlich nicht. Es ist nur eine Frage. In meinem Alter, wisst ihr, na ja. Da sind alle, die man liebt, schon gestorben.

Das Mädchen fährt an den Straßenrand und steigt aus. *Ich geh pinkeln,* sagt sie. *Wenn ich zurückkomme, stellt sich hier besser keiner tot. Sonst bringe ich ihn um.* Sie knallt die Tür und verschwindet im Gebüsch.

Der Junge wendet sich zu Karl und sagt, *Super gemacht, alter Mann.*

Ich war nicht immer alt, sagt Karl. *Junger Mann.* Er beugt sich nach vorne. *Lass uns etwas* ANSTELLEN, flüstert er verschwörerisch.

Wovon reden Sie?

Etwas klauen. Bier in unsere Wasserpullen füllen.

Was ist eine Pulle?

Karl denkt an Echt abgefahren!. An Branson Spike. *Ein paar Briefkästen umfahren. Ein Haus mit Eiern bewerfen.*

Das müssten wir bloß wieder abwaschen.

Hast du keine Lust auf ein bisschen Nervenkitzel?

Nicht wirklich.

Karl lässt sich in den Sitz zurückfallen.

Es ist vorbei, alter Mann. Der Junge schaut Karl mit hochgezogenen Augenbrauen an.

Was soll das heißen?

Das wissen Sie genau.

Also verschränkt Karl die Arme. Wenn er es so haben will, bitte.

Karl schaut wieder zum Rückfenster hinaus. Die Straße wirkt jetzt anders, weil sie stehen. Sie hat nichts mehr von einem Zaubertrick. So statisch wirkt sie öde und trostlos. Aber dann bewegt sich etwas am Horizont. Kommt näher. Ein Bus. *Ein Bus,* sagt er zu Manny. *Was?* sagt der Junge. *Der Bus,* sagt Karl, während er an ihnen vorbeisaust und den Wagen zum Wackeln bringt. Er beugt sich über den Schaltknüppel und legt die Handflächen auf das Armaturenbrett. *He,* sagt der Junge. Karl sieht die Umrisse eines weißen Blattes auf der Heckscheibe des Busses. *Das ist sie,* sagt er und dreht sich zu dem Jungen um. *Sie ist es. Eindeutig. Folg dem Bus da.*

Was? sagt der Junge.

Der Bus entfernt sich von ihnen, und Karl ist verzweifelt, also versucht er, auf den Vordersitz zu klettern, aber der Junge schubst ihn zurück, und die beiden ächzen und fauchen sich an, aber Karl kann nicht gewinnen gegen diese Brustmuskeln, gegen diese unglaublichen Brustmuskeln hat er keine Chance, also sinkt er auf den Sitz zurück, und es ist nichts zu hören außer ihrer beider Atem.

Beruhigen Sie sich, fängt der Junge an, aber Karl überlegt es sich anders, er kann doch gewinnen, er wird gewinnen, und er macht die hintere Tür auf, dann macht er die vordere Tür auf und will sich auf den Vordersitz zwängen, aber der Junge schubst ihn weg, und Karl greift nach dem Lenkrad, um gegenzuhalten, aber der Junge versucht, seine Finger einzeln vom Rad zu lösen, und es ist unfair, denn er hat noch alle Finger, und er hat nichts verloren, der Junge weiß nicht, wie es ist, etwas zu verlieren, alles zu verlieren, er hat keine Ahnung, er hat KEINE AHNUNG, also löst Karl seinen Griff um das Lenkrad, und dieser Junge hat keine Ahnung, also schickt Karl alles in seine Hände, alles, was er je verloren hat, sammelt sich jetzt in seinen Fingerspitzen, in denen, die noch übrig sind, und er spürt es, spürt, wie es überall in seinen Fingern pulsiert, ICH BIN HIER, und seine Finger schnellen vor, und er schnippt sie, so heftig er kann, gegen die Stirn des Jungen.

Autsch, sagt Superboy, reibt sich die Stirn und schaut Karl vorwurfsvoll an.

Tut mir leid, sagt Karl keuchend, bereits reuevoll, und lehnt sich ans Auto, um wieder zu Atem zu kommen.

Ernsthaft, Mann, das war echt nicht cool.

Ich sagte ja schon, es tut mir leid, sagt Karl. *Mann.*

Das Mädchen taucht neben Karl auf. Er zuckt zusammen.

Also? sagt sie und stemmt die Hände in die Hüften.

Also was?

Also, sagt sie und zeigt die Straße hinauf.

Karl geht ein Stück vor, bis hinter die Motorhaube, legt die Hand über die Augen und schaut in Richtung Kalgoorlie. Der Bus hat angehalten. Er steht einfach da.

Wartet, ruft er die Straße hinauf und winkt. *Danke fürs Mitnehmen,* sagt er zu dem Paar. *Das war echt abgefahren!* Er schnappt sich Manny vom Rücksitz und knallt die Tür zu. *Ich komme.*

Während er schlurfend die Straße entlanghastet, hört er das Mädchen sagen: *Was ist denn mit dir los?*

Er hat mir ins Gesicht gehauen, erwidert der Junge.

Mein Gott, was bist du für ein Jammerlappen, sagt das Mädchen. *Mum hatte echt recht, was dich betrifft.*

Ihre Stimmen verebben hinter Karl. *Wartet,* sagt er und schlurft, so schnell er kann, weiter. *Wartet auf mich.* Er wünschte, er könnte einfach losrennen, so wie früher, wünschte, er könnte seine Glieder wild und unbekümmert bewegen. Er konzentriert sich auf das weiße Viereck im Heckfenster. *Bitte fahrt nicht weg,* flüstert er. Das Paar kommt neben ihm angefahren, und Karls Jacke wird aus dem Beifahrerfenster geworfen. Sie trifft Karl im Gesicht. Das Paar gibt Gas und fährt davon, schleudert über den Kiesstreifen neben dem Asphalt, und eine Staubwolke geht auf Karl nieder. Er nimmt die Jacke von seinem Gesicht und schaut dem Paar hinterher, das der Vergesslichkeit der Jugend entgegenfährt. Karl holt tief Luft und brüllt aus Leibeskräften, UND ER WIRD DOCH STERBEN.

MILLIE BIRD

Der Bus wird von einer Frau gefahren, aber sie sieht aus, als trüge sie die Sachen ihres Vaters: blaue Shorts, ein kurzärmeliges, viel zu großes Hemd mit Kragen, Socken, die bis zu den Knien hochgezogen sind, schwarze Schnürschuhe. Sie ist sehr dünn und hat eine Igelfrisur. Millie geht den Gang entlang, im Arm das Bein der Schaufensterpuppe.

In Wirklichkeit ist
herrlich
auf die Toilette gehen?

Sie setzt sich auf einen Platz hinter der Fahrerin. Auf dem Armaturenbrett klebt ein Sticker mit der Aufschrift *Wollen Sie mit dem zuständigen Mann sprechen oder mit der Frau, die Bescheid weiß?*. Sie betrachtet die weißen Striche auf der Straße. Es gefällt ihr, wie sie sich, wenn der Bus schnell genug fährt, zu einer langen, durchgezogenen Linie verbinden, die die Welt in zwei Hälften teilt.

Hast du schon mal Hühnchen aus einem Eimer gegessen? sagt Millie zu der Busfahrerin.

Die Busfahrerin antwortet ewig nicht. Sie sitzt nur da und fährt, so als hätte Millie gar nichts gesagt. Millie will gerade noch einmal fragen, als die Busfahrerin sagt, *Ich mach das hier seit dreißig Jahren.* Sie schaut nach draußen auf die Straße, und es ist schwer zu sagen, ob sie mit sich selbst spricht oder mit Millie. *Ich schätze, man lernt nicht viel, wenn man immer wieder auf dem gleichen Stück Land hin und her fährt.* Sie fahren an einer hellgrünen Weide vorbei, in deren Mitte ein einzelner, grauer, kahler Baum aufragt. Er sieht aus wie ein Mensch, der auf sich aufmerksam machen will. Millie winkt ihm zu.

Auf beiden Seiten der Straße ist die Landschaft flach und offen, und vollkommen weiß. Die Sonne scheint direkt darauf, und Millie muss sich eine Hand über die Augen legen, um nicht geblendet zu werden. *Ist das Schnee?* fragt sie.

Die Busfahrerin schnaubt verächtlich. *Hast du etwa noch nie die Salztonebene gesehen?*

Nö, antwortet Millie und würde am liebsten an dieser Salzweide lecken. Ihre Stirn schlägt leicht gegen die Fensterscheibe.

Hier war früher mal Wasser, fährt die Busfahrerin fort. *Dann kam das Salz und* – sie macht ein schlürfendes Geräusch – *hat es alles aufgesogen. Und drum herum ist alles abgestorben.*

Oh. Die Fläche ist mit Wirbeln und Mustern übersät, so als hätten ein paar Riesen hier mit den Fingern gemalt.

Aber dann sind alle möglichen Sachen aufgetaucht, die da vorher nicht wachsen konnten. Ziemlich schön, oder? Das Salz funkelt Millie im Sonnenlicht an.

Ist aber hart da draußen, fügt die Busfahrerin hinzu. *Diese ganzen Hippies, die nach Indien oder sonst wohin fahren, um sich selbst zu finden, den ganzen Tag aufm Kopf stehn und Linsen essen. Alles Pipifax! Eine Nacht da draußen, und du findest dich ruckzuck.*

Millie sieht sich in der Fensterscheibe gespiegelt. Es kommt ihr seltsam vor, sich selbst finden zu wollen. Will man nicht eher jemand anderen finden? Ist man selbst nicht das Einzige, dessen man sich sicher sein kann? Sie legt ihre echte Hand an die Scheibe, direkt auf ihre gespiegelte Hand.

Sie fahren an Reihen von Eukalyptusbäumen vorbei, die sich über die Straße und in den Himmel recken wie posierende Tänzer. *Die Bäume da,* sagt die Busfahrerin. *Siehst du, wie rosa die sind?* Millie nickt. Sie muss an das Innere ihres Mundes denken. *Salmon Gum. Sieht immer so aus, als würde gerade die Sonne untergehen.* Millie starrt die Bäume an.

Ist das deine Oma da hinten?

Millie zuckt die Achseln.

Was hast du da am Arm? sagt die Busfahrerin.

Millie schaut auf den Flaschenhalter hinunter. *Der hat meinem Dad gehört. Er ist gestorben.*

Die Busfahrerin schaut Millie im Rückspiegel an. *Und wieso ist er gestorben?*

Weißnich.

Sie nickt. *Jo.* Der Bus drosselt das Tempo.

Ich heiße Millie Bird.

Stella, Kleines. Ich bin Stella. Die Busfahrerin zieht an ihrem Kragen. *Das hier sind die Sachen von meinem Bruder. Ist auch sein Bus. Er ist auch gestorben.*

Millie nickt.

Und deine Mum? fragt Stella.

He, Klobürste, unterbricht sie Agatha. Sie ist den Gang heraufgekommen und hält sich an der Rückenlehne von Stellas Sitz fest. *Fährt der Zug noch von Kalgoorlie ab?*

Stella kneift die Augen zusammen und schaut sie im Spiegel an. *Nee,* sagt sie.

Nicht?

Es gibt jetzt die Flugautos. Die bringen Sie direkt hin. Und schnell.

Na schön, sagt Agatha. *Na schön, Klobürste. Wenn Sie mir nicht helfen wollen, sagen Sie's einfach.*

He, Lady. Ich bin schließlich nicht die Auskunft. Ich kann Sie am Bahnhof absetzen. Finden Sie's selbst raus.

Können Sie nicht einfach einem Verwandten durchs Fenster zubrüllen: ›He Mary! Wann fährt der Zug ab?‹

Stella betätigt den Blinker und fährt von der Straße runter. Die Räder schliddern über den Schotter. Sie bringt den Bus an einem Haltehäuschen zum Stehen. *Lake Cartwheel,* ruft sie. Die Tür geht auf, und ein großer Junge mit Kopfhörern im Ohr geht durch den Bus und steigt aus.

Stella wendet sich so, dass ihr Oberkörper zur Tür zeigt; einen Arm hat sie auf die Rückenlehne ihres Sitzes gelegt, den anderen auf das Lenkrad. *Nicht mein Problem,* sagt Stella zu Agatha, schaut dabei aber nicht sie an, sondern die Fahrgäste, die in den Bus einsteigen. Ein kleiner Junge mit Brille und nach hinten gegeltem Haar springt mit Riesenschritten die Stufen hinauf. *Tag Lawrence, mein Junge,* sagt Stella. *Hallo Stella,* sagt Lawrence, ohne aufzublicken. Stella kennt alle neuen Fahrgäste mit Namen – *Mrs Cranley, Timbo, Vince, Felicity* –, und sie kennen alle auch ihren Namen.

Der Letzte, der einsteigt, ist ein dicker, breiter Mann in einer leuchtenden Sicherheitsweste. Er hat Schmutz im Gesicht und an Armen und Händen. *Tag Stell,* sagt er. *Trent,* sagt sie und wirft zum Zeichen des Erkennens kurz den Kopf in den Nacken. Er bleibt oben an der Treppe stehen und zeigt mit dem Daumen in die Richtung, aus der er gekommen ist. *Da will noch einer mit,* sagt er. *Wird ein Weilchen dauern. Er ist ungefähr hundertfünfundsiebzig.* Er grinst. *Plusminus.*

Und dann gibt es eine Überraschung wie platzende Luftballons, denn unten an der Treppe taucht Karl auf. Er hat den Puppenmann unter dem Arm und ist völlig außer Atem. Schweiß rinnt ihm übers Gesicht. Millie spürt, wie ihr das Herz in der Brust klopft, als sie die Stufen hinunterrennt und Karl um den Hals fällt.

Nur Millie, sagt er.

Und dann sagt Agatha, *Sind Sie mir etwa gefolgt, Gene Wilder?* Sie greift in ihre Handtasche, holt einen Haferkeks heraus und wirft ihn ihm ins Gesicht.

AGATHA PANTHA

AGATHA UND KARL KENNEN SICH BEREITS (SOZUSAGEN)

Karl ist immer an ihrem Haus vorbeigegangen, in dem lila Anzug. Manchmal trug er auch einen langen Mantel, der ihm bis zu den Fußspitzen reichte. *Nicht genug Haare!* rief sie manchmal von ihrem Stuhl der Begutachtung. *Alberner Anzug! Nerviges Gesicht! Will wohl wie Gene Wilder aussehen!*

Einmal blieb er stehen, länger als nur einen Moment, und streichelte ihren Zaun. Sie war anfangs so verdutzt, dass sich außerhalb ihres Kopfes keine echten Wörter formen wollten. *Gah!* schrie sie. *Sah!* probierte sie. *Was?* rief sie schließlich. Sie stand auf, das Blut schoss ihr in den Kopf, und sie streckte einen Zeigefinger, so weit es ging, zum Fenster hinaus. *Lassen Sie meinen Zaun in Ruhe!*

Sie schob den Kopf durchs Fenster und zeigte mit dem Finger auf ihn. Der Mann schreckte auf und schaute zu ihr hinüber. *Huschhusch!* schrie sie. *Ja, Sie da! Finger weg!*

Er hielt sich mit beiden Händen am Zaunrand fest. *Entschuldigung,* schrie er zurück, während seine Finger auf ihren Zaun klopften. *Ich wollte Sie nicht – es ist nur – ich könnte Ihnen mit dem Unkraut helfen.*

Agatha zeigte mit dem Finger die Straße hinunter. *Gehen Sie weiter!* schrie sie. *Sie können doch laufen, oder?*

Und er ging weiter, fuhr aber dabei mit den Fingern über ihren Zaun. Gleich am nächsten Tag kam er wieder, und am übernächsten und überübernächsten auch. Er beugte sich über den Zaun und riss das Unkraut heraus. Sie beugte sich aus dem Fenster und versuchte, ihn mit alten Haferkeksen zu bewerfen. Er ärgerte sie, er ärgerte sie sogar sehr. *Sie ärgern mich!* schrie sie manchmal hinter ihm her, wenn er wegging. Sie presste das Gesicht an die Fensterscheibe, und das Glas beschlug von ihrem Atem. Er schaute sich nie um, und das ärgerte Agatha noch mehr. Sie wusste nicht, warum. *Warum ärgere ich mich so sehr über ihn!* schrie sie, während sie ihm nachsah, wie er die Straße hinuntertappte und in die Vorgärten schaute. Und dann, eines Tages, kam er nicht mehr, ganz plötzlich, und sie stand eine Woche lang jeden Tag von 12.51 bis 13.32 am Fenster, die Finger in einer Schüssel mit steinharten Keksen, und wartete, aber er kam nicht, und es fühlte sich an wie ein Schwindelanfall.

KARL DER TASTTIPPER

[–]

Er hatte Millie umarmt, und es fühlte sich an wie etwas, das er nicht verdient hatte, von dem er aber wünschte, er hätte es verdient. Bestimmt hatte er früher seinen Sohn auch so umarmt. Aber das Gefühl kam ihm gänzlich neu vor. Und jetzt war die andere Frau da und machte sein Leben interessanter, komplizierter.

NOCH ETWAS, WORÜBER KARL BESCHEID WEISS

AGATHA

Er kannte die Geschichte dieser Frau, alle Einwohner von Warwickvale kannten sie. Scott und Amy waren eines Tages an ihrem Haus vorbeigefahren, nachdem sie mit Karl beim Einkaufen gewesen waren.

Amy wandte sich seinem Sohn zu und sagte, *Du erwartest hoffentlich nicht, dass ich mich in unserem Haus verbarrikadiere, wenn du mal den Löffel abgibst.*

Und ob ich das erwarte, Aimes, sagte sein Sohn. *Aber wenn du dich vor mir verabschiedest, schmeiß ich 'ne Party.*

Amy stieß seinen Sohn spielerisch in die Rippen. *Fahr langsam,* sagte sie. *Lass uns ein bisschen spionieren.*

Nee, sagte sein Sohn. *Lassen wir sie lieber in Ruhe.*

Komm schon, sagte Amy. *Manchmal sieht man sie, wenn sie aus dem Fenster guckt.*

Karl hatte die Geschichte dieser Frau nie besonders spannend gefunden, er hatte sie ins Reich der Dinge eingeordnet, die Amy interessierten (das Unglück anderer, kleine Schweinchen, die in eine Handtasche passten, Männer mit dem Titel Dr. Phil.). Aber als er in dem Moment das Haus dieser Frau betrachtete, fand er die Geschichte überaus spannend. Es war, als erblicke er sein Innerstes in Form eines Hauses. Dunkel und sterbend hatte es schon vor langer Zeit die weiße Fahne geschwenkt.

Uuh, da ist sie, sagte Amy.

Die Frau schaute sie durch das Fenster direkt an; ihr Gesicht war alt und hart.

Gruselig, sagte Amy. Als sie weiterfuhren, fügte sie hinzu, *Sich so abzuschotten. Ist das romantisch, deprimierend oder einfach nur verrückt?*

Alles drei vermutlich, sagte sein Sohn. *Was meinst du, Dad? Sie ist eine alleinstehende Dame. Soll ich dich vor ihrer Tür absetzen?*

Karl sagte nichts. Alles an diesem Haus und dem Gesicht der Frau hatte dafür gesorgt, dass er sich weniger allein fühlte.

◆

Sie stehen draußen vor dem Bahnhof von Kalgoorlie, neben einem Kriegerdenkmal, das die Statue eines Soldaten mit Gewehr im Anschlag zeigt, der über ihre Köpfe hinwegblickt. Autos mit

Allradantrieb, auf denen dicke rostrote Spritzer und Flecken kleben, die wie Kunst aussehen, rauschen vorbei. Die eindrucksvoll geschwungenen Dächer der Pubs erheben sich majestätisch vor dem Himmel. Als sie mit dem Bus in die Stadt hereinfuhren, hatte Karl die Aufschrift auf der Tafel vor einem der Pubs gelesen. *Hot Topless Skimpies* stand dort, was sich für Karl nach etwas anhörte, das man in Salzwasserseen fischen konnte. Er starrte das Schild eine Weile an, weil der Bus an der Ampel warten musste. Die langsam einsetzende Erkenntnis seiner wahren Bedeutung trieb ihm heiße rote Flecken ins Gesicht.

Zu Hause an der Südwestküste haben die Leute einen verschleierten Blick, sind blond und kantig und gehen mit schweren Schritten. Hier sehen die Menschen anders aus: rau, wie schnell auf Papier gekritzelt, oder als wären sie aus der tiefroten Erde geboren, die sie mit ihren Füßen aufwirbeln, oder aus den Salmon Gums geschnitzt, den pinkfarbenen Eukalyptusbäumen, die viele der Straßen säumen. Sie schreien vor der Bäckerei herum, vor dem Supermarkt, den Pubs und auf der Hauptverkehrsstraße und hacken dabei auf den Wörtern herum, als wollten sie ihre Sätze im Mixer zerkleinern. Karl hat nicht das Gefühl, hierher zu passen. Allerdings hatte er zu Hause auch nicht das Gefühl gehabt, dort hinzupassen.

Der Himmel steht zwischen Tag und Nacht, er hat das tiefe Blau, das er annimmt, wenn er von dem einen zum anderen übergeht. Agatha kommt in einer Staubwolke auf Karl und Millie zugestürmt. In der dichter werdenden Dunkelheit ist sie schwer auszumachen, aber etwas an ihrem Gang sorgt dafür, dass er sie nie mit jemand anderem verwechseln wird. Als würde sie mit der Luft kämpfen, als wäre die Luft so dick wie ein Laken, das sie erst zerreißen muss, um weiterzukommen.

Also, er fährt erst morgen, sagt sie, während die Staubwolke sie noch wie ein Kraftfeld umgibt. *Ich wette, diese Stella hat das ge-*

wusst! Trau nie einer Frau, die dünner ist als du! Schreib dir das auf! Was machen wir jetzt, Mister Tipper? Ich werde jedenfalls nicht die ganze Nacht hier sitzen und euch angaffen! Es ist neunzehn Uhr siebenunddreißig! Wir haben kein Geld!

Karl spürt, wie Panik in ihm aufsteigt, als ihm klar wird, dass er hier der einzige Mann ist. Männer haben unter solchen Umständen gewisse Verpflichtungen, das weiß er. Er spürt die Blicke aller Frauen auf sich gerichtet. Nicht nur die der Anwesenden, sondern die von Generationen von Frauen, über Jahrhunderte, Länder und Kulturen hinweg. *Tja*, sagt er, in hoffentlich gebieterischem Tonfall. *Wir müssen etwas tun.* Er zeigt mit dem Zeigefinger in die Luft, um diesen Satz zu unterstreichen. Er fängt an, auf und ab zu gehen, in der Hoffnung, die Bewegung möge den für Entscheidungen zuständigen Teil seines Gehirns wachrütteln. *Wir sollten …*

Uns verstecken, schlägt Millie vor.

Karl denkt darüber nach. *Klingt eigentlich gut.*

Eine Freundin von mir ist einmal nach Kalgoorlie gefahren! sagt Agatha. *Ist nie wiedergekommen! Keine Ahnung, was ihr widerfahren ist! Niemand hat etwas Genaues gesagt! Aber ich weiß es! Sie ist in einem dieser Bordelle gelandet! Geht dort ihren Geschäften nach!* Sie holt tief Luft und will gerade ihre Tirade fortsetzen, klappt dann aber unvermittelt den Mund zu. Ihr ist etwas ins Auge gestochen. Sie hält sich am Zaun des Kriegerdenkmals fest und starrt es an. *Sie werden nie alt werden,* liest sie vor. *So wie wir, die Hinterbliebenen, alt werden.*

Agatha ist wie gelähmt. *So wie wir, die Hinterbliebenen,* wiederholt sie. Sie legt sich behutsam eine Hand an die Kehle.

Millie steckt die Arme durch die Lücke zwischen den Zaunstangen und schaut zu Agatha hoch. *Was ist ein Bordell?*

Agatha scheint wieder zu sich zu kommen und wendet sich von dem Kriegerdenkmal ab. Gerade als sie sagt, *Was schaut ihr zwei denn so?*, biegt ein Bus von der Straße in den Parkplatz ein und hält neben ihnen.

Die Bustür geht auf. Es ist Stella. *Sieben Uhr*, sagt Stella.

Wie bitte? sagt Agatha und späht in den Bus hinein. Sie steht plump und breitbeinig da, die Füße in den Boden gerammt wie bei einem Westernduell.

Der Zug, Sie Motztüte. Fährt morgen früh um sieben Uhr.

Ich dachte, wir wären nicht Ihr Problem, sagt Agatha.

Tja, dann hab ich's mir wohl anders überlegt, sagt Stella.

MILLIE BIRD

Stellas Haus macht jede Menge Geräusche. Der Fußboden spricht, wenn Millie darauf geht, und es ist, als würden in der Decke und in den Wänden Leute herumwandern, vielleicht weil sie hinein- oder hinauswollen oder Stepptanz üben. Millie wird das nie erfahren. Im ganzen Haus sieht es aus wie in dem Secondhandladen bei ihr zu Hause, überall stapeln sich Sachen, die nicht zusammenpassen, aber gezwungen sind, sich miteinander zu vertragen. Ständig findet sie etwas Neues, das sie noch nie gesehen hat, und sie fragt sich, ob das wohl der Grund ist, warum Stella es so gemacht hat, damit sie ihre Sachen immer wieder vergessen und dann neu entdecken kann.

Millie nimmt ein Bad und baut ganze Städte aus Seifenschaum: Häuser und Wolkenkratzer und Einfahrten und Bäume und einen Friedhof und einen Supermarkt und eine Schule und eine Polizeiwache und ein Postamt. Sie bleibt so lange drin, dass das Wasser kalt wird und Stella sie aus der Wanne holt, in ein Handtuch wickelt und sie vor einen Heizlüfter mit rotglühenden Stäben setzt.

Später sitzt Millie mit Karl und Agatha am Küchentisch, während Stella für alle Spaghetti kocht. Manny darf auch mit in die Küche, aber es sind nicht genügend Stühle da, deshalb lehnt Karl ihn neben der Mikrowelle an die Wand. Millie lächelt Manny zu, während sie schlürfend Spaghetti in ihren Mund zieht. Als sie alle mit dem Essen fertig sind, kocht Stella für jeden eine Tasse Tee außer für Millie, die eine große Schüssel Eis bekommt. Agatha und Karl setzen sich ins Wohnzimmer – *morgen rufen wir deine Mutter an,* sagt Agatha im Hinausgehen –, und Millie bleibt mit Stella und Manny in der Küche.

Sei einfach nett, hatte ihr Dad gesagt, und soweit Millie es beurteilen kann, weiß Stella, was das bedeutet.

Millie schaut zu, wie Stella auf ihren Tee pustet, von dem Dampf aufsteigt, der in der Luft Formen bildet, so wie bei dem Kaffee im Kaufhaus. Wie es wohl wäre, wenn alles so atmen würde? Tiere und Menschen und Gras und Bäume. Wenn alle Menschen und alle Dinge die ganze Zeit von solchen sich windenden Dampfgestalten umgeben wären, und manche Leute kurze, schnelle Atemzüge machen würden, weil sie gerade rannten oder einen Herzinfarkt hatten, und andere lange, langsame Atemzüge, weil sie schliefen oder Fernsehen guckten. Es wäre, als würde man Musik anschauen, falls Musik ein Aussehen hatte, und die Welt wäre die ganze Zeit von der Musik des Atmens erfüllt.

Wenn man seinen letzten Atem aushaucht, dann haucht man womöglich alles aus, seine Erinnerungen und Gedanken, die Dinge, von denen man wünschte, man hätte sie gesagt, die Dinge, von denen man wünschte, man hätte sie nicht gesagt, und die Bilder, die man im Kopf hat, von heißem Kaffeedampf, vom letzten Gesichtsausdruck seines Vaters, das Gefühl von Schlamm zwischen den Fingern und vom Wind im Gesicht, wenn man einen Hügel hinunterrennt, und die Farbe von allem, was je war.

Ich bin nie hingegangen, sagt Stella. *Der Friedhof ist nur ein*

Stück die Straße runter. Ich fahre jeden Abend daran vorbei, aber ich bin noch nie hingegangen. Ich weiß, wo er liegt. Gleich den Weg runter, wenn man reinkommt. Dann rechts. An der ersten Ecke. Stella nimmt einen Schluck Tee. *Errol. Mein kleiner Bruder.*

Errol, wiederholt Millie.

Jupp, erwidert Stella. *So heißt mein Bruder. Weißt du, heute Abend bin ich nach Hause gekommen und hab mich aufs Sofa gesetzt und an ihn gedacht. Ich weiß genau, er hätte sich um euch gekümmert, ohne lange zu fackeln. Scheibenkleister, hab ich gedacht, und bin wieder in den Bus gestiegen. Und da sind wir also.*

Millie löffelt ihr Eis. *Hast du ihn gesehen, als er ein Totes Ding war?* fragt sie.

Stella pustet auf ihren Tee. *Ja,* sagt sie.

Wie sah er aus?

Sie schweigt eine Weile. *Kennst du das, wenn jemand immer eine Brille trägt?*

Millie nickt.

Und dann nimmt er sie ab, um sie zu putzen?

Jo.

Und die Augen sehen größer aus, oder kleiner oder so.

Jupp.

So war das.

Warst du ganz sicher, dass er es war?

Also, einen DNA-Test hab ich jetzt nicht extra machen lassen.

Weißt du, wo er jetzt ist?

Außer auf dem Friedhof von Kal, meinst du? Kommt drauf an, wie man die Sache betrachtet. Manche glauben vielleicht, dass er da oben ist. Stella zeigt auf die Zimmerdecke.

Bei Jimi Hendrix?

Wem?

Jimi Hendrix.

Dem mit der Gitarre?

Millie zuckt die Achseln. *Dad kannte ihn.*

Ich glaube, er ist einfach in der Erde. Und er kommt auch nicht als Käfer oder irgendwas anderes zurück. Oder schwebt herum und beobachtet mich, wenn ich auf dem Klo sitze. Er ist einfach tot. Durch. Man ist am Leben, und dann ist man tot, und damit basta, so ist das eben.

Durch?

Durch. Stella schaut Millie eingehend an. *Was glaubst du denn, was passiert?*

Weiß ich nicht.

Da hast du deine Antwort.

Das ist keine Antwort.

Das Einzige, was ich genau weiß, ist, dass keiner weiß, was auf dem Grund des Meeres vor sich geht, oder in unseren Gehirnen, oder wenn wir sterben. Ist okay, finde ich. So haben wir etwas, worüber wir nachdenken können. Wenn wir einen Bus fahren oder was auch immer.

Millie schaut zu Stella hoch, dann zu Manny hinüber, dann wieder zu Stella. Sie senkt die Stimme. *Ich glaube, Tote Dinge verwandeln sich in Plastik, und manchmal werden sie in die Läden gestellt.*

Stella nickt. *Auch gut.* Sie starrt Millie an. Als wäre sie ein Röntgenstrahl. *Wo ist deine Mum, Süße?* sagt sie schließlich. *Und kein Scheiß jetzt.*

Wo ist deine denn?

Kein Scheiß, hab ich gesagt. Sie nickt wieder. *Nur ein Stück die Straße rauf. Wir sprechen nicht miteinander.*

Warum nicht?

Ist wohl einfach so.

Millie schaut sie an, und Stella seufzt. *Da gibt's nichts weiter zu sagen. Viel heiße Luft.* Sie steht auf und fängt an, die Teller in die Spüle zu stellen. *In meiner Familie spricht keiner mit dem anderen, weißt du. Wir kriegen das irgendwie nicht hin. Bestimmt sollte man das besser machen.*

Millie räuspert sich. *Sie ist weg. Mum.*

Stella dreht sich um und lehnt sich mit dem Rücken an die Spüle. Von ihren Händen tropft Seifenwasser auf ihre Shorts. *Wohin denn, Süße?*

Ist wohl einfach so.

Stella lächelt.

Millie holt den Zettel aus ihrer Tasche und faltet ihn vorsichtig auseinander. Sie streicht ihn auf der Tischplatte glatt. *Das ist der Reiseplan meiner Mum*, sagt sie.

Stella zieht ihre Brille aus der Tasche und hält den Zettel ins Licht. Dann faltet sie ihn wieder zusammen und gibt ihn Millie zurück. Sie nimmt ihre Brille ab. Reibt sich die Augen. Das Summen des Kühlschranks wirkt auf einmal laut.

Stella steht an der Spüle und schaut aus dem Fenster. Sie hat den Beckenrand so fest umklammert, dass ihre Handknöchel ganz weiß werden. *Hör mal,* sagt sie, ohne Millie anzuschauen. *Hast du schon mal daran gedacht, dass deine Mum gar nicht will, dass du sie findest?*

Millie hält sich den Bauch.

Stella dreht sich um und verschränkt die Arme. *Das sind nicht deine Großeltern, oder?*

Millie schaut weg. *Sie helfen mir, meine Mum zu suchen.*

Stella setzt sich wieder auf ihren Stuhl und beugt sich dicht zu Millie hinüber. *Morgen bringe ich dich nach Hause, Süße,* sagt sie. *Alles wird gut. Du wirst schon sehen.*

Millie wacht mitten in der Nacht auf. Sie zieht einen Zettel aus ihrem Rucksack, verlässt das Schlafzimmer, geht den Flur entlang, öffnet die Haustür und heftet den Zettel mit Klebeband an die Tür.

Hier bin ich Mum.

Sie kann immer noch nicht schlafen, also wandert sie durchs Haus, nimmt Deko-Artikel in die Hand, berührt Gesichter auf Fotos, setzt sich auf Sofas, probiert Hüte auf. Sie malt Formen in den Staub auf dem Couchtisch. Sie öffnet die Hintertür und setzt sich auf die Treppe.

Der Mond ist groß und beleuchtet einen kleinen, umzäunten Hinterhof, auf dem ein Stapel alter, mit Zellophan und bunten Bändern verpackter Blumensträuße liegt. Die Wäschespinne erhebt sich aus ihrer Mitte und dreht sich langsam und quietschend im Wind. Der Stapel reicht Millie bis über den Kopf. Darin liegen Plastikfolien und bunte Bänder in Pink, Grün, Rot und anderen knalligen Farben, aber die Blumen sind alle braun und verwelkt. Sie geht die Stufen hinunter und lässt beide Hände über den Stapel gleiten, aufwärts mit den Handrücken, abwärts mit den Handflächen. Millie muss an die Querschnittbilder der Erde denken, die sie in Büchern gesehen hat. Ein Brocken, der aus dem Erdboden geschnitten wurde.

Später würde sie in ihr Buch der Toten Dinge schreiben: *Nummer 30. Stellas Blumenstapel.*

Ihr Kopf löst sich ab, und sie besucht ihren Dad im Krankenhaus. Millie hatte noch nie so viele Blumen für einen einzigen Menschen gesehen. Sie legte sich unter seinem Bett auf den Rücken und beobachtete die verschiedenen Besucherfüße. Kleine Füße, große Füße, mittelgroße Füße. Sneakers, Stöckelschuhe, Sandalen. Rote Schuhe, schwarze Schuhe, grüne Schuhe.

Nachdem alle Besucherfüße wieder gegangen waren, sagt ihr Dad, *Wo Millie wohl ist?* Er atmete schwer, so wie alte Leute oder Dicke, aber er war nicht alt, und er war auch nicht dick.

Ich weiß nicht, sagte ihre Mum. Sie saß in dem großen Sessel und schlug ihre Füße immer wieder erst in die eine, dann in die andere Richtung übereinander. *Vermutlich raubt sie gerade eine Bank aus. Oder predigt den Weltfrieden.*

Die Wörter, die sie sprachen, hatten riesige geschwungene Buchstaben, als würden sie einander zuwinken.

Die Hand ihres Dad hing an der Bettkante herunter. Sie kroch zu der Hand hin. Sie hatte sie noch nie so weiß gesehen. Die Maschinen piepten und blinkten und brummten. Sie schob ihre Hand in seine Hand und hielt sie fest.

◆

Und jetzt klettert sie oben auf den Blumenhaufen, und ihre Beine sinken in die Folie und die verwelkten Blumen ein, als wäre es Treibsand. Sie denkt an die Seen aus Salz und die Lachsbäume und daran, dass Menschen sich vor sich selbst verstecken können und die Welt ein Ort ist, der ganz anders ist als alles, was Millie sich je hätte vorstellen können. Sie denkt daran, wie Stella gesagt hat, dass niemand weiß, was auf dem Meeresgrund vor sich geht, und sie fragt sich, ob da unten wohl Meeresmenschen ein geruhsames Leben führen, Meeresfernsehen gucken und über die Meereswitze der anderen lachen. Ob sie wohl den Ozean Himmel und den Himmel Ozean nannten? Ob ihre Musik in Luftblasen weitergetragen wurde? Millie wünschte, alle Worte, alle Musik und alle Geräusche würden in Luftblasen weitergetragen. Dass man jede einzelne zum Platzen bringen müsste, um die Töne herauszulassen. Wie still und voller Überraschungen die Welt dann wäre. Man würde jedes Mal erschrecken, wenn jemand eine Blase platzen ließ und ein Ton heraussprang, ta-daa! Außer dass dann vielleicht mehr Leute von Autos überfahren würden, und es wäre schwieriger, seine Mutter von der anderen Straßenseite aus zu rufen. Und was, wenn eine HILFE-Blase hinauf in den Himmel schwebte, von einem Flugzeug zum Platzen gebracht würde und niemand sie durch das Dröhnen des Motors hören könnte?

Die Wäschespinne dreht und dreht sich über ihrem Kopf und knarrt dabei wie ein altes Bett. Sie hebt den neuen Blumenstrauß ganz oben auf dem Stapel hoch. *Errol,* steht auf der Karte.

♦

Millie schreibt klein *Bin gleich wieder da Mum* unten auf ihr Schild und geht mit Errols Blumenstrauß durchs Gartentor hinaus und dann die Straße entlang. Sie findet den Friedhof, der von den Straßenlaternen beleuchtet wird und nicht so aussieht wie der zu Hause. Er ist ganz flach, und auf dem Boden ist kein Rasen. Nur rote Erde, so weit Millie sehen kann. Große bemalte Eimer, die mit roten und violetten Blumen gefüllt sind. Riesige Eukalyptusbäume, die den Weg säumen und über den Gräbern aufragen. Millie legt den Kopf weit in den Nacken, um bis zu ihren Wipfeln hinaufschauen zu können. Ihr Dad ist immer so hoch oben gewesen. Sie berührt im Vorbeigehen die Borke eines Baumes und denkt, *Brauchen Bäume nicht auch Schatten?* Die Borke ist immer noch ganz heiß vom Tag. Die rote Erde hat die Grabsteine hellrosa gefärbt. Die Gräber werden durch Schilder in verschiedene Religionsgruppen eingeteilt, damit, so nimmt Millie an, die Himmel nicht verwechselt werden.

Der Gedanke trifft sie wie ein Stoß in die Magengrube: *Werde ich in denselben Himmel kommen wie mein Dad?* Und dann, panischer, *In welchem Himmel ist er eigentlich?* Sie hat nie daran gedacht, zu fragen.

Hier rauschen keine Autos vorbei, keine Flugzeuge sausen durch die Luft, und keine Vögel singen, man hört nur die Blätter an den Bäumen, die sich aneinander reiben, und es klingt, als streife jemand seine Schuhsohlen auf einer Fußmatte ab. Es ist das perfekte Geräusch, ein Geräusch, das fast gar kein Geräusch ist, ein Gerade Genug Geräusch, um Millie zu versichern, dass sie noch da ist.

Und dann entdeckt sie es. Gleich rechts an der Ecke.

Sie kniet sich neben das Grab und legt die Blumen vorsichtig davor. Die roten Steine graben sich in ihre Knie ein. Millie leckt ihren Finger an und reibt damit den roten Staub aus den Einkerbungen im Grabstein.

Errol, sagt Millie. Sein Name steht eingesunken da, so als atme er ihn ein.

Das Anfangs- und das Enddatum sind immer die wichtigen Sachen auf den Grabsteinen und in großen Buchstaben geschrieben. Der Bindestrich dazwischen ist immer so klein, dass man ihn kaum erkennt. Der Bindestrich sollte eigentlich groß und hell und faszinierend sein, oder auch nicht, je nachdem, wie man gelebt hat. Der Bindestrich sollte eigentlich ausdrücken, wie dieses Tote Ding gelebt hat.

War Errol je bewusst, dass sein Leben am Ende bloß ein Bindestrich auf einem Grabstein sein würde? Dass alles, was er tat, alles, was er aß, und die Autofahrten, die er machte, und die Küsse, die er gab, schließlich zu einem Strich auf einem Stein werden würden? In einer Parkanlage, umgeben von Fremden?

Millie legt sich flach auf den Rücken, sodass ihr Kopf an den Sockel des Grabsteins stößt. Sie breitet ihren Körper so weit aus, wie es geht, streckt die Arme zur Seite, spreizt die Finger so weit auseinander wie nur möglich.

Sie schaut durch die Lücken zwischen den Bäumen hinauf in den Nachthimmel, und ihr kommt nur ein einziges Wort in den Sinn, also spricht sie es laut aus.

Dad?

Und plötzlich ist sie sich sicher, dass sie das kleinste Ding ist, das je gemacht wurde, kleiner sogar als die Schotterstückchen unter ihrem Rücken oder die Ameisen, die um ihre Füße herumkrabbeln, denn die Welt ist so groß, so voller Bäume und Sterne und Sterben, dass sie denkt, ein Bindestrich ist wahrscheinlich genau das, was sie ist.

NOCH ETWAS, DAS MILLIE GANZ GENAU WEISS

Als ihr Dad im Krankenhaus lag, wollten die Worte *Dad, wirst du jetzt auch ein Totes Ding?* einfach nicht über ihre Lippen.

AGATHA PANTHA

21.06: Sitzt in einem fremden Zimmer in einem fremden Haus auf einem fremden Stuhl, trinkt zu einem fremden Zeitpunkt Tee aus einer fremden Tasse und versucht, darüber nicht nachzudenken. *Was ist mit Ihren Händen los?* schreit Agatha den Tipper an. Der Tipper stellt seinen Tee auf dem Couchtisch ab und versteckt die Hände unter seinen Achseln. *Nichts,* sagt er. *Wieso zucken sie so?* fragt sie. *Sie zucken nicht,* sagt er. *Sieht aber so aus, als würden sie zucken,* sagt sie. *Sie zucken nicht,* wiederholt er. *Sie tippen. Tippen?* sagt sie. *Tippen,* bestätigt er. *Wieso tun sie das?* sagt sie. Er zuckt mit den Schultern. *Sie wollen es mir also nicht sagen?* sagt sie. *Lieber nicht,* sagt er.

21.11: *Dieser Tee schmeckt scheußlich!* flüstert sie ihm laut zu.

21.13: *Was ist das?* sagt er. Ihr Altersheft ragt aus ihrer Handtasche hervor. *Ihr Tagebuch?* Sie schiebt es in die Tasche zurück und zieht den Reißverschluss zu. *Was ist was?* sagt sie. *Das, was Sie gerade in Ihre Handtasche gesteckt haben,* sagt er. *Ich habe nichts in meine Handtasche gesteckt,* sagt sie. *Haben Sie wohl,* sagt er. *Habe ich nicht,* sagt sie.

21.16: *Ihre Frau?* sagt Agatha. *Verstorben,* sagt er. *Ron auch,* sagt sie. *Herzinfarkt vor der Tierhandlung. Bei Ihnen?* Er setzt sich auf seine Hände. *Krebs,* sagt er. Agatha nickt.

21.17: *Warum haben Sie mich zu Hause belästigt?* sagt sie. *Sind Sie etwa in mich verliebt?* fügt sie hinzu. *Ich bin nicht in Sie verliebt,* sagt der Tipper. *Das würde jemand sagen, der in mich verliebt ist!* sagt Agatha. *Ich kenne Sie nicht mal,* sagt er. *Nein,* sagt sie. *Sie kennen mich nicht.*

21.18: Aber eigentlich wollte sie sagen, *Warum sind Sie plötzlich nicht mehr zu meinem Haus gekommen?*

21.20: Der Tipper schläft ein, den Kopf an die Sofalehne gelegt, mit offenem Mund, und schnarcht.

21.22: *Sie werden nicht alt werden,* flüstert sie, *so wie wir, die Hinterbliebenen, alt werden.*

21.23: Agatha Pantha gestattet es sich, einsam zu sein.

KARL DER TASTTIPPER

Irgendwann zwischen Nacht und Morgen geht Karl über den Flur, um die Toilette zu benutzen, bleibt aber stehen, als er Stella in der Küche reden hört.

Jupp, sagt sie. *Ein verlassenes Kind, ja.*

Karl lehnt sich mit dem Rücken an die Wand neben der Küchentür. Das Licht aus der Küche fällt längs in den Flur, als markiere es den Eingang in eine andere, bessere Welt.

Viel weiß ich nicht, fährt sie fort. *Ihre Mum ist abgehauen. Ihr Dad lebt nicht mehr. Zwei alte Leute kümmern sich um sie.* Sie hält inne. *Ja, also, das weiß ich nicht. Die Frau spinnt total. Der Typ ist auch nicht viel besser. Sie sind eben … einfach alt, nehme ich an.*

Karl presst die Finger zusammen.

Gut, sagt sie. *Jo. Ich bring sie morgen vorbei. Und Bert,* sie zögert. *Entschuldige bitte, dass ich so früh anrufe. Ich konnte einfach nicht schlafen wegen der Sache.* Sie hält erneut inne. *Du bist schwer in Ordnung, Bert. Ta-da.*

Karl hat ein scheußliches Gefühl in der Magengrube. Er hört, wie sie auflegt. Das Licht geht aus, und die andere, bessere Welt verschwindet. Karl drückt sich flach gegen die Wand, holt tief Luft und kneift, so fest er kann, die Augen zu, mit der Logik eines Kindes: *Wenn ich dich nicht sehen kann, kannst du mich auch nicht sehen.*

Als Karl die Augen wieder aufmacht, sieht er gerade noch Stellas entschwindenden Rücken am Ende des Flurs, wo sie in ihr Schlafzimmer abbiegt. Er geht in die Küche und starrt das Telefon an. Stellas Schlüssel liegen auf dem Küchentisch, kühl, metallisch, wie ein exotisches Insekt.

Er schleicht in Agathas Zimmer. *Agatha,* flüstert er, so laut er sich traut, und versucht, sie sanft wachzurütteln. Sie schnarcht unerbittlich weiter. *Agatha,* sagt er noch einmal, diesmal ein bisschen lauter.

Was ist los? sagt sie, setzt sich auf und zieht sich die Bettdecke bis unter das Kinn. *Wer sind Sie? Was wollen Sie von mir?* Sie fummelt auf dem Nachttisch nach ihrer Brille.

Schscht, sagt Karl und reicht ihr die Brille. *Bitte, Agatha.*

Sie setzt die Brille auf und starrt ihn an. *Tipper! Sie steigen auf keinen Fall zu mir ins Bett! So viel kann ich Ihnen versichern! Es ist 4.46! Um diese Zeit schlafe ich!*

Karl setzt sich auf die Bettkante. Er spürt die Wärme unter seinen Oberschenkeln. *Wir müssen weg, Agatha. Wir müssen jetzt gleich los.*

Aber als sie in Millies Zimmer das Licht anmachen, ist sie nicht da.

◆

Karl klemmt sich Manny unter den Arm, und Agatha schnappt sich Millies Rucksack, und dann verlassen sie Stellas Haus so leise, wie die Fußbodendielen es ihnen gestatten. Mannys Bein ragt aus Millies Rucksack heraus, die Kunststoffzehen wippen hinter

Agathas Kopf auf und ab. Karl lehnt Manny an Stellas Bus und legt ihm eine Hand auf die Schulter. *Gut aufpassen, Manny,* sagt er ernst.

Er ist aus Plastik, Tipper, zischt Agatha und stellt den Rucksack neben Manny.

Gemeinsam gehen Karl und Agatha die Straße entlang, rufen nach Millie, suchen unter parkenden Autos, in Vorgärten und auf Bäumen nach ihr.

Sie gehen am Friedhof vorbei und hören Stimmen. Am anderen Ende des Friedhofs erkennt Karl mit Hilfe einiger dazwischenstehender Straßenlaternen drei Männer, die betrunken auf sie zugewankt kommen. Die Männer lachen und fluchen. Einer versucht, auf einen Baum zu klettern, ein anderer pinkelt senkrecht in die Luft, der dritte wirft eine Flasche gegen einen Grabstein. Sie zerschellt, und der Krach wird weit durch die Stille der Nacht getragen. In den umliegenden Häusern fangen Hunde an zu bellen.

O nein, sagt Karl.

Was denn? sagt Agatha.

Karl streckt einen Finger aus.

O nein, sagt Agatha.

Und da ist Millie. Nicht weit von den Betrunkenen entfernt sitzt sie an einen Grabstein gelehnt.

Sie gehen direkt auf sie zu, sagt Karl und beugt sich durch die schwarzen Eisenstäbe des Friedhofstors.

Ich kann da nicht reingehen, sagt Agatha schnell. *Ich …* Sie hält inne. *Die ganzen Toten,* sagt sie ruhig. *Sie können mich nicht zwingen.*

Die Betrunkenen entdecken Millie. *He,* sagen sie, und dann, *Was machs du'n hier draußn im Dunkeln? Bis ja noch'n Kind, oder?* Millie steht auf, Karls Magen dreht sich, eine weitere Flasche zerschellt krachend, und Millie versucht, wegzulaufen, aber sie haben sie umzingelt. Und dann, *Hälst dich wohl für Dora the Explorer, was?*

Agatha legt ihre Hand in Karls Hand.

Und das löst etwas aus. Ein elektrischer Strom fährt durch seinen Arm. Sein Gehirn macht einen Kickstart, als erwache es aus einem langen Schlaf. Dornröschen. Oder wie auch immer die männliche Version davon heißt. Es muss eine geben, aber er kann nicht klar denken. Er ist zu sehr damit beschäftigt, an ihre Hand zu denken. Klebrig von Schweiß, und rau. Seine Hand fühlt sich in ihrer weich an.

Was machste hier so ganz allein, Dora?

Agatha drückt Karls Hand.

Karl schaut sie aus dem Augenwinkel an. Dieser elektrische Strom. Er dreht sich zu ihr um. *Wir nehmen den Bus,* flüstert er.

Wie meinen Sie das, wir nehmen ihn? flüstert Agatha zurück.

Ich meine, sagt er und gibt ihr Stellas Schlüssel. *Lassen Sie den Motor an. Wir stehlen ihn.* Und er glaubt, Agatha lächeln zu sehen. Vielleicht ist es auch ein Zucken. Ganz sicher ist er sich nicht.

Aber ich – fängt sie an, aber Karl ist schon losgerannt, oder besser gesagt, im Cliff-Young-Stil losgeschlurft. Die Betrunkenen schwenken ihre Bierflaschen in Millies Richtung. *Willste was von meim Dschungelsaft, Dora?* sagt einer von ihnen, und Millie sieht ganz versteinert aus. Karl hat keine Ahnung, was er tun wird, wenn er dort ankommt, er denkt, *EvieEvieEvie,* sie wüsste, was zu tun ist, aber er muss einfach dort hin, denn Millie ist ja noch ein Kind, sie ist Nocheinkind. *Heh,* sagt er, als er sich ihnen nähert, aber sie hören ihn nicht, also schreit er, *heh!* Alle drei drehen sich um, und Millie läuft zu ihm und umklammert seine Beine. Er legt eine Hand auf ihren Kopf und stellt sich vor sie, schirmt sie von den Männern ab. *Heh,* sagt er noch einmal, ruhiger, während er versucht, sein Gleichgewicht wiederzufinden.

Die drei Männer könnten alle die gleiche Person sein. Bluejeans, Arbeitsschuhe, die Haare in so seltsamen Winkeln abstehend, dass es unmöglich Absicht sein kann. Als wären sie im Windtunnel mit Haarspray besprüht worden. Ihre Blicke folgen Karl nur vage, so als wäre er unsichtbar und sie schauten in die ungefähre Richtung, aus der seine Stimme kommt. Der eine trägt eine blaue Truckermütze mit einem Surferemblem darauf, ein anderer ein T-Shirt, auf dem *Breast Police* steht, und der dritte ein langärmeliges Flanellhemd. *Sieh an, Doras Opa!* sagt Blaumütze und versetzt Karl einen Schubs, und Karl sagt, *Ich will keinen Ärger,* und Breast Police sagt, *Wusstest du's nicht, du alter Wichser? Das hier ist die Friedhofskrippe von Kalgoorlie.* Karl weicht langsam zurück, mit erhobenen Händen, wie er es im Kino gesehen hat, und Blaumütze sagt, *Wir geben Dora bloß noch das Fläschchen, und dann bringen wir sie ins Bett,* und er schubst Karl noch einmal, und Karl gerät ins Straucheln, und Karl sagt, *Macht mit mir, was ihr wollt, aber tut der Kleinen nichts, sie ist ja noch ein Kind, lasst sie einfach in Ruhe.* Sie haben rote Augen, sie schwanken, sie stinken nach Alkohol, und ihnen ist alles egal, das erkennt Karl eindeutig, sie sind sich egal, ihr Leben ist ihnen egal, und das macht sie gefährlich, und Karl sagt, *Lauf weg, Millie, lauf,* aber sie tut es nicht, sie schiebt ihre Hand in seine Hand und vergräbt ihr Gesicht in seinem Bein, und er schließt die Augen und denkt, *Tja, das war's dann wohl.*

Aber dann. Eine Stimme. *Viel zu betrunken!* Hinter den Männern taucht Agatha auf und schwenkt Mannys Bein wie eine Waffe. Sie trifft Flanellhemd direkt auf den Hinterkopf, und er fällt hin und knallt unterwegs gegen einen Grabstein. Er ist sofort k.o. Sie schwenkt das Bein wild in Richtung der beiden anderen.

He, sagt Blaumütze.

Woha, Lady, lallt Breast Police. *Wir wolln doch bloß* – er sieht aus wie aus Gelee gemacht, als er gegen einen Baumstamm fällt, ihn umarmt und sein Gesicht in die Rinde drückt – *ein bisschen Spaß ham.*

Ach ja? sagt Agatha. *Ja? Sieht mir aber nicht nach Spaß aus!* Sie schwenkt das Bein in Richtung Blaumütze, verpasst ihn aber.

Blaumütze legt die Hände hinter seinen Kopf und lässt sein Becken kreisen. *Willste was hiervon?* sagt er. *Brauchst bloß bitte sagen.*

Agatha geht auf ihn zu und tritt ihm, so heftig sie kann, gegen das Schienbein. *He,* sagt er, fasst sich ans Bein, macht ein paar Hüpfer und fällt hin.

Viel zu enge Hosen! Sie schwingt Mannys Bein in Richtung von Breast Police und verfehlt nur knapp seine Kniescheibe. *Nicht genügend Zähne!* Ein erneuter Versuch, der fast seinen Ellbogen trifft. *Trostlose Zukunft!*

Sie sind ja verrückt, Lady, sagt Blaumütze. Agatha steht über ihm und tritt ihn erneut, diesmal in den Po. *Hörn Sie auf damit,* sagt er und will sie am Fuß packen, greift aber ins Leere und fällt mit dem Gesicht in den Sand.

Agatha stellt sich auf seine beiden Hände. *Ich* – sagt sie, während er sich zu befreien versucht – *bin nicht* – er hebt den Kopf und will sie anspucken – *verrückt!* Sie kickt ihm Erde ins Gesicht. *Ich werde euren Müttern schreiben!* sagt Agatha.

Was hassu über meine Ma gesacht? sagt Blaumütze.

Kummpel, kommmschonn, sagt Breast Police.

Nee, nee, sagt Blaumütze. *Hörn Sie zu, Lady. Wir holn jetz Nunnas und Scob und Fleety, und dann komm' wir wieda und bringn das hier zu Ende.* Er zeigt mit einem unsteten Finger auf Agatha. Und kotzt dann auf sein Hemd. *Scheiße,* sagt er. *Scheiße.*

Macht nichts, Kumpel, sagt Breast Police.

Aber das ist doch nich mein Hemd, Mann.

Macht nichts. Das geht wieder raus.

Sie umarmen sich wie ein altes Liebespaar, schlingen jeweils die Arme um die Schultern des anderen und hoppeln so in Richtung Ausgang, kreuzen den Friedhof in Schlangenlinien, als wäre er ein Skihang, und singen dabei halbe Textzeilen aus einem Fußballlied. *Up, up, to win the premiership flag.*

Millie schlingt ihre Arme um Agathas Taille. Agatha tätschelt ihr unbeholfen den Kopf. Karl würde Agatha am liebsten auch umarmen, sein Kinn auf ihren Kopf stützen und *Danke* sagen, eine Hand auf Millies Kopf legen und *Alles in Ordnung* sagen, aber er tut es nicht. Was würde Branson Spike tun? Stattdessen sagt er, *Ihr zwei steigt jetzt in den Bus. Dort seid ihr sicher.* Er fühlt sich plötzlich stark und bereit, die Verantwortung zu übernehmen. *Ich verwische unsere Spuren.* Er nickt in Richtung Flanellhemd.

Agatha schaut ihn skeptisch an. *Machen Sie aber nicht zu lange rum. Sie haben ja gehört. Flooty und Nunchuck und Scab sind schon unterwegs.*

Eine Minute, sagt Karl.

Während Agatha und Millie den Friedhof verlassen, zieht Karl den Filzstift hervor, den er im Pflegeheim hat mitgehen lassen. Vorsichtig kniet er sich neben den Grabstein, rollt Flanellhemd den Ärmel hoch und schreibt auf seinen Unterarm *Karl der Tasttipper war hier.* Dann richtet er sich auf, betrachtet sein Werk und grinst breit. Durch den Schweiß auf Flanellhemds Arm verläuft die Tinte, und die Schrift sieht aus wie der Titel eines Horrorfilms.

Karl schaut zur Straße. Es wird langsam hell. Sie müssen los. Er greift Flanellhemd in die Taschen und zieht eine Brieftasche heraus. Öffnet sie. Er spürt ein Prickeln am ganzen Körper, so als wäre dies der Karl, auf den er sein Leben lang hingearbeitet hat.

Er denkt, *Ich bin Karl der Tasttipper, im Präsens.*

♦

Die Sonne geht auf. Karl fühlt sich unbesiegbar. Er hat Entscheidungen getroffen, Frauen beschützt – na schön, mit etwas Hilfe von besagten Frauen –, öffentliches Eigentum verschandelt, Geld gestohlen, sich der Festnahme widersetzt. Er kann gar nicht mehr aufhören zu lächeln, während er sich auf dem vordersten Sitz des Busses mit Manny zu schaffen macht, um ihn anzuschnallen. Millie sitzt neben Manny und hegt sein abgegangenes Bein.

Hast gut auf den Bus aufgepasst, Manny, sagt Karl und tätschelt ihm den Kopf.

Ja, sagt Millie, kuschelt sich dicht an Manny und lehnt den Kopf an ihn. *Gut gemacht, Manny.*

Ja, ja, ja, sagt Agatha. Sie sitzt auf dem Fahrersitz und wühlt in ihrer Handtasche. *Der Plastikmann hat seine Sache gut gemacht.*

Stehlen wir den Bus? sagt Millie.

Wir bringen dich zu deiner Mum, Millie, sagt Karl.

Fahren wir mit dem Zug?

Ja, Millie.

Ich habe kein Geld.

Karl spürt, wie das Bündel Geldscheine in seiner Tasche pulsiert. *Das überlass nur mir.*

Millie schaut aus dem Fenster auf Stellas Haus. *Wir stehlen also diesen Bus?*

Wir leihen ihn aus.

So wie du die Computertasten ausgeliehen hast?

Ja. Genau.

Also stehlen wir ihn.

Ja.

Aber es ist Stellas Bus.

Ja. Es ist nicht unserer.

Stellas Bruder ist gestorben.

Das wusste ich nicht.

Ich finde, wir sollten den Bus nicht stehlen.

Manchmal wissen es die Erwachsenen am besten, sagt Karl.

Manchmal haben die Erwachsenen überhaupt keine Ahnung, sagt Millie.

Aber ehe sie darüber diskutieren können, wer es am besten weiß, erscheint Blaumütze im Licht ihrer Scheinwerfer. *He,* sagt er und klopft auf die Kühlerhaube.

Machen Sie die Tür zu, Agatha, sagt Karl ruhig.

Ich –

He, sagt Blaumütze noch einmal und versetzt dem Reifen einen Fußtritt. *Hab euch ja gesagt, wir kommen wieder.*

Karl steht auf und sieht Breast Police auf der einen Seite des Busses und einen anderen Mann, den er nicht kennt, auf der anderen. Breast Police hat einen Kricketschläger in der Hand und grinst Karl drohend durch die Fensterscheibe an. Die Männer schlagen mit den Handflächen an die Seitenwände des Busses. *Machen Sie die Tür zu, Agatha,* sagt Karl noch einmal, diesmal lauter.

Wie macht man denn –

He! Blaumütze steht unten an der Einstiegstreppe, direkt vor der Tür, und fuchtelt mit einer abgebrochenen Flasche herum. Seine Augen funkeln zornig, seine Nasenflügel beben. *Agatha, mach die Tür zu!* brüllt Karl, während Blaumütze einen Fuß auf die unterste Stufe stellt und Agatha im selben Moment den richtigen Knopf findet und mit der flachen Hand draufhaut. Blaumütze ist halb im Bus und halb draußen, und er schiebt einen Arm durch den Spalt und versucht, mit der Schulter gegen die zugehende Tür zu drücken. Er schwenkt die zerbrochene Flasche und schlitzt Karl beinahe die Hand damit auf, als der versucht, ihn aus dem Bus zu stoßen. *Weg hier, Millie,* sagt Karl. Millie bewirft den Mann mit allen möglichen Gegenständen, die sie findet, einem Erste-Hilfe-Kasten, einer Brille, einem T-Shirt und einem Apfelbutzen, und Blaumütze wehrt sie mit seiner Flasche ab wie ein Amateurfechter. Karl versucht, nach ihm zu treten, ohne ihm zu nahe zu kommen. Im hinteren Teil des Busses zerbirst eine Scheibe. Karl sagt, *Fahr los, Agatha!*

Ich bin sieben Jahre nicht mehr gefahren!

Mach schon!

Okay, ich weiß aber nicht – muss ich – ist das hier –

Du schaffst das, Agatha, sagt Millie.

Der Bus stottert und würgt und springt schließlich an. *Geschafft! Ich hab's geschafft!* sagt Agatha. *Und was soll ich jetzt machen?*

Fahr los!

Ach so! Ja!

Und der Bus setzt sich in Bewegung, langsam und ruckelnd, und Blaumütze hüpft neben ihnen her, hat einen Fuß im Bus und umklammert mit einer Hand den Türrahmen. Karl schnallt Manny ab, hält ihn hoch über seinen Kopf, sagt, *Es wird kein bisschen wehtun, Manny,* aber er lügt und holt aus, um Manny in Richtung Blaumütze zu schleudern. Manny wird sie noch einmal retten, da ist sich Karl sicher, er wird Blaumütze die Flasche aus der Hand schlagen, seinen Fuß abschütteln und ihm die Finger zerquetschen. *Auf Nimmerwiedersehen, Blaumütze,* sagt Karl, aber während er das sagt, scheint sich die Zeit plötzlich zu verlangsamen, die Schläge an der Buswand werden zu entfernten Trommelschlägen auf einer abgelegenen Insel, und Karl erkennt, dass dieser Mann gar kein Mann ist, sondern bloß ein betrunkener, zorniger Junge. Pickel überziehen sein Gesicht wie Vulkane kurz vor dem Ausbruch, und in seinen Augen steht die Art von Wut, die keinen anderen Ausweg weiß. Es gibt einen Grund für seine Wut, und dieser Grund ist nicht Karl. Karl erkennt seinen Kampf, Ein Mann zu Werden, und würde am liebsten sagen, *Alles okay, ich bin auf deiner Seite*, und einen Augenblick lang glaubt er, mit diesem betrunkenen Mann, diesem betrunkenen Jungen verhandeln zu können, also lässt er Manny wieder sinken, aber dann durchzuckt ihn ein Blitz, und der betrunkene Jungmann hat ausgeholt und eine klaffende Wunde in Karls Hand geritzt.

Karl, ruft Millie von irgendwo hinter ihm.

Was? sagt Agatha, und der Bus verpasst nur knapp die Bordsteinkante.

Alles okay, sagt Karl, obwohl er noch nicht weiß, ob alles okay ist, und wackelige Knie bekommt beim Gedanken an das Blut, das aus seiner Handfläche spritzt, und deshalb erst gar nicht hinschaut. Er wird nicht mehr versuchen, den betrunkenen Jungmann zu verstehen. *Weißt du, betrunkener Jungmann*, denkt er, *Ich habe auch viele Gründe, wütend zu sein,* und er schickt seinen ganzen Zorn in seine Arme und fühlt sich wie Superman, oder wie The Incredible Hulk oder der sechzehnjährige Junge von heute Morgen und hebt Manny triumphierend über seinen Kopf und wirft ihn mit voller Wucht gegen die Tür.

Aber im selben Moment rollt der Bus über eine Bremsschwelle, und Karl gerät aus dem Gleichgewicht. Manny fliegt geradeaus in die Luft. Karl fällt rückwärts auf den Po, und Manny landet neben ihm. Der Bus fährt immer noch langsam, aber Blaumütze muss schnell hüpfen, um mitzukommen. Millie stößt ihren Fuß gegen Blaumützes Fuß und beißt ihm ins Schienbein, und Blaumütze flucht und holt aus, um ihr eine zu wischen, und Karl sagt, *Weg da, Millie,* und Agatha fährt auf die Bordsteinkante und sagt *Oh!,* als der Bus fast gegen einen Baum auf dem Grünstreifen prallt. Dann findet Agatha zurück auf die Straße, und Blaumütze fällt hin, und sein Fuß kommt frei. Karl und Millie rennen an die Seitenfenster und sehen, wie er hinter ihnen über die Straße rollt.

Alles okay bei euch? sagt Karl. *Nur Millie?*

Glaub schon, sagt Millie und klettert auf den Sitz hinter Agatha.

Karl hebt Manny auf und untersucht ihn auf Verletzungen. *Agatha?*

Oh, mir geht's gut! sagt Agatha. *Ganz wunderbar! Ich leide unter einer posttraumatischen Belastungsstörung, aber sonst alles bestens! Ist er weg?* Der Bus rollt die Straße entlang, vorbei an kleinen, dunklen Ziegelsteinhäusern. Man sieht Kinder in Schuluniformen, einen Mann im Morgenmantel, der die Zeitung hereinholt, eine Frau, die ihren Hund spazieren führt.

Er ist weg, sagt Karl. Er sitzt auf dem Platz gegenüber von Millie und hat Manny auf den Schoß genommen.

Gut, sagt Agatha. *Es ist nämlich 6.06!* Sie zeigt auf ihre Armbanduhr.

Ja, und? sagt Karl. Er untersucht seine Wunde, und ihm wird ein bisschen schwindelig.

He du! Captain Funeral! Agatha dreht sich zu Millie um. *Übernimm mal das Steuer!*

Ich bin erst sieben.

Genau! Ich hab mit sieben schon Sattelschlepper über Land gefahren!

Hast du nicht.

Ab ans Steuer mit dir! Agatha steigt vom Fahrersitz.

Agatha, sagt Karl. *Was tust du da?* Er springt auf und erwischt gerade noch rechtzeitig das Lenkrad, um zu verhindern, dass sie von der Straße abkommen.

Agatha lässt sich auf den Platz neben Millie fallen und öffnet ihre Handtasche. Sie legt ein Schreibheft und einen kleinen Spiegel auf ihren Schoß und hält sich ein Lineal ans Gesicht.

Karl beobachtet sie im Rückspiegel. *Agatha, was –*

Hör zu, du Fingerakrobat! sagt Agatha. *Ich hab zu tun! Ich bin bis auf Weiteres nicht zu sprechen!* Sie notiert etwas in ihrem Schreibheft.

MILLIE BIRD

Nach einigen Streitereien, weil sie ein paarmal falsch abgebogen sind und wieder umkehren mussten, kommen sie schließlich am Bahnhof von Kalgoorlie an. Die Luft ist stickig, und das Atmen fällt schwer, als sie auf den Bahnsteig gehen. Der Zug steht schon da und füllt sich allmählich mit Menschen und Gepäck. Touristen machen Fotos voneinander vor dem Logo der Indian Pacific, das die Außenwände des Zugs ziert. Männer und Frauen in Uniform kontrollieren Fahrkarten und dirigieren die Reisenden zu den unterschiedlichen Zugteilen. Verwandte umarmen sich und weinen und lachen beim Abschied.

Karl kauft die Fahrkarten, und sie werden zu ihrem Abteil geleitet. Es ist klein, mit einer Sitzbank, die sich zu einem Bett umwandeln lässt, einem Waschbecken in der Ecke und einem großen Fenster mit zugezogenem Vorhang.

Ist es das hier? fragt Agatha und fängt an, das Bett auszuziehen.

Draußen auf dem Bahnsteig gibt es einen Tumult. Eine Männerstimme sagt, *Ich kann Sie ohne Fahrkarte nicht einsteigen lassen, Miss. Der Zug fährt gleich ab.*

Du lieber Himmel, Derek, sagt eine Frauenstimme. *Wir sind zusammen zur Schule gegangen. In der siebten war ich kurz mit deinem Bruder zusammen, verflixt noch mal. Sonntags bin ich zum Bratenessen zu euch gekommen.*

Wir haben einen strengen Zeitplan, Stella, sagt die Männerstimme. *Ich kann dir nicht helfen. Das weißt du genau. Zugfahrpläne und so.*

Millie zieht ruckartig den Vorhang auf. *Stella?* sagt sie. Millie klopft an die Scheibe und schiebt das Fenster runter. *Stella,* ruft sie.

O Gott, sagt Karl und geht in Deckung.

Einsteigen bitte, ruft der uniformierte Mann auf dem Bahnsteig und springt in den Zug.

Stella winkt dem Mann zu und rennt zu Millie ans Fenster. *Ich sehe Sie, Karl,* sagt sie.

Der Zug setzt sich in dem Moment in Bewegung, als Karl sich aufrichtet. Er gerät ins Schwanken.

Wo sind meine Schlüssel? sagt Stella und läuft neben dem Zug her.

Im Bus, sagt Karl kleinlaut.

Ich kann Ihnen nur raten, ihre Mum zu finden, sagt Stella.

Er schaut Millie an. *Wir werden es versuchen.*

Alles klar bei dir, Kleines? sagt Stella.

Millie nickt. *Ja.*

Versprochen?

Ja.

Okay. Stella bleibt stehen und schiebt die Hände in ihre Hosentaschen.

Der Zug nimmt Fahrt auf, und Millie schaut zu, wie sie auf dem Bahnsteig immer kleiner wird. Millie schaut ihren Flaschenhalter an und sagt, *Aber du sollst auch mitkommen.* Sie spürt die Tränen in sich aufsteigen und kann nichts dagegen tun, denn Stella ist nett, und ihr Dad ist tot, und ihre Mum könnte es ebenso gut auch sein. Millie schaut zu Stella zurück, bis sie nicht mehr zu sehen ist, und es tut weh, tief in ihr drin. Alle Erwachsenen, die sie kennt, reißen Stücke aus ihrem Herz heraus und nehmen sie mit und geben sie nie mehr zurück.

TEIL 3

KARL DER TASTTIPPER

Als der Zug sich in Bewegung setzt, lässt Karl die Damen und Manny allein, damit sie sich im Abteil einrichten können, und geht auf die Toilette. Er säubert seine Schnittwunde, tupft die Hand trocken und umwickelt die Wunde mit Toilettenpapier. Dann erblickt er sich im Spiegel. Er fand es schon immer seltsam, sich selbst im Spiegel anzuschauen, und mit zunehmendem Alter ist diese Übung noch seltsamer geworden. Er kennt sein Gesicht, und dieses hier ist es nicht. Wie kann man siebenundachtzig Jahre lang mit einem Gesicht leben und jedes Mal aufs Neue von seinem Anblick überrascht sein? Ihm kommt plötzlich der Gedanke, dass alle anderen sein Gesicht besser kennen als er selbst. Er kennt nicht einmal seine eigenen Gesichtsausdrücke. Er versucht, wütend auszusehen. Traurig. Froh. Besorgt. Nachdenklich. Vermisst. Gesucht. Aber alles, was er sieht, ist müde. Sehr müde.

Ich werde nie wieder Sex haben, sagt er. *Nicht mit diesem Gesicht.* Er schließt die Augen, schürzt die Lippen und bewegt sich auf den Spiegel zu. Er macht ein Auge auf, sieht, wie etwas Todesähnliches ihn küssen will, und weicht zurück.

Tja, sagt er. *Das war's dann.* Aber Evie hatte ihn geliebt, auch sein Gesicht. Er streicht sich mit der gesunden Hand durchs Haar. Die sterbenden Strähnen sind kaum zu spüren.

Er war so neidisch auf den Jungen gestern, den mit den Brustmuskeln wie Charlton Heston in Ben Hur. Er wollte alles haben, was er hatte, den Körper, das Mädchen, das Auto, die Freiheit, die Denkweise. Die Haare, diese verdammten Haare. Was würde er geben, um Haare zu haben, die sich so frei im Wind bewegten. Aber sollte dieser Junge nicht auch Karl beneiden? Sollte er sich nicht fragen, was Karl schon alles gesehen und erlebt hatte? Sollte er nicht Karl anschauen und denken: *Wenn ich doch ein Leben wie deines vor mir hätte?*

Als Karl ins Abteil zurückkehrt, hat Millie ein neues HIER BIN ICH MUM-Schild für die Tür gemacht, und Agatha liegt auf dem Bett, alle viere von sich gestreckt, Augen geschlossen, Mund weit geöffnet.

Millie legt einen Finger auf ihre Lippen. *Schscht.* Karl nickt. Millie winkt ihn näher zu sich heran. Sie hat ihren Rucksack an. *Darf ich auf Erkundungstour gehen?* fragt sie flüsternd.

Klar, flüstert Karl zurück. *Aber sprich nicht mit fremden Männern.*

Du bist doch auch ein fremder Mann.

Karl denkt darüber nach. *Ich meine mit anderen.*

Millie zieht die Tür hinter sich zu, und Karl schiebt Agatha ein Kissen unter den Kopf. Er setzt sich aufrecht neben sie, den Rücken an die Wand gelehnt, die Hände im Schoß. Er schaut aus dem Fenster. Rot, grün, blau. Die Erde, die Büsche, der Himmel. Immer und immer wieder. Die niedrigen Büsche und die kleinen Bäume, die aussehen wie Bucklige, die sich bücken, um etwas aufzuheben. Und ab und zu ein hoher Baum, der aus der roten Erde aufragt und sich der Sonne entgegenreckt.

Manny lehnt am Waschbecken in der Ecke. *Schläft,* flüstert Karl ihm zu und weist mit dem Kopf auf Agatha. *Sie hat letzte Nacht ganz schön einen draufgemacht.*

Agatha schnarcht und dreht sich um. Er spürt ihre Wärme neben sich. Er denkt an Evie, wie sie neben ihm im Bett lag. Er zieht die Vorhänge zu.

NOCH ETWAS, WORÜBER KARL BESCHEID WEISS

EVIE (ZWEITER TEIL)

Sie war wie eine Pusteblume gewesen, so, als könne ein einziger Atemhauch von ihm sie auf Nimmerwiedersehen durch die Luft und in den Himmel fliegen lassen. Und sie war so still, nicht nur in ihrer Art zu sprechen, sondern in ihrem ganzen Verhalten, so als sei sie ständig von Schlafenden umgeben, als liefe sie immer auf Zehenspitzen, und auf dem Strand, an dem sie in den frühen Morgenstunden der meisten Tage gemeinsam spazieren gingen, hinterließ sie kaum Fußabdrücke.

War sie zu still? Kann schon sein. Wir sind vermutlich alle zu irgendwas, denkt Karl.

Und dennoch war sie in sich so gefestigt wie kaum ein anderer Mensch, den er kannte. Jeder ihrer Sätze wirkte genau bemessen, so als hätte sie ihre Worte in einen Messbecher gefüllt und die Oberfläche glatt gestrichen, ehe sie sie in die Welt ausschüttete. Und es gab viel Raum in ihr, für ihn, und auch für alle anderen. Ständig legte sie ihre Waffen weg, hob die Arme in die Luft und riskierte dadurch eine Schutzlosigkeit, die die meisten nicht zulassen konnten.

Karl kam sich neben ihr immer laut und ungeschickt vor, als zertrampele er die Blätter unter seinen Füßen mit roher Gewalt oder niese so heftig, dass man meinen könnte, er wolle einen Riss in die Luft machen. Es gefiel ihm nicht, dass sich sein Körper mit solcher Wucht durch die Welt bewegte. Aber wenn er Evie berührte und sie ihn auch berührte, dann gab sie ihm das Gefühl, sanft und zärtlich zu sein, und die Falten um ihre Augen, die immer tiefer, länger und zahlreicher wurden, hatten etwas an sich, das ihm verriet, dass er verstanden wurde.

♦

Ich bin hier, Evie, flüstert er, während ihm die Tränen über die Wangen laufen. Als er die Augen aufschlägt, hat Agatha sich aufgesetzt, und ihr Gesicht ist dicht an seinem. Karl zuckt zusammen.

Ron? Was ist denn los, Ron? sagt sie. Sie hat ihre Brille auf, und es ist dunkel, und sie können einander nicht richtig sehen.

Agatha, sagt Karl, *Ich bin nicht –*

Sie legt ihre Hand auf seinen Mund. *Ron,* sagt sie. Sie legt beide Hände auf seine Wangen. Mit dem Daumen wischt sie ihm die Tränen ab. *Es tut mir leid,* sagt sie.

Karl weiß nicht, was er sagen soll. *Schon gut,* sagt er.

Weinst du meinetwegen?

Nein, Agatha, sagt er. Ihre Nasen berühren sich fast.

Es tut mir leid, Ron, sagt sie und beugt sich vor, um Karl zu küssen.

Karl wünschte, sie wäre Evie, und dieser Wunsch ist stärker als jedes andere Gefühl, das er je hatte. Er holt tief Luft, schließt die Augen und wartet darauf, ihre Lippen zu spüren, aber ehe irgendetwas passieren kann, fällt Agathas Kopf wieder auf seine Brust, und sie fängt an zu schnarchen.

Seufzend bringt er sie wieder in ihre Schlafposition. Agatha liegt ausgestreckt da; ihre vernünftigen, bequemen Schuhe hat sie noch an den Füßen, ihr Kopf ist auf dem Kissen nach hinten gerollt, ihr Mund steht weit offen, und das laute, unregelmäßige Schnarchen lässt ihre Nasenflügel beben und hallt von den Wänden wider. Es liegt durchaus Musik in ihrem Schnarchen, in dem Anschwellen und Abflauen, ein Echo des Lebens mit seinen Höhen und Tiefen. Karl würde den Klang am liebsten grafisch darstellen und sieht schon den gebirgigen Umriss auf dem Blatt vor sich, die langen, geschwungenen Bögen und zackigen Linien.

Er öffnet ein Stückchen den Vorhang und starrt Agatha an, wie sie da neben ihm liegt. Ihm kommt der Gedanke, dass er nie jemanden anstarrt. Er erinnert sich daran, wie er als Kind Leute angestarrt hat, obwohl ihm damals nicht klar war, dass die anderen sehen konnten, was seine Augen machten. Warum spielt es eine Rolle, ob jemand weiß, dass er ihn oder sie anschaut? Warum haben alle solche Angst davor, angeschaut zu werden? Wann hatte er damit aufgehört, Leuten in die Augen zu schauen? Es musste einen Moment gegeben haben, als ihm klar wurde, was das bedeutete. Aber was bedeutete es eigentlich?

Du scheinst damit kein Problem zu haben, flüstert er Manny zu, der völlig unbeirrt aus der Ecke des Abteils seinen Blick erwidert.

Karl erinnert sich daran, wie er Evie angestarrt hat. Durch die Liebe wurde das Anstarren irgendwie wieder akzeptabel. Sie lagen in ihren jungen Jahren im Bett, rieben die Nasen aneinander, verschränkten ihre Füße und starrten sich an. Er kannte sie in- und auswendig, aber er hörte nie auf, sie anzustarren. Es schien immer noch einen neuen Blickwinkel zu geben, oder ein bestimmtes Licht, das auf ihren Körper fiel, eine Falte, eine Furche.

NOCH ETWAS, WORÜBER KARL BESCHEID WEISS

AGATHA IST NICHT EVIE

So viel ist sicher. Er stellt sich vor, wie Agatha in Uniform am Kopfende eines Tisches steht, sich nach vorne beugt, eine Faust in die Tischplatte rammt, auf Karten zeigt, verkündet, in welche Länder sie einmarschieren wird, mit Männern, über die sie befiehlt. Ihm gefällt diese neue Variante des Frauseins, die er an ihr entdeckt hat, eine, die es ihm gestattet, nicht unbedingt ein Mann sein zu müssen.

Karl weiß, dass er ein Mann ist, insofern als er ein Organ hat, das ihn als solchen ausweist, aber er hat nie gelernt, wie ein Mann zu gehen, zu reden oder auszusehen. Selbst jetzt, mit siebenundachtzig, fühlt er sich wie ein kleiner Junge, der heimlich an der Zigarre seines Vaters zieht oder dessen Arbeitshemd anprobiert.

Agathas Nase zuckt, und ihre Lippen machen ein schmatzendes Geräusch. Ihre Hände sind über dem Bauch gefaltet. Er betrachtet ihre Finger. Sie sind groß und dick, und er stellt sich vor, wie sie einzeln und schwer auf Schreibmaschinentasten fallen, wie ein Sack Kleider, den man aus dem siebten Stock wirft.

Er legt sich neben Agatha auf das schmale Bett, faltet die Arme vor seinem Körper und hört ihrem Schnarchen zu. Ihr Rücken liegt an seinem Arm. Durch das Fenster sieht man in der Ferne Bauernhäuser, um die herum verrostete Autos und undefinierbare Geräte verstreut sind, als wären sie vom Himmel gefallen. Aus Fenstern, Reifen und Stiefeln wächst Gras, ähnlich wie bei manchen Männern die Brusthaare aus dem Ausschnitt sprießen. Karl schaut unter sein Hemd. Spannt die Brustmuskeln an. Seufzt. Er reibt sich den Nacken. Regentropfen rinnen an der Fensterscheibe hinab. Er schaut bis zum Horizont und kann an den schweren dunklen Flecken am Himmel, die wie Blutergüsse über der Wüste hängen, erkennen, wo es regnet und wo nicht.

Agathas Schreibheft liegt neben ihr auf dem Bett. Er schaut das Heft an, dann schaut er sie an. Dann wieder das Heft. *Alter* steht in krakeliger Handschrift auf dem Umschlag. In kleinen, fast unentzifferbaren Buchstaben steht am unteren Rand *Agatha Panthas* (FINGER WEG). Karl behält Agatha mit einem Auge im Blick, nimmt das Heft in die Hand und blättert die Seiten mit dem Daumen durch. Die Handschrift sieht sehr wütend aus, so als wolle sie das Papier zerknüllen. Es fühlt sich nicht gut an, das anzuschauen.

Er legt das Buch zurück. Er spürt den Rhythmus des Zuges unter seinem Rücken, die Bewegung, wie ein Schaukeln, wie Nostalgie.

MILLIE BIRD

Millie setzt sich im Bordbistro auf die Sitzbank und lehnt den Kopf ans Fenster. Auf dem Platz gegenüber liest eine Frau einem kleinen Mädchen ein Buch vor. Das Kind ist kleiner als Millie. Das Buch enthält nicht viel Text, und es werden total einfache Fragen gestellt. *Wie macht die Kuh?* fragt die Mum und sagt es dem kleinen Mädchen vor, *Muh,* und das kleine Mädchen äfft seine Mum nach, wie ein Echo, und die Mum lobt das kleine Mädchen. Als hätte es die Kühe erfunden. Das kleine Mädchen sitzt mit hocherhobenem Kopf da, wippt mit den Beinen, und die Mum beugt sich über es und gibt ihm einen Kuss auf den Kopf. Millie schließt die Augen und wünscht sich so sehr, es wäre ihr Kopf, dass sie, als die Mum fragt, *Wie macht das Pferd?*, mit ihrer besten Pferdestimme wiehert und dabei sogar wie ein Pferd den Kopf in den Nacken wirft und dann die Mum hoffnungsvoll anschaut, aber die wirft Millie einen Blick zu, als sei sie ungezogen gewesen.

Und plötzlich hasst Millie dieses kleine Mädchen. *Weißt du was,* sagt sie, springt auf und schaut dem Kind direkt in die Augen, *du könntest heute noch sterben.* Und sie geht in den nächsten Wagen.

Sandwiches
Was?
und die Vorhänge
lies mal
Kartoffeln

Millie spaziert in den Speisewagen und setzt sich in eine der Nischen. Der Kunststoffsitz klebt an ihren Beinen. Sie schaut zu, wie vor dem Zugfenster die Welt vorbeizieht, und wenn sie ihre Finger wie eine Schwimmbrille um die Augen legt, dann besteht die Welt nur noch aus rasenden roten, grünen und gelben Streifen. Das hat etwas Erschreckendes, aber auch Aufregendes, es ist beides, und sie denkt, *Alles ist immer beides.* Es macht sie traurig, Stella auf Wiedersehen sagen zu müssen, aber sie ist froh, mit Karl und Agatha zu reisen. Sie ist traurig, weil ihr Dad gestorben ist, aber sie ist froh, dass ihm jetzt nichts mehr wehtut. Sie hat ihre Mum sehr lieb, aber sie hasst sie auch. Kann man ein und dieselbe Person lieb haben und hassen? Wenn man sie doller lieb hat, als man sie hasst, verzeiht sie einem dann? Erlaubt sie einem dann, sie zu finden? Millie nimmt die Schwimmbrille wieder ab, lehnt sich auf dem Sitz zurück und begutachtet die Länge von allem, was da draußen ist, und es kommt ihr so vor, als würde nichts je aufhören oder anfangen.

Eine Frau in der Uniform der Eisenbahngesellschaft kommt den Gang entlang auf Millie zu. Sie hat lange blonde Haare und Augen, die aufleuchten, wenn sie lächelt. *Entschuldigen Sie bitte,* sagt Millie mit ihrer höflichsten Stimme. *Wann kommen wir in Melbourne an? Ich muss in zwei Tagen da sein.*

Die Frau lächelt Millie freundlich an. *Ach Kleines,* sagt sie. *Ich weiß, es ist eine lange Fahrt.* Sie greift in ihre Tasche. *Hier,* sagt sie und gibt Millie einen Caramello Koala.

Millie blinzelt den Schokoriegel in ihrer Hand an. Dann blickt sie wieder hoch zu der Frau. *In zwei Tagen muss ich da sein,* sagt sie noch einmal.

Die Frau lacht. *Ich bring dir gleich ein Malbuch,* sagt sie und geht weg.

Millie beißt gerade in das Bein des Karamelkoalas, als eine Männerstimme aus dem Lautsprecher kommt. *Guten Morgen zusammen,* sagt die Stimme. *Wir begrüßen die in Kalgoorlie zugestiegenen Fahrgäste an Bord des Indian Pacific und wünschen Ihnen eine angenehme Reise. Ich werde die Sprechanlage nicht nur für ein paar Durchsagen während der Fahrt nutzen, sondern Ihnen auch einige Informationen über unser wundervolles Land liefern. In Kürze werden wir durch die Nullarbor Plain fahren. ›Nullarbor‹ kommt aus dem Lateinischen und bedeutet ›keine Bäume‹, aber die Ebene ist mit Schlangenkraut und Salzbüschen bedeckt, das sind robuste Gewächse, die mit Trockenheit und salzigen Böden gut zurechtkommen. Diese Ebene ist das größte zusammenhängende Kalksteingebiet der Erde, zwanzig bis fünfundzwanzig Millionen Jahre alt und doppelt so groß wie England. In früherer Zeit war hier ein flaches Meer, deshalb besteht der Boden zu großen Teilen aus Muscheln.*

Millie drückt ihr Gesicht gegen die Fensterscheibe. SO *sieht es also auf dem Meeresgrund aus,* sagt sie. Das muss sie unbedingt Stella erzählen. Sie schiebt es in den Teil ihres Gehirn, der sich Sachen für später merkt.

Am Nebentisch liest ein Junge, der ungefähr in ihrem Alter ist, einen Comic. Vorne drauf ist eine Figur mit Umhang und wehenden Haaren abgebildet, die einen Arm weit ausstreckt und sich unter den anderen einen Menschen geklemmt hat. Unter den beiden steht ein Gebäude in Flammen. Die Figur trägt ein Armband, das mit Lichtern und Knöpfen übersät ist.

Millie betrachtet den Flaschenhalter ihres Dad an ihrem Arm. Sie stellt sich vor, wie sie mit einem Umhang bekleidet durch die Gänge des Zuges fliegt, wie sie über allen Leuten schwebt und sie rettet. Wie sie aus dem Zug hinaus und direkt nach Melbourne fliegt. Dann müsste ihre Mum ihr verzeihen, weil sie so viel Gutes getan hat. Sie schaut dem Jungen über den Rand des Comics hinweg in die Augen. Er scheint sie anstacheln zu wollen.

Also schleicht sich Millie in den Erste-Klasse-Wagen …

dann habe ich den Apfel genommen
hat man früher gedacht
wie ist denn das
Nova Scotia?

… und klaut ein weißes Tischtuch. Dann holt sie ihr Beerdigungsfedermäppchen aus ihrem Rucksack, schreibt mit dickem schwarzen Filzstift CF auf das Tischtuch und bindet es sich um den Hals. Sie zieht ihre Gummistiefel aus und schreibt C auf den rechten und F auf den linken. Auf einen Unterarm schreibt sie HIER BIN ICH MUM, und auf den andern TUT MIR LEID MUM. Sie sammelt alle Speisekarten aus dem Speisewagen ein und schreibt in ihrer allerschönsten Schrift *Ihr werdet alle sterben* neben die Überschrift *Willkommen im Indian Pacific.* Darunter schreibt sie in dicken Buchstaben ALLES IST GUT. Daneben zeichnet sie einen Smiley.

Sie schaut zu, wie eine Dame sorgfältig ihren Lippenstift nachzieht, und als die Dame gerade nicht hinschaut, greift Millie in ihre Handtasche und klaut den Lippenstift. *Ist nur geliehen,* sagt Millie. Sie benutzt ihn, um ihre Botschaft an den unteren Rand der Fensterscheiben, auf die Spiegel in den Toiletten und auf die Tischplatten im Restaurant zu schreiben. Niemand scheint es zu bemerken.

Sie geht durch die Waggons und spürt, wie sich ihr weißes Cape hinter ihr aufbläht, und ihre Gummistiefel haben offenbar Federn unter den Sohlen. Die Leute schauen sie an. Sie lächelt ihnen zu. Ihr Lächeln fühlt sich so an, als könnte es die ganze Welt mit Strom versorgen. Einen Arm hocherhoben, die Hand zur Faust geballt, segelt sie durch den Gang.

Eine alte Dame legt ihre Hand auf den Sitz neben sich, als wolle sie dort die Wärme von jemandem spüren. Millie geht auf die Knie und kriecht auf sie zu.

Du wirst eines Tages sterben, sagt sie.

Die Dame schaut zu Millie hinunter. *Das hoffe ich, Kleine*, sagt sie und tätschelt Millie den Kopf.

Im Aufenthaltsbereich sitzt ein Mädchen auf dem Boden und bürstet ihrer Barbiepuppe das Haar.

Du wirst eines Tages sterben, sagt Millie und stellt sich neben sie.

Das Mädchen schaut nicht hoch. *Nein,* DU.

Weiß ich, sagt Millie.

Ein Dad füttert ein Kleinkind und versucht gleichzeitig, zwei andere Jungs davon abzuhalten, sich gegenseitig zu verhauen.

Ihr werdet alle sterben, sagt Millie, steht stolz da und reckt den Arm mit dem Flaschenhalter hoch über ihren Kopf.

Der Dad versucht, seinen Kindern die Ohren zuzuhalten. *Hau ab,* sagt er.

Die Mum, die daneben sitzt und in einer Zeitschrift liest, rollt die Augen. *Sie ist doch noch ein Kind, Gerard.*

Das war Charles Manson auch mal!

Ich bin nicht bloß Noch Ein Kind, Gerard, flüstert Millie, als sie weggeht.

In einem Kinderwagen liegt ein Baby. Millie lässt den Kleinen nach ihrem Finger greifen. Sie beugt sich dicht an sein Gesicht hinunter. *Du wirst auch sterben,* flüstert sie.

Er lächelt sie an, furzt und lächelt noch ein bisschen breiter.

Die Kleine da spinnt total
ich weiß

Millie entdeckt eine Tür mit der Aufschrift: *Derek Fauntleroy: Zugchef.* Sie stößt die Tür einen Spalt auf und sieht einen Mann, der an einem Schreibtisch sitzt, den Kopf in die Hände gelegt hat und sich ein Telefon ans Ohr hält.

Das geht nicht, Dad, ich bin auf der Arbeit
Das hier ist mein richtiger Job
Mein Gott, Dad
Warum bittest du nicht Golden Boy
Ist doch wahr, verdammt
Leg nicht auf
Dad
Dad
Scheiße

Millie nimmt den Lippenstift und schreibt an das Fenster gegenüber seiner Bürotür: ALLES IST GUT. Die Buchstaben scheinen über die Linie des Horizonts zu fliegen.

Millie setzt sich unter einen der Tische im Speisewagen. Jeder einzelne Gast ist traurig und zeigt es entweder oder versteckt es, und manche sind schon zu lange traurig, und manche noch nicht lange genug. Und der Gedanke, allen zu helfen, ist sehr sehr anstrengend. *Fühlen sich Superhelden immer so?* sagt Millie und drückt ihr Gesicht an das Sesselpolster.

Ein Junge steckt den Kopf unter den Tisch und zwängt sich neben sie. Es ist der Junge von vorher, der mit dem Superhelden-Comic. Er hat braune Haare, und seine Augen scheinen sein ganzes Gesicht einzunehmen.

Er und Millie starren sich an.

Ich bin schon siebenunddreißig Mal mit diesem Zug gefahren, sagt er schließlich zu Millie.

Schön für dich, sagt sie.

Ich weiß alles über ihn. Frag mich, was du willst.

Ich habe zu tun.

Du bist ein Superheld, sagt er und zeigt auf ihr Cape.

Jupp, sagt sie.

Ich auch.

Welcher bist du denn?

Er seufzt, stützt sich auf den Ellbogen und legt das Kinn in die Hand. *Das ist geheim.*

Ich bin Captain Funeral.

Er setzt sich aufrechter hin. *Ich bin Captain Everything.*

Und was machst du so?

Ähm, alles eben, sagt er und rollt die Augen. *Dämliche Frage.*

Aha.

Und du?

Bis jetzt noch nichts.

Ein paar Sneakers, Flipflops und nackte Füße gehen vorbei.

Magst du Füße? fragt der Junge.

Millie überlegt. *Meistens,* antwortet sie.

Meine Mum sagt, man soll nie die Füße von anderen anfassen. Sie sagt, nach Türklinken, Geländern und haarigen Rücken sind sie das Nächstekelhafteste.

Es gibt viel ekelhaftere Sachen.

Was denn?

Jungs.

Mädchen sind noch ekelhafter.

Kotzmotz, sagt Millie.

Selber Kotzmotz.

Meine Oma hatte Warzen auf den Augenlidern.

Vielleicht war sie eine Hexe.

Du wirst …

… eines Tages sterben, ich weiß.

Woher?

Das weiß doch jeder.

Du hast mich belauscht!

Gar nicht wahr.

Wohl wahr.

Er lehnt sich an das Stuhlbein. *Willst du was von meinem Müsliriegel?*

Millie zuckt die Achseln. *Na gut.*

Sie essen schmatzend. Millie isst ihre Portion schnell auf. Der Junge beobachtet sie dabei. Er greift in seine Tasche, zieht ein paar Cracker hervor und reicht sie Millie. Sie isst sie dankbar.

Wohin fährst du überhaupt?

Auf eine Reise.

Der Junge rollt erneut die Augen. *Klar. Aber wohin?*

Sie holt tief Luft. *Wir suchen nach meiner Mutter. Sie hat vergessen, mich abzuholen. Und dann waren alle ihre Sachen von zu Hause weg. Und davor war Dad im Krankenhaus. Und dann ist er gestorben. Und ich glaube, dass sie darum vergessen hat, mich abzuholen, und darum auch weit weggehen will, und ich muss sie nur finden, ehe sie weit weggeht.*

Oh.

Ist deine Mum nett? sagt Millie.

Ganz okay.

Was macht sie denn so?

Was Mums eben so machen.

Was denn?

Besorgt mir Sachen. Holt mich von Sachen ab. Macht mir Sachen. Solche Sachen eben.

Meine Mum fährt mit mir zur Movie World, sagt Millie. *Dem an der Gold Coast. Wenn wir sie gefunden haben, verstehst du?*

Ich war letztes Jahr dort.

Danach gehen wir wahrscheinlich noch zu Sea World.

Die Delfinshow da war ganz okay.

Meine Mum macht bei der Delfinshow mit, sagt Millie.

Hab sie aber nicht gesehen.

Du kennst sie ja gar nicht.

Deine Mum macht gar nicht bei der Delfinshow mit.

Danach fliegen wir wahrscheinlich in den Weltraum.

Man kann nicht in den Weltraum fliegen, sagt der Junge und verschränkt seine Arme.

Wer sagt das?

Alle sagen das.

Mum kennt einen Typen, der in den Weltraum fliegen kann.

Einen Astronauten?

Er ist einfach reich.

Ach so. Kennst du reiche Leute?

Ein paar.

Ich kenne jede Menge reiche Leute.

Kennst du nicht.

Kenn ich wohl. In meiner Schule ist ein Mädchen, das jeden Tag Mittagessen kauft.

Na und? sagt Millie.

JEDEN *Tag.*

Kann sie in den Weltraum fliegen?

Bestimmt.

Wo kauft sie dann das Mittagessen?

Sie kauft es natürlich vorher, sagt der Junge. *Ist doch klar.*

Wie heißt du wirklich?

Sag ich nicht. Wie heißt du denn wirklich?

Millie Bird.

Und ich Jeremy.

Jeremy was?

Nein, Jeremy Jacobs.

Dein Name gefällt mir.

Danke. Deiner ist auch okay.

Danke.

Sie hören eine Stimme vom anderen Ende des Wagens. *Verzeihung, Sir.*

Das ist Derek, flüstert Jeremy. *Der Zugchef.*

Derek geht an ihnen vorbei. Millie kann nur seine Füße sehen. Schwarze, glänzende Schuhe. Gerade, schnelle Schritte. *Das Anhauchen der Fensterscheiben ist nicht gestattet, Sir,* sagt er.

Mum sagt, er war früher Verkehrspolizist, sagt Jeremy. *Aber,* er beugt sich näher zu Millie hinüber, *sie haben ihn rausgeschmissen. Er hat die Parkuhren manipuliert, damit er mehr Strafzettel verteilen konnte.*

Millie kriecht unter dem Tisch hervor, um sich den Mann anzusehen. Sie sieht ihn nur von hinten, aber sie erkennt, dass er der Mann ist, der am Telefon war. Sein Hemd steckt in der Hose, und die Hose hat keine Falten. Er wischt alle Tische, Sitze, Wände und auch alle anderen Oberflächen ab. Er scheint sich in einem Wettlauf mit sich selbst zu befinden. Ein Kind, dessen Gesicht völlig mit Vegemite verschmiert ist, sitzt an einem der Tische, während seine Mutter an der Essenstheke ansteht. Derek wischt der Kleinen grob mit seinem Tuch über das Gesicht, und nachdem sie kurz perplex dagesessen hat, fängt sie an zu weinen. Derek geht von der weinenden Kleinen weg. *Kindergeschrei ist im Speisewagen nicht gestattet,* sagt er, als er an der Mutter vorbeikommt.

Verkehrspolizisten kommen in die Hölle, sagt Millie, als sie wieder unter den Tisch kriecht.

Was?

Hat Dad gesagt.

Ach so.

Die Frau, die Millie den Caramello Koala gegeben hat, steckt den Kopf unter den Tisch. *Na, hast du einen Freund gefunden, Jeremy?*

Sie ist kein Freund, Mum.

Dann eben Freundin.

Mum! Igitt!

Sie lächelt Millie an, und Millie lächelt zurück. *Sie scheint nett zu sein,* sagt Jeremys Mum.

Ist sie aber nicht.

Er ist auch nicht besonders nett, sagt Millie.

Jeremys Mum lacht. *Ihr zwei wärt das perfekte Paar.*

Mum, sagt Jeremy und verschränkt die Arme.

Ich hab gleich Pause, Schatz, sagt sie zu Jeremy. *Wollen wir zusammen essen?*

Er schaut sie von der Seite an. *Können wir dann Uno spielen?*

Natürlich, mein Schatz, sagt sie.

Schwarze, glänzende Schuhe bleiben neben Jeremys Mum stehen. *Melissa,* sagt eine Stimme. *Zu Ihrer Information: Sie werden nicht dafür bezahlt, auf dem Boden zu sitzen.*

Schon gut, Derek, sagt Jeremys Mum. Die schwarzen, glänzenden Schuhe gehen weg.

Er ist unheimlich, Mum, sagt Jeremy. *Ich mag ihn nicht.*

Ach Schätzchen, sei nicht so hart. Im Grunde ist er noch ein kleines Kind.

Ist er nicht. Er ist ein Erwachsener.

Schätzchen, ich meinte innerlich. Sie kitzelt ihn am Bauch.

Millie legt ihre Hände auf ihren eigenen Bauch. Jeremys Mum ist so hübsch, und sie riecht wie eine Mum, deshalb sagt Millie, *Du bist sehr hübsch, und du riechst wie eine Mum,* und das Gesicht der Frau wird weich, und sie legt eine warme Hand auf Millies Bein und sagt, *Danke schön, Liebes.* Und Millie würde sich am liebsten in ihre Arme kuscheln und für immer dort bleiben, aber sie tut nichts dergleichen, denn diese Frau ist ja nicht ihre Mum, und man darf das nicht bei Mums machen, die nicht die eigenen sind. Aber eigentlich sollte man alle Mums umarmen dürfen, auch wenn sie nicht die eigenen sind, denn manche Leute haben keine Mum, und was sollen die denn sonst mit ihren ganzen Umarmungen machen?

AGATHA PANTHA

14.02: Agatha schreckt aus dem Schlaf hoch, als über die Lautsprecher eine Durchsage kommt. *Meine Damen und Herren, bitte stellen Sie Ihre Uhren um anderthalb Stunden vor. Während der gesamten Fahrt mit diesem Zug gilt hier die sogenannte ›Zugzeit‹. Über weitere Anpassungen werden wir Sie auf dem Laufenden halten.*

Agatha setzt sich auf. *Zugzeit?* Sie stellt alle ihre Uhren vor.

15.32: Agatha holt ihren Beschwerde-Briefblock und einen Stift heraus und fängt an zu schreiben: *Liebe …* Ihre Hand rutscht ab, als der Wagen ruckelt, und das *e* verschmiert über die ganze Seite. *Ach,* sagt Agatha, reißt das Blatt heraus und zerknüllt es. *Liebe,* schreibt sie noch einmal und hält dann inne.

Agatha schaut aus dem Fenster. Sie brausen durch das Buschland. Im australischen Busch knackt und knistert es ununterbrochen, und die Bäume spreizen ihre Glieder, als litten sie große Qualen. Und dann die Erde, diese tiefrote Erde, die unter den Fingernägeln hängen bleibt, die Kleider verfärbt und einen einfach nie mehr loszulassen scheint.

Plötzlich muss sie an Rons Haar denken. Rotes Haar, wie Kupferdraht, flach an den Oberkopf gekämmt, mit einer Stirnwelle und einem perfekten Seitenscheitel. Sie war fünfzehn, als sie sich kennenlernten, und er achtzehn. Es war eine verletzliche Zeit voller Geheimnisse. Sie erinnert sich daran, dass sie oft ihre eigene Stimme nicht hörte. Sie erinnert sich daran, wie lächerlich sie sich vorkam, einfach nur am Leben zu sein. Ihre Haut fühlte sich ständig beobachtet. Augenkontakt war eine gefährliche Sache. Ihr Körper führte sie an Orte, an die sie sich nicht begeben wollte, zu der seltsamen Adresse, die man Frausein nannte. Niemand hatte ihr je gesagt, was sie tun sollte, wenn sie dort ankam. Sie mogelte sich irgendwie durch und hoffte, dass keiner bemerkte, was unter ihren Kleidern vor sich ging.

Sie hatte Ron zum ersten Mal in dem Park beim Haus ihrer Großmutter gesehen. Sie ging gerade von der Schule nach Hause, und sie wusste, dass sie zu viel darüber nachdachte, wie sie ging, dass sie zu viel darüber nachdachte, wie sie ihre Arme bewegte, und dass jeder das sofort sehen musste.

Was war das Erste gewesen, was er zu ihr gesagt hatte?

Wirf mal den Ball her, ja? Das war es, glaubt sie.

Die Jungs spielten Kricket. Sie hörte ihn, aber sie schaute nicht hoch. Sie spürte, wie ihr Körper sich verkrampfte, als sie aus dem Augenwinkel sah, wie der Ball auf ihre Füße zurollte. Und der Ball kam immer näher, wie ein Schneeball rollte er am Rand ihres Gesichtsfeldes auf sie zu und wurde immer größer.

Wirf mal den Ball her, ja?

Und dann dieser Blick, den er ihr zuwarf, unter seiner Hand, mit der er die Sonne abschirmte, und die Art, wie er zu ihr herüberschlenderte, und seine Stimme und seine Art, zu gestikulieren, und seine Art, zu stehen.

Kannst du nicht mal einen Ball aufheben? sagte er und lächelte sie an, während er ihn selbst aufhob. Es sollte eigentlich keine Frage sein. Agatha schaute auf den Boden. *Na dann,* sagte er und ging weg. Aber in seinen Schritten lag ein Zögern, das Agatha bemerkte und bewahrte und noch spürte, als sie an dem Abend im Bett lag und mit aufgerissenen Augen an die Decke starrte.

Und später, als sie verheiratet waren und ein Haus besaßen und ein ganzes Leben zusammen verbracht hatten, legte er seine Hand auf ihren Kopf, als ihre Mutter gestorben war. Nur so im Vorbeigehen, als er von der Spüle zu seinem Sessel ging, aber seine Hand fühlte sich so schwer vor Liebe an, dass sie Agathas Kopf davor zu bewahren schien, nach vorne auf ihre Brust zu fallen.

Er machte ihr jeden Abend eine Tasse Brühe, ohne dass sie darum bitten musste. Er spielte nicht. Er rauchte nicht. Er las ihr die neuesten Nachrichten vor, wenn sie krank war. Er aß ihren Hackbraten, selbst wenn er scheußlich schmeckte. Er lächelte nicht viel, aber er beklagte sich nie.

War er deshalb ein guter Mensch?

War er ein guter Mensch? War er ein besserer Mensch? Als sie? Als die meisten?

15.46: Aber da war noch etwas: Nach vielen Jahren Ehe sah Agatha, wie Ron den Po einer anderen Frau anschaute. Es war Wie-hieß-sie-noch-gleich von nebenan, Tallulah oder Tiffany, irgendeiner von den Namen, die manchmal auf Handtaschen stehen, und sie beschnitt gerade in Klamotten, die einer Prostituierten die Schamröte ins Gesicht treiben würden, ihren Rosenbusch. Ihre Unterhose rankte aus dem Bund ihrer Jeans heraus, als wolle sie bis zu ihrem Nacken hochklettern. Wie ein Hund, der an der Kette zog, um an sein Fressen zu gelangen. Ron wartete im Auto, und Agatha sah durch die Scheibe sein Gesicht, als sie die Haustür abschloss. Sie hatten seit Jahren keinen Sex mehr gehabt, aber diese Situation hatte dennoch etwas an sich, das Agatha erschütterte. Etwas, das mit dem Gesichtsausdruck ihres Mannes zu tun hatte – für das ungeübte Auge nichtssagend, aber seine Augenschlitze waren anders als sonst, und diese leichte Öffnung des

Mundes – und mit diesem emporgereckten Po, und mit dem Raum zwischen beidem. Etwas mit dem, was Agatha nicht war.

Sie öffnete die Autotür und stieg ein. Beim Hinsetzen spürte sie, wie sich ihr Po über den ganzen Sitz verteilte, bis an den Rand. Handtaschenname winkte ihnen zu, als sie vorbeifuhren, ganz rote Lippen und Kurven. Rons Mund war fest geschlossen, eine gerade Linie unter der Nase, wie ein Herzmonitor. *Biiiieeep*, schien sein Mund zu sagen.

Biiiieeep, sagt sie jetzt und schaut aus dem Zugfenster.

15.52: Sie betrachtet das Blatt Papier vor sich. *Liebe*, sagt sie.

Sie fragt sich, wie ihr Gesicht für ihren Mann wohl ausgesehen hat. Sie kann sich nicht daran erinnern, ihn je mit sanftem Blick angeschaut zu haben. Sie fragt sich, ob er jemals in den Fingerspitzen und Zehen so etwas wie Liebe zu ihr gespürt hat. Ihre Stimme hatte immer einen ungeduldigen Unterton, der ihre Worte umgab. Sie hat ihm nie selbstlose Fragen gestellt. Wenn sie für sie beide Orangensaft einschenkte, nahm sie sich immer das vollere Glas. Sie ging durch eine Tür, und obwohl sie genau wusste, dass er hinter ihr war, ließ sie die Tür zufallen. Sie hat ihm nie den verspannten Nacken massiert, sondern einfach zugeschaut, wie er den Kopf zur Seite neigte und selbst mit kraftlosen Fingern auf den Muskel drückte, um wie ein Mechaniker nach der Ursache des Schmerzes zu fühlen. Sie sah sein verzerrtes Gesicht und aß weiter ihren Kartoffelbrei. Seine Beschwerden waren ihr nicht wirklich wichtig vorgekommen, so als wäre er eines der Waisenkinder in einem kriegsgebeutelten Land.

Wollte sie ihn auf die Probe stellen? War ihre ganze Beziehung nur ein Test gewesen, eine Pattsituation? Wie viel kannst du aushalten, Ron? Wie viel bist du bereit zu ertragen? Und warum? Warum, Ron, erträgst du das alles hier so bereitwillig?

16.01: Ron gegenüber war sie ein schlechter Mensch. Dieser Satz kommt so laut in ihrem Kopf an, dass sie das Gefühl hat, sie hat ihn herausgeschrien. Ron gegenüber war sie ein schlechter Mensch, einfach weil sie es sein konnte, weil es leicht war, weil er sie nicht davon abhielt.

KARL DER TASTTIPPER

Karl sitzt in einer der Nischen im Café Matilda, trinkt mit Manny eine Flasche Wein und beobachtet den Sonnenuntergang über der Wüste. Der Zug quietscht und ächzt, und diese Geräusche, ihre sanfte Beständigkeit, sind tröstlich, so wie Regen, der aufs Dach prasselt. Ein Staubteufel geht wie ein sandiger Blitz am Horizont nieder, und Karl schaut mit großen Augen zu, wie er wirbelt und zwirbelt und schließlich ganz verschwindet.

Karl wickelt das Toilettenpapier von seiner Hand ab und untersucht sie. Er zeigt sie Manny und wackelt dabei mit den Augenbrauen. *Hättest den anderen Typen mal sehen sollen.* Karl breitet Evies Schreibmaschinentasten vor sich auf dem Tisch aus. *Was war Schaum, Manny?* sagt er seufzend. Er schiebt die Tasten hin und her. Schau das war M? Er wendet sich an Manny. *Ergibt das irgendeinen Sinn?*

Ein älteres Paar kommt in den Wagen. Sie lächeln Karl zu, während sie sich in eine der anderen Nischen setzen. Karl nickt höflich zu ihnen hinüber. Die Frau schlägt ihr Buch auf und fängt an zu lesen. Der Mann zwinkert Karl zu. *Genießen Sie die Zugfahrt?*

O ja, sagt Karl. *Sehr.*

Die Bäume da, sagt der Mann und zeigt aus dem Fenster. *Die sind abgestorben.* Er stupst seine Frau an. *Sie sind abgestorben, aber sie haben neue Triebe.* Seine Frau reagiert nicht, also schaut er erwartungsvoll zu Karl.

Donnerwetter, sagt Karl.

Der Mann wendet sich seiner Frau zu, die nicht von ihrem Buch aufschaut. *Ich geh nur mal schnell Guckguck machen, was sie hier so haben,* sagt er.

Er kommt mit zwei Tassen Tee zurück. *Au,* sagt er, als er sie auf den Tisch stellt. *Oijoijoi, ist das heiß*! Er bläst auf seine Hände und reibt sie dramatisch aneinander. *Oijoijoi, die waren heiß.* Seine Frau liest unbeirrt weiter. *Diese Bäume,* sagt er noch einmal, setzt sich auf seinen Platz und weist in Richtung Fenster. *Neue Triebe!*

Die anderen Angestellten waren nett, sagt die Frau plötzlich, so als hätte ihr Mann gar nichts gesagt. Sie sagt es mit der verwirrten Dringlichkeit eines Menschen, der eben aus einem Traum aufgewacht ist.

Was? sagt der Mann.

Die anderen Angestellten waren nett, sagt sie, ohne die Stimme zu heben.

Die anderen Angestellten waren wett! Was?

Nett, sagt sie, ohne von ihrem Buch aufzuschauen.

Ach so, sagt er. *Nett.* Er trinkt weiter seinen Tee, während sie liest. Karl betrachtet ihr Gesicht. Sie wirkt völlig unberührt von diesem Mann, ganz jenseits jeglicher Regung für ihn.

Warum dürfen sie am Leben sein? flüstert Karl. Er schaut Manny von der Seite an. *Ja, ja, ich weiß.* Der Tisch fühlt sich unter seinen Fingern kühl und hart an, wenn er tippt. *Das ist gemein. Aber …* Er starrt den Mann an, der immer noch kopfschüttelnd die Bäume vor dem Fenster betrachtet, und die Frau, die in keinster Weise in ihn verliebt ist. *Ich habe Evie geliebt und sie mich. Sollten wir dafür nicht irgendwie belohnt werden?*

Karl wendet sich Manny zu, der das Paar unverblümt anstarrt. *Manny,* sagt Karl und wird rot vor Verlegenheit, *gib doch nicht so deutlich zu erkennen, dass wir über sie sprechen.* Karl dreht Mannys Kopf zu sich um. Er hält dabei Mannys Oberarm fest und spürt die Muskeln. *Manny,* sagt er. Karl knöpft Mannys Hemd ein Stück auf und schaut hinein. *Wow,* sagt er. Karl hebt Mannys Hemd von unten hoch. *Wow,* sagt er noch einmal und streicht über Mannys Bauch.

Hallo, Sir, sagt eine Stimme, und Karl schreckt auf. Ein Mann in Bahnuniform steht an Karls Tisch. Ein Schreibblock baumelt an einer Schnur, die er um den Hals trägt. Über seinem Gürtel hängt ein ordentlich gefaltetes Geschirrtuch. *Ich bin Derek, der Zugchef.* Er tippt mit dem Zeigefinger auf sein Namensschild. Er fährt mit einem Finger leicht über seinen Scheitel und drückt dann mit dem Handballen seinen Pony seitlich an den Kopf.

Hi, Derek der Zugchef, sagt Karl. *Ich bin Karl der Tasttipper.*

Möchten Sie heute Abend bei uns speisen, Sir?

Auf jeden Fall, antwortet Karl. Er legt einen Arm um Manny. *Ich und mein Freund hier, und meine Frau und unsere Enkelin.*

Sir, sagt Derek leise. *Sexspielzeuge sind in unserem Zug nicht erlaubt.*

Was für Spielzeuge? sagt Karl und beugt sich vor.

Was Sie bei sich zu Hause machen, geht uns nichts an, aber solange Sie hier im Zug sitzen …

Pardon, was für Spielzeuge?

Ich kenne Ihre Vorlieben nicht, aber …

Meine Vorlieben?

Aber Sie müssen diese Sexpuppe unverzüglich aus dem Speisewagen entfernen.

Karl lässt seinen Arm von Mannys Schulter gleiten. Er schaut

Manny entschuldigend an. Er legt die Ellbogen auf den Tisch und faltet seine Hände. *So einer ist Manny nicht,* sagt er ruhig.

Hören Sie, sagt Derek, hält den Schreibblock, den er um den Hals hat, ein Stück von sich und kritzelt etwas darauf. *Ich weiß nicht, wie Ihre Sorte das heutzutage nennt, aber schaffen Sie mir das Ding aus den Augen. Verstanden?* Er reißt das oberste Blatt vom Block ab und knallt es vor Karl auf den Tisch. 1 X SEXUELLES FEHLVERHALTEN, steht da in Großbuchstaben. SEXUELLES ist unterstrichen.

Ehe Karl antworten kann, kommt Millie in den Speisewagen gestürmt. *Karl,* sagt sie und setzt sich neben Manny. *Manny,* sagt sie und umarmt ihn. Agatha folgt dicht hinter ihr und setzt sich auf die andere Seite des Tisches. Karl steckt sich den Zettel in die Tasche.

Das ist eine Warnung, sagt Derek. *Drei davon, und Sie steigen aus. Sir.*

Was denn für eine Warnung? sagt Millie.

Entschuldigen Sie, sagt Agatha mit Blick auf Dereks Namensschild. *Wie spät ist es bei Ihnen?* Sie wirkt aufgebracht.

Derek schaut auf seine Armbanduhr. *Achtzehn Uhr dreißig.* Dann fügt er hinzu, *Zugzeit.*

Wissen Sie, sagt Agatha und klopft mit einem Finger auf den Tisch, *Sie können nicht einfach die Zeit ändern und sie so nennen, wie es Ihnen passt.*

Zu Ihrer Information: Kann ich doch, sagt Derek. Er wippt auf die Fersen zurück und verschränkt die Arme vor der Brust. *Stellen Sie sich einfach vor, wir wären hier bei mir zu Hause. Solange Sie meine Gäste sind, gilt meine Zeit.*

Was ist mit der Millie-Zeit? sagt Millie.

Genau, sagt Karl. *Und mit der Karl-Zeit?*

Nein, sagt Derek. Er legt beide Hände auf den Tisch. NEIN. *Nur die Zugzeit.* Und nach einem langen Blickkontakt mit allen vieren sagt er, IN MEINEM HAUS, wendet sich ab und geht den Gang entlang in den nächsten Wagen.

Angenehmer Typ, murmelt Karl. *Wer will ein Sandwich?* Er holt eine Plastiktüte mit drei Broten unter dem Tisch hervor.

Ich! sagt Millie und hebt eine Hand hoch.

Karl reicht Millie und Agatha je ein Sandwich.

Danke, sagt Millie und packt ihrs aus.

Wie spät ist es bei dir, Tipper? sagt Agatha und greift nach ihrem Sandwich.

Karl schaut auf sein Handgelenk. *Halb Sommersprosse nach meiner Uhr,* sagt er. *Und wie spät ist es bei dir, Millie?*

Viertel vor Haar, sagt sie kichernd.

Agatha wirkt immer noch aufgebracht. *Auf jeden Fall ist es Zeit für einen Drink, Agatha,* sagt Karl in einem, wie er hofft, mitfühlenden Tonfall. *Du kannst Mannys Glas haben,* sagt er. *Du hast doch nichts dagegen, Manny? Er hat nichts dagegen.* Karl füllt das zweite Glas und schiebt es über den Tisch.

Agatha nimmt das Glas, stürzt den Wein hinunter und schiebt es wieder zu Karl. Sie wischt sich mit dem Arm über den Mund und schaut Karl an, als wolle sie den Barkeeper auf die Probe stellen.

Karl lacht nervös und schenkt ihr noch ein Glas ein. Er setzt sich aufrecht hin und sagt mit seiner tiefsten Stimme, *Und, was hast du heute so gemacht, Millie? Sieht so aus, als wärst du sehr beschäftigt gewesen.* Sie trägt eine Art selbstgemachten Umhang und hat ihre Arme mit Buchstaben und Farbklecksen verziert.

Ich habe einen Jungen kennengelernt, sagt sie.

Aha, sagt er. *Lernen Mädchen in deinem Alter normalerweise? Jungs? Kennen?*

Er sagt, er will mir etwas zeigen, sagt sie, während sie ihr Sandwich kaut. *Ich bin schon ganz gespannt.*

Verstehe, sagt Karl. *Und du, Agatha?*

Sie sagt keinen Ton, leert nur das zweite Glas Wein und schiebt ihm erneut das Glas hin.

Wie wär's mit ein bisschen Wasser zwischendurch? sagt er, und seine Stimme zittert leicht.

Agatha klopft mit dem Finger an das Glas.

Verstehe. Er hickst. Legt sich eine Hand auf den Mund. *Ups.*

Bitte sehr, das Dessert, das Sie bestellt haben, sagt eine Frau in Bahnuniform, die zu ihrem Tisch kommt und jedem einen Becher Joghurt gibt. Sie zwinkert Millie zu, und Millie zwinkert zurück.

Aber ich hab doch gar kein …, sagt Karl.

Die Frau – Melissa steht auf ihrem Namensschild – legt eine Hand auf seine Schulter und einen Finger auf ihre Lippen. Seine Schulter schmilzt unter der Wärme ihrer Hand.

MILLIE BIRD

Erde an Captain Funeral. Captain Everything an Captain Funeral. Over. Psst.

Millie schaut unter den Tisch. Da unten sitzt Jeremy. Sie rutscht von ihrem Sitz runter und setzt sich neben ihn.

Hi, Captain Everything, sagt sie.

Wer ist das? fragt er.

Wer ist was? fragt Millie.

Das, sagt er und zeigt auf Manny.

Manny. Er ist ein Totes Ding.

Ist er nicht. Jeremy klopft gegen Mannys Bein. *Er ist aus Plastik.*

Er ist unser Freund. Er hat mir das Leben gerettet.

Der Junge starrt die Schaufensterpuppe an. *Man kann keinen Plastikmenschen als Freund haben.*

Wer sagt das?

Steht in der Bibel.

Stimmt gar nicht.

Hat er ein, du weißt schon, Dingsbums? Er wackelt mit dem ausgestreckten Zeigefinger.

Ich glaube nicht.

Beide betrachten unsicher Mannys Leistengegend.

Hast du schon mal ein Totes Ding gesehen? fragt Millie Jeremy.

Ja, klar. Andauernd.

Was denn zum Beispiel?

Zum Beispiel … weiß nicht. Verschiedenes. Wetten, du nicht?

Wetten doch.

Was denn zum Beispiel?

Millie zieht das Buch der Toten Dinge aus ihrem Rucksack, schlägt es auf und gibt es ihm. *Alles das zum Beispiel. Rambo. Den alten Mann. Spinne. Meinen Vater. Und noch mehr.*

Deinen Vater?

Was glaubst du, was passiert, wenn man stirbt?

Jeremy holt ein Donut aus seiner Tasche und kaut nachdenklich daran herum. *Ein Raumschiff kommt und nimmt einen mit.*

Und wohin?

Natürlich auf einen anderen Planeten.

Und welchen?

Pluto vielleicht. Oder auch Jupiter.

Wer fliegt das Raumschiff?

Gott.

Gott fliegt das Raumschiff?

Natürlich.

Aber hat er nicht ganz viel anderes zu tun? Leuten helfen, das Universum regieren und so?

Er hat Handlanger.

Elfen und so?

Ja, so ungefähr. Aber sie singen keine Lieder, falls du das denkst.

Wieso weißt du so viel? fragt Millie.

Er zuckt die Achseln. *Man schnappt halt alles Mögliche auf. Deine Mum ist alt.*

Sie ist nicht meine Mum. Ich hab dir doch von meiner Mum erzählt.

War nur ein Test.

Soll ich dir zeigen, wie man Spaziergedichte macht? fragt Millie.

Jupp, sagt er.

Jeremy und Millie kriechen unter dem Tisch hervor und dann den Gang entlang bis in den nächsten Wagen, ohne dass Agatha und Karl es bemerken.

Millie und Jeremy sitzen im letzten Wagen vor der Toilette auf dem Boden.

Ist es nicht komisch, flüstert Millie Jeremy zu, *sich vorzustellen, dass da gerade jemand aufs Klo geht?*

Schätzungsweise ja.

Direkt neben uns sitzt einer mit heruntergelassenen Hosen. Sie zeigt mit dem Finger.

Jupp.

Und kackt oder pinkelt, direkt neben uns.

Ich hab mir Mums Telefon ausgeliehen, sagt Jeremy unvermittelt und hält es hoch, damit Millie es anschauen kann.

Millie nimmt es ihm aus der Hand. *Du hast es geklaut.*

Ich geb es wieder zurück, sagt er.

Millie starrt das Telefon an. Sie spürt, wie Jeremy sie anstarrt. Sie würde am liebsten ihre Mum anrufen, aber was, wenn sie nicht rangeht? Was, wenn sie doch rangeht? Was wenn sie rangeht und nicht mit Millie sprechen will? Was, wenn sie rangeht und nicht mehr ihre Mum sein will?

Kann man aufhören, jemandes Mum zu sein, wenn man will?

Jeremy nimmt wieder das Telefon.

He, sagt Millie.

Sag mir die Nummer, sagt er.

Millie sagt sie ihm, er gibt sie ein, drückt auf die grüne Taste und hält es ihr ans Ohr.

Millie holt tief Luft und übernimmt das Telefon.

Babumm. Babumm. Babumm.

Es klingelt und klingelt und klingelt. Und klingelt und klingelt und klingelt. *Mailbox,* sagt Millie zu Jeremy. *Tut mir leid, Mum,* fängt Millie an, aber ihre Stimme wird komisch, und sie fängt an zu weinen, und die Worte wollen nicht mehr rauskommen, weil es die Stimme ihrer Mutter ist und sie gerade laut *Mum* gesagt hat und ihr überhaupt nicht klar war, wie weh diese beiden Sachen tun würden.

Jeremy nimmt ihr das Telefon aus der Hand, und sie schaut ihn nicht an. Sie hört auf zu weinen, als er ihr einen Apfel gibt.

Danke, sagt Millie und legt ihn neben sich auf den Boden.

Tut mir leid, dass ich dich zum Weinen gebracht habe, Captain Funeral, sagt Jeremy.

Ist schon gut, Captain Everything, sagt sie und wischt sich die Augen mit dem Flaschenhalter ab. *Ich habe einen Plan.*

Pläne hab ich haufenweise.

Na gut, was ist denn dein Plan?

Der ist streng geheim.

Millie rollt die Augen.

Und deiner?

Du wirst ihn ja doch nur verraten.

Werd ich nicht.

Wirst du doch!

Werd ich nicht!

Okay, sagt Millie und rückt näher an ihn heran. *Versprochen?*

Versprochen, antwortet er und senkt feierlich die Augenlider.

Du hast gesagt, du weißt alles.

Jupp. So ziemlich.

Du weißt doch, diese Frau, die manchmal mit allen im ganzen Zug spricht?

Die Sprechanlage?

Kann sein.

Man nennt das Sprechanlage.

Die muss ich finden.

Wozu?

Sie schaut auf ihren Flaschenhalter hinunter. *Um etwas Gutes zu tun.*

Du wirst Ärger kriegen.

Sie bringt ihr Gesicht nah an seins. Er scheint nicht zu wissen, wo er hinschauen soll. *Ich brauche deine Hilfe, Captain Everything. Willst du mir helfen?*

Er schluckt. *Ja. Ja, mach ich. C-C-Cap-,* stottert er. Räuspert sich. *Captain Funeral.*

KARL DER TASTTIPPER

Was ist Liebe, Agatha Pantha? sagt Karl, als mache er eine Ansage, und verkleckert dabei seinen Wein.

Liebe? fragt sie und drückt ihre Nase an die Fensterscheibe. *Ich sehe rein gar nichts!*

Genau. Ganz genau, Agatha Pantha.

Es ist zu dunkel!

Ja.

Ihre Stirn wippt an der Scheibe auf und ab. *Das ist mir nicht geheuer!*

Karl, der die Augen geschlossen hat, nickt eifrig. Unsicher beugt er sich vor. *Abba sie hohnt sich,* erklärt er und tippt mit dem Zeigefinger vor Agatha auf die Tischplatte, ehe er den Finger in die Höhe hebt, als wolle er bei einem Kricket-Schiedsrichter Beschwerde einlegen.

Agatha wendet sich wieder ihm zu. *Was?*

Sie lohnt sich.

Was lohnt sich?

Die Liebe.

Lohnt was?

Den Kampf, den Liebeskummer, den Aufruhr.

Ich habe keinen blassen Schimmer, wovon du redest!

Karl trinkt einen Schluck Wein. *Biss du schoma faliebt gewesen, Agatha Panfa?* fragt er leise und schwankt ein bisschen dabei.

Was? Ich hatte die meiste Zeit meines Lebens einen Ehemann! Das weißt du doch!

Ja, aber … Karl ergreift mit seiner weinglasfreien Hand Agathas Hand und schaut ihr in die Augen … *Hast. Du. Ihn. Geliep?* HASTU-IHN-GELIEP?

Agatha zieht ihre Hand weg, trinkt den Rest ihres Weins aus und knallt das Glas auf den Tisch. Sie wischt sich mit dem Ärmel den Mund ab. *Ich schätze ja!*

Du schätzt ja. Hast dus ihm gesagt?

Warum sollte ich? Davon war auszugehen!

Auszugehen? Auszugehen! Karl steht auf und brüllt durch den ganzen Speisewagen, als würde er eine öffentliche Rede halten. Sein Wein schwappt auf den Tisch, während er mit den Armen fuchtelt. *Du bist davon ausgegangen, dass er wusste, dass du ihn liebst!*

Agatha steht auf, schnappt sich sein Weinglas und trinkt es auf ex aus. *Ja!* sagt sie trotzig und keucht von der heftigen Bewegung.

Sie starren sich eine Weile gegenseitig an, beide unsicher, was der andere wohl tun wird. Schließlich lassen sie sich in die Sitzhaltung zurücksinken, so als würden sie vor dem Spiegel Pantomimen üben.

Karl gefällt die Vene, die sich an Agathas Hals erhebt und bis zum Ohrläppchen hochklettert, wenn sie schreit. Er hat plötzlich große Lust, sie dort zu lecken; mit seiner Zunge daran entlangzufahren und dann ihr Ohrläppchen zwischen seine Zähne zu nehmen. Er würde ihr am liebsten die Brille abnehmen, ihr Gesicht küssen, sich an sie drücken. Er will sehen, was sich unter dem braunen Kostüm verbirgt.

Hat er dich geliep? sagt Karl schließlich. Er fährt mit dem Finger durch den verschütteten Wein auf dem Tisch.

Agatha zuckt die Achseln und starrt in die Dunkelheit.

Karl zeichnet Liebesherzen in den Wein. *Bestimmt hat er das.*

Es spielte keine Rolle. Es spielt keine Rolle. Darum ging es gar nicht.

Es geht um nichts anderes, sagt er.

Agatha lehnt den Kopf an ihre Sitzlehne.

Karl starrt sie an: ihr altes, müdes Gesicht, ihre alten, müden Lippen, ihre alten, müden Augen. Er steht auf und schlurft um Manny herum zur anderen Sitzbank. Er schiebt sich neben Agatha. Er kann sie jetzt riechen, Mottenkugeln und Obst, irgendwie. Sie will ihn nicht anschauen. Er rückt näher zu ihr, spürt den gestärkten Kostümstoff an seinem Arm, die Wärme ihres Körpers an seinen Beinen. Könnte er diese Frau lieben?

Könnte sie ihn lieben?

Er holt tief Luft, nimmt ihr Gesicht in seine Hände, zieht sie zu sich heran und küsst sie.

Er zieht sich von Agatha, die perplex und atemlos ist, zurück und steht auf. *Uns gibt es doch bloß wegen dem Sex. Und du schämst dich deswegen. Alle schämen sich. Sie. Und Sie. Und Sie. Ja, Sie. Schlafen Sie einfach mit ihr,* sagt er zu dem jungen Paar in der benachbarten Tischnische. Er schaut Manny hilfesuchend an. Karl ist sich sicher, dass Manny ihm zustimmt. *Nein,* sagt Karl. *Fickt,* sagt er. *Fickt euch gegenseitig,* sagt er zu dem Paar.

Machen wir, sagt der Mann.

Die Frau stößt einen unterdrückten Laut aus und versetzt ihm einen Schlag auf den Bizeps.

So ist's gut, sagt Karl. *Fickt,* sagt er noch einmal. Das Wort fühlt sich toll an im Mund. *Fick fick fickity fick. Sprich mir nach, Agatha.*

Agatha sitzt am Tisch, ohne ihn anzuschauen, und hält sich

an der Tischplatte fest, als wäre sie das Einzige, was sie aufrecht hält.

Es gibt auch noch andere Wörter, sagt Karl, inzwischen wie berauscht. *Scham. Nippel. Weichteile.*

Reißen Sie sich zusammen, Sir, sagt Derek, der mit wild baumelndem Notizblock um den Hals den Gang entlanggestürmt kommt.

Zwei kleine Kinder am Tisch hinter ihnen haben die Augen aufgerissen. *Mum?* sagt das eine. *Fick,* ergänzt das andere.

Die alte Frau, die zu vertieft in ihr Buch gewesen ist, um ihren Mann anzuschauen, sagt unvermittelt, *Möpse.*

Was? sagt ihr Mann.

Genau, sagt Karl und zeigt auf sie. *Richtig.*

He, Derek stampft mit einem Fuß auf. *Sie da.* Er geht auf Karl zu und versucht, ihn mit den Armen wegzuscheuchen. *Sie – Sie sind ja.* Er spuckt beim Sprechen. *Ich wusste gleich, dass Sie Ärger machen würden.* Er schreibt etwas auf seinen Block, reißt das oberste Blatt ab und schleudert es Karl entgegen. Der Zettel tanzt durch die Luft, als würde er ein Orchester dirigieren. *Raus hier! Sie haben ab sofort Speisewagenverbot!*

Karl lächelt breit. *Super,* sagt er. *Leck mich.*

Agatha, die die ganze Zeit geschwiegen hat, steht auf und schreit, *Ich glaube, es ist einundzwanzig Uhr dreiundzwanzig, aber ich bin mir nicht ganz sicher!* und zwängt sich an Karl vorbei.

Agatha, sagt Karl. Er hievt sich Manny auf die Schulter, trägt ihn so, wie Branson Spike seinen Gettoblaster getragen hat, und folgt ihr in den nächsten Wagen. Aber nicht, ohne sich noch einmal zu seinem Publikum umzudrehen. *Vielen Dank,* sagt er und verbeugt sich.

Was? sagt der alte Mann zu seiner Frau.

Die Nacht wird lang für Karl. Agatha sperrt ihn aus dem Abteil aus. Sie sind betrunken und laut, und er genießt das. Er kommt sich vor wie ein Italiener. Oder jemand vom Mittelmeer. Jedenfalls fremd, so als wären sie in einem weit entfernten Land, rasten durch gebirgiges Gelände … Er fuchtelt mit den Armen, als würde er dirigieren oder Regie führen, er benutzt eine dramatische Kinosprache und spürt, wie sein Gesicht sich bewegt und sich zu völlig ungewohnten Grimassen verzieht.

Sie hat ihn weggestoßen und sich an ihm vorbeigezwängt, und er war verblüfft über sich selbst, und über diesen Moment, weil alle ihn anstarrten, also ist er hinter ihr her, denn das würde man schließlich von ihm erwarten, oder? Jetzt ruft er, *Agatha!,* nur um dem Publikum, das dieses Schauspiel (sein Schauspiel!) verfolgt hat, einen Gefallen zu tun, und pocht an ihre Abteiltür, und dann folgt Schweigen, ein langes, tiefes, leeres Schweigen, wie die Wüste und der Himmel, und er schaut auf seine Hände, hebt sie hoch ins Licht und denkt, *Du toller Mistkerl.*

Er weiß, dass Agatha ihn nicht will, aber es tut nicht dort weh, wo es wehtun sollte, und genau genommen tut es überhaupt nicht weh. DIES ist das wahre Leben! Liebeskummer! Er hat Liebeskummer! Wegen einer echten Frau! Er hat sie geküsst, genau wie im Kino – oder vielleicht auch genau wie im echten Leben, was weiß er schon davon –, er hat einfach ihren Kopf in seine Hände genommen und sie geküsst! Vor allen Leuten. Alle haben ihn angeschaut wie jemanden, der Sachen MACHT, womöglich jemand von zweifelhafter Gesinnung, und so ist er noch nie angeschaut worden, und dann der Kick, einmal nicht vorhersehbar zu sein, sondern einfach mit beiden Händen das Gesicht einer Frau zu ergreifen und sie zu küssen! Vor allen Leuten!

Also sitzt er vor der Abteiltür und redet und redet und redet, erzählt ihr alles, was es über ihn zu erzählen gibt, verrät ihr seine Schuhgröße, wer in der Grundschule seine Lieblingslehrerin war, erzählt von seinem Sohn, wie Evie mal einen anderen geküsst hat, von seiner Angst vor niedrig fliegenden Objekten, warum er seine Finger nicht vermisst, dem Pflegeheim, seiner Flucht. Alles. Und kurz bevor er einschläft, flüstert er noch durchs Schlüsselloch, *Das war's, das ist alles, was ich zu bieten habe.*

Er ist dabei einzuschlafen, hat sich mit dem Rücken an die Tür gelehnt und die Beine im Gang ausgestreckt, aber dann fällt ihm noch etwas ein, und er sagt, *Warte mal,* und legt die Lippen an die Tür. *Ich glaube, ich liebe dich, aber ich könnte dich nie so lieben, wie ich Evie geliebt habe.* Doch es kommt nichts von Agatha, rein gar nichts. Er lauscht auf eine Reaktion, aber es kommt nichts; er glaubt, sie weinen zu hören, aber er weiß es nicht mit Sicherheit, und dann schläft er ein, einen Arm um Manny gelegt, in einer unbequemen Position, und er träumt von Leere und Finsternis, und es fühlt sich an wie Nichts.

NOCH ETWAS, WORÜBER KARL (EIN BISSCHEN) BESCHEID WEISS

WEINEN

Karl kann die Anzahl der Menschen, die in seiner Anwesenheit geweint haben, an einer Hand abzählen. Evie. Seine Mutter. Sein Onkel hat geweint, als Karls Mutter gestorben ist, und das hatte nichts mit dem zerknautschten, fügsamen Weinen zu tun, das er bis dahin kannte. Sein Onkel weinte so, als wäre es eine Aktivität, er stieß jede Träne mit solcher Gewalt hervor, dass Karl das Gefühl hatte, er mache es falsch.

Jeder weiß, dass alle anderen ein Tränengesicht haben, genau wie alle ein Orgasmusgesicht haben, aber die stehen auf der *Liste der Gesichter, die niemand zu sehen bekommt.* Jeder weiß, dass alle anderen masturbieren und weinen, und man spricht miteinander in stillschweigendem Eingeständnis dieser Tatsache, man führt Gespräche mit einer transparenten Wand zwischen sich: *Ich masturbiere und weine nicht, ich masturbiere und weine nicht, ich masturbiere und weine nicht, aber weil ich es in Wirklichkeit doch tue, weiß ich, dass du es auch tust, denn wir sind alle gleich.*

Er hatte Evies Tränengesicht gesehen. Ihr Orgasmusgesicht. Ihr Angstgesicht. Ihr Todesgesicht. War das also die Liebe? Wenn man aufhörte, so zu tun, als ob? Wenn man zu einem anderen Menschen sagen konnte: *Ich masturbiere. Ich weine. Ich habe Angst. Ich sterbe?*

AGATHA PANTHA

7.36: Agatha wacht auf. Schaut auf die Uhr. Ist das die Uhrzeit? Die tatsächliche Uhrzeit? Oder die Zugzeit? Egal, sie fängt trotzdem mit ihren Alterstests an.

7.38: Sie versucht, das Fenster als Spiegel zu benutzen, ungläubig ihr Gesicht anzustarren, aber ihre Augen wandern unwillkürlich immer wieder zu dem, was jenseits der Scheibe ist, und betrachten die Landschaft draußen. Das Blau der Nacht weicht langsam dem warmen Morgenlicht; es ist nicht mehr Nacht, aber auch noch nicht Morgen, und die Luft sieht aus wie Honig. *Ist das jeden Morgen so?* sagt Agatha.

7.40: Sie kann den Blick nicht von dem Honiglicht abwenden. *Was mache ich jeden Morgen so Wichtiges, dass ich das hier versäume?*

7.42: Sie spürt Karls Körper durch die Wand hindurch. Hört ihn draußen im Flur schnarchen. Sie hat gestern Abend im Bett gelegen und ihm durch die Tür zugehört, aber zugleich versucht, es nicht zu tun, hat sich die Ohren zugehalten, aber nur halbherzig, und sie hat daran gedacht, wie er neben ihr saß, mit einer

Hand auf Millies Kopf, daran, wie er Kaffeetassen hielt, wie er im Sitzen immer die Beine übereinanderschlug. Mit dem oberen Fuß wippte. Und sie stellte sich vor, ihn zu berühren und von ihm berührt zu werden, und der Gedanke war ihr nicht unangenehm.

Wann war sie zuletzt geküsst worden?

Und dann dachte sie über seine Frage nach, ob sie ihren Mann geliebt hatte, und sie hatte nicht den Eindruck, dass sie es wusste.

7.53: *Sie reden es mir ein,* flüstert sie und fasst sich an den Hals.

7.54: *Karl schaut mich an, wie Ron mich nie angeschaut hat,* sagt sie.

7.55: Sie liegt im Bett und hat das Gefühl, nichts Gutes verdient zu haben.

7.57: Sie macht die Tür auf. Karl steht mit erhobener Faust da, als habe er gerade anklopfen wollen.

Agatha, sagt er.

Karl, sagt sie.

Ich wollte –, sagt Karl im selben Moment, als Agatha *Bist du –* sagt.

Beide schütteln sie schüchtern den Kopf. *Du zuerst,* sagt Karl.

Nein, du, sagt Agatha.

Eine Stimme kommt durch die Lautsprecheranlage. *Ihr werdet alle sterben. Alles ist gut.*

Karl und Agatha schauen sich an. *Millie,* sagen sie gleichzeitig.

Und dann kommt Derek den Gang entlang und auf sie zu. *Sie da.* Er zeigt auf Karl. *Und Sie.* Er zeigt auf Agatha. Sein Gesicht ist dicht an ihrem. Sie kann seinen Atem riechen. Zahnpasta und Kaffee. *Werden.* Er schiebt sein Gesicht direkt an Karls Gesicht heran. *Einen. Riesen. Ärger bekommen.* Er schaut die Schaufensterpuppe an. *Und Sie auch, nur damit Sie Bescheid wissen.*

8.06: Agatha sitzt auf einem Stuhl in Dereks Büro. Der Stuhl ähnelt den Stühlen, die sie zu Hause hat. Er ist braun und knarrt, wenn sie sich bewegt. Sie schaut zu, wie Derek auf und ab geht, von einer Wand zur anderen. Der Raum ist winzig, deshalb kann er nur zwei Schritte machen, ehe er stehen bleiben und kehrtmachen muss. Er atmet laut durch die Nase. Sein Notizblock schlägt beim Gehen an seine Brust.

8.07: Agatha überlegt sich Namen für den Stuhl. Sie hat die Hände im Schoß gefaltet. Karl sitzt neben ihr. Er legt zaghaft eine Hand auf ihre Hände. Agatha schlägt sie weg. Er jault auf. Sie schaut ihn nicht an. Der Stuhl der Abneigung.

Fluchen, sagt Derek und macht zwei Schritte. Seine Hände sind neben seinen Oberschenkeln zu Fäusten geballt. Er macht kehrt. *Küssen.* Zwei Schritte, Kehrtwendung. Seine Schritte sind schnell, entschlossen, aber verhalten, so als wolle er einen Bus, der gerade um die Ecke fährt, noch erwischen, aber nicht zeigen, dass er sich beeilt. *Verbrüderung mit Sexpuppen.* Zwei Schritte, Kehrtwendung. Nickt in Richtung des Plastikmannes, den Karl Manny nennt. Baut sich mit verschränkten Armen vor ihnen auf. *Wir sind hier im Indian Pacific. Nicht bei Big Brother. Klar?*

8.08: *Beruhigen Sie sich, Mann,* sagt Karl. Derek hält mitten im Schritt inne, schließt die Augen und brüllt, *Ich bin ruhig.* Er atmet tief und massiert seine Schläfen. *Wir leben einfach nur, Derek,* sagt Karl. *Sollten Sie auch mal versuchen.* Derek sagt, *Kommen Sie mir bloß nicht mit YOLO. Das hier ist* MEIN *Haus, wissen Sie noch?* Derek klammert sich mit beiden Händen an die Schreibtischkante.

8.08.46: Agatha empfindet einen Anflug von Sympathie für Derek. Als sie seine Verletztheit erkennt. Aber der Moment geht schnell vorbei.

8.09: Derek setzt sich auf den Schreibtisch und schlägt die Beine übereinander. *Möchten Sie noch eine Aussage machen?* fragt er. Agatha schüttelt den Kopf, *Nein.* Sie nimmt an, dass Karl dasselbe macht, aber sie weigert sich immer noch, ihn anzuschauen.

Derek zieht ein Telefon aus seiner Tasche. Agatha entdeckt einen dünnen Schweißfilm auf seiner Oberlippe. Sie verzieht das Gesicht. Die Schweißperlen verraten etwas über ihn, und es wirkt auf Agatha wie Schwäche. Sie windet sich angesichts dieses Verrats seines Körpers und seiner Unfähigkeit, seine Gefühle und seine Körpertemperatur zu beherrschen. Stuhl des Ekels.

Derek hält ihnen beiden das Telefon vor die Nase. Agatha und Karl beugen sich vor, um auf das Display zu schauen. Es ist ein Foto des jungen Betrunkenen im Flanellhemd aus Kalgoorlie. Da, auf dem Arm steht ganz deutlich: *Karl der Tasttipper war hier.*

Oh, sagt Karl.

Agatha verpasst ihm einen Schlag auf den Arm. *Tipper!*

Karl reibt sich den Arm und schaut sie nicht an.

Damit Sie's wissen, das ist der Sohn des Bürgermeisters von Kalgoorlie, sagt Derek und schaut sie mit der hasserfüllten Schadenfreude an, die sonst Kannibalen vorbehalten ist, die ihre hart erkämpfte Beute herumkommandieren. *Aha,* sagt Karl. *Ist ein großer, starker Mann, der Bürgermeister von Kalgoorlie,* sagt Derek. Agatha schlägt Karl erneut auf den Arm. *Au,* sagt Karl. *Und übrigens, sie haben das Tag als das gleiche identifiziert wie das im Warwickvale-Altersheim und im Kaufhaus in dessen Nähe,* sagt Derek. *Oh,* sagt Karl. *Kommt Ihnen das bekannt vor, Karl ›der Tasttipper‹?* Derek sagt Karls Namen und Titel und malt dabei mit den Fingern Anführungsstriche in die Luft. *Ich glaube kaum, dass ich der einzige Karl der Tasttipper auf der Welt bin,* sagt Karl. *Das glaube ich doch,* sagt Derek. *Und, machen Sie sich jetzt gleich vor Freude in die Hose, Derek?* sagt Karl. *Ganz bestimmt nicht,* sagt Derek.

8.10: *Ach übrigens, da wäre noch das hier.* Derek zeigt ihnen auf seinem Telefon ein Bild von Karls Gesicht, unter dem GESUCHT steht. Karl grinst. *Ha!* sagt Karl. *Sie finden das wohl komisch, was?* sagt Derek. *Nein,* sagt Karl und schluckt sein Grinsen hinunter. *Ich sag's noch einmal,* sagt Derek. *Möchten Sie noch eine*

Aussage machen? Wenn Sie kooperieren, wirkt sich das vielleicht strafmildernd aus.

8.10.35: Während Karl den Kopf schüttelt, *Nein,* spürt Agatha etwas in sich blubbern. Es blubbert schon zu lange so in ihr, und sie muss es stoppen, also beantwortet sie die Frage mit einem Satz, der dieses Gefühl beenden wird, sie darf kein Gefühl preisgeben, sie will nicht, dass Schweißperlen auf ihrer Oberlippe erscheinen, und deshalb sagt sie, *Dieser Mann hat mich gekidnappt.*

8.11: Karl dreht sich um und schaut Agatha an, aber sie erwidert seinen Blick nicht. Sie betrachtet ihre Knie, als wären sie interessant. Sind sie auch, zumindest ein bisschen. *Neue Kniefalte?* denkt sie und kratzt sich durch den Strumpf am linken Knie. Die Tür wird aufgestoßen. Die blonde Zugfrau kommt herein, mit Millie an der Hand. *Millie,* sagt Karl. *Gott sei Dank.* Agatha denkt, *Millie. Gott sei Dank,* spricht es aber nicht aus. Die Frau sagt, *Alles in Ordnung. Sie war mit meinem Sohn zusammen.* Millie klettert auf Karls Schoß. Agatha schaut wieder auf ihre interessanten Knie.

Sei nicht so streng, Derek, sagt die Frau von der Tür aus. *Sie ist noch ein Kind, vergiss das nicht.* Derek wartet, bis sie die Tür hinter sich geschlossen hat. *Du mich auch, Mel,* sagt Derek nach kurzem Schweigen. Er schaut Millie an. *Wohl eher eine Teufelsbrut.* Millie drückt ihren Rücken dicht an Karls Brust.

8.12: *Gesucht,* liest Derek vom Display seines Telefons vor. *Körperverletzung. Raubüberfall.* Agatha sagt, *Raubüberfall?* Karl sagt, *Ach ja?,* so als könne man darüber streiten. Derek steckt sein Telefon wieder in die Tasche. *Und jetzt Entführung. Noch ein Nagel zu Ihrem Sarg, würde ich sagen. Ihnen wird das Lachen schon vergehen!* Karl sagt, *Was?* Millie sagt, *Entführung?* Karl sagt, *Keiner hat hier irgendwen entführt.* Agatha sagt, *Außer Ihnen!* Karl sagt, *Agatha, ich weiß, du bist sauer auf mich, aber –* Agatha sagt, *Sir! Bitte lassen Sie diese Vertraulichkeiten!,* und hält abwehrend eine Hand hoch. *Dieser Mann da auf Ihrem Telefon?* sagt Karl. *Dem hat Agatha mit einem Kunststoffbein eins übergebraten. Nur dass Sie's wissen.*

8.14: *Sie kommen in die Hölle,* sagt Millie. *Was hast du gesagt?* sagt Derek. *Dad hat gesagt, Verkehrspolizisten kommen in die Hölle,* sagt Millie. *Dein Vater ist tot,* sagt Agatha. *Das weiß ich,* sagt Millie.

8.15: *Sie,* sagt Derek leise und zeigt auf Agatha. *Der Schreiteufel. Lügen Sie mich bitte nicht an. Sonst landen Sie genau da, wo er hingehen wird. Und das ist kein angenehmer Ort.* Agatha wappnet sich. *Sind Sie von diesem Mann da entführt worden, ja oder nein?* Er weist auf Karl.

8.15.28: Agatha spürt den Blick des kleinen Mädchens auf sich. Sie schaut zu Millie hinüber. Die erwidert Agathas Blick ganz ruhig. Ein Kind. Ein kleines Mädchen. Agatha sitzt plötzlich mit ihrem Mann beim Abendessen. *Ich will keine Kinder,* sagte sie. Und sein Gesichtsausdruck, diese Schwere, die ihre Worte seinen Zügen verliehen, und ihre Reue, das Gefühl in ihrem Körper, später.

8.15.52: Stuhl der Unaufrichtigkeit.

8.16: *Ja,* sagt sie und schaut Derek in die Augen. *Ja, das bin ich.*

MILLIE BIRD

So unsichtbar sind wir anscheinend doch nicht, sagt Millie. Millie und Karl sind in Dereks Büro eingeschlossen worden, und Agatha hat er mitgenommen.

Nein, sagt Karl, *sind wir nicht.*

Was passiert jetzt?

Karl gibt Millie einen Kuss auf die Stirn. *Das weiß ich nicht, Nur Millie.*

Warum ist Agatha dir böse? fragt sie.

Sie ist eine Frau.

Bin ich auch eine Frau?

Ja.

Aber ich bin dir nicht böse.

Danke.

Bist du mir böse?

Natürlich nicht.

Es ist meine Schuld.

Nein.

Werden wir meine Mum finden?

Natürlich.

Meinst du das ernst?

Doch bevor Karl antworten kann, wird die Tür aufgeschlossen, und Jeremy steckt den Kopf herein. *Psst. Captain Funeral,* sagt er, schaut schnell hinter sich den Gang entlang und schlüpft dann zu ihnen in den Raum. Er stemmt die Hände in die Hüften. *Hallo, Sir,* sagt er zu Karl und gibt ihm die Hand. *Ich bin Captain Everything, Sir.* Er schaut Millie an. *Captain Everything ist hier.* Er hat sich eine schwarze Maske um die Augen geschminkt und einen Schnurrbart auf die Oberlippe gemalt. Um den Hals trägt er als kleines Cape eine Stoffserviette der Eisenbahngesellschaft.

Was machst du? sagt Millie.

Du bist in Schwierigkeiten. Ich komme, um dich zu retten.

Millie, sagt Karl. *Wer ist dieser Junge?*

Ich bin Captain Everything, Sir, sagt Jeremy. *Das habe ich Ihnen doch schon gesagt. Man spricht über Sie.*

Wer? sagt Karl.

Alle Leute vom Zug. Die Polizei kommt zum Bahnhof in Kirk, um Sie abzuholen.

Millie und Karl schauen sich an.

Derek meinte so, Ich ruf jetzt die verpiepte Polizei. Und, Jeremy springt ein Stück nach links, *meine Mum so, Warte lieber noch, Derek, und dann,* er springt zurück, *Derek so, Verpiept noch mal, Melissa, ich mach das jetzt, halt mich doch davon ab, wenn du kannst, und verpiept, sie hat versucht, ihn davon abzuhalten, aber er hat's trotzdem gemacht, und Mum hat ihn einen verpiepten Idioten genannt, und ich war in Camouflage, deshalb haben sie mich nicht gesehen, und ich hab den Schlüssel für den Raum hier geklaut, und auch wenn sie mich gesehen hätten, dann hätte ich sie mit Karatehieben ausgeschaltet* – er tritt mit einem Fuß in die Luft und vollführt einen zackigen Schlag mit der Hand –, *weil ich nämlich alle möglichen solche Sachen kann.*

Was hast du da im Gesicht? sagt Millie.

Er berührt es mit den Fingerspitzen und grinst. *Meine Tarnung.*

Dein Temperament gefällt mir, junger Mann, sagt Karl. *Und dein Schnurrbart auch.*

Jeremy schaut sie beide mit ernster Miene an. *Ihr müsst sofort weg hier.*

Ist das dein Ernst? fragt Karl.

Mein voller Ernst, Sir.

Jeremy geht vor. Er steckt den Kopf durch die Tür, schaut zuerst nach rechts, dann nach links und winkt sie auf den Gang. Karl folgt ihm; er hat einen Arm um Mannys Taille gelegt, sodass dessen Kinn auf Karls Schulter liegt. Dann kommt Millie. Manny starrt sie über Karls Schulter hinweg an, während sie durch die Waggons laufen. *Alles ist gut,* sagt sie tonlos zu ihm. Sie sieht Mannys Plastikhaare, und ihr Kopf löst sich von ihr ab. Dads Haare, als sie am Strand sind und Millie sagt, *Deine Haare sehen aus wie eine Ananas,* Dads Haare auf den Fliesen im Friseurgeschäft, Dads Haare am Morgen, Dads Haare Dads Haare Dads Haare, und sie spürt ein Ziehen im Magen, und ihr Kopf ist wieder an seinem Platz, und sie gehen an dem furzenden Baby vorbei und an dem wütenden Mann, der friedlichen Großmutter, dem Mädchen, das eine Mum haben darf. Millie hält ihren Rucksack vor sich und spürt auf dem Rücken ihr Cape, das schlapp herunterhängt, wie die Haut eines toten Tiers.

Jeremy führt sie zu einer Tür ganz am Ende des Zuges, die nach draußen aufgeht. Der Wind erweckt ihr Cape wieder zum Leben, und es tanzt hinter ihr auf und ab, als würde es versuchen, einen möglichst guten Blick zu erhaschen, ganz aufgeregt vor Freude, im Wind und an der frischen Luft zu sein. Sie schauen hinaus auf die Wüstenlandschaft. Millie hat noch nie so viel Himmel gesehen.

Was ist mit Agatha? sagt Millie.

Wen kümmert das? sagt Karl.

Das ist nicht nett, sagt Millie.

Sie ist auch nicht nett.

Jeremy steckt Wasserflaschen und Müsliriegel in Millies Tasche. *Geht immer in die Richtung.* Er zeigt mit dem Finger und schaut zu Millie hoch.

Das ist wunderschön, sagt Karl und hält Manny hoch. *Siehst du, Manny? Das ist Australien.*

Hier ist eine Landkarte, sagt Jeremy. *Mum hat mir beim Zeichnen geholfen, als ich ihr erzählt habe, dass ich allen in der Schule zeigen will, wo ich in den Ferien war. Und hier noch ein Kompass. Seht ihr, da ist ein Pub – The Great Australian Pub.* Er zeigt auf einen Punkt auf der Karte. *Dort könnt ihr übernachten.* Er schaut sich nach hinten um, dann wieder zu Millie. *Mum und ich übernachten immer dort, wenn wir Dad besuchen. Folgt einfach der Straße nach Süden, dann könnt ihr es nicht verfehlen.*

Woher hast du die ganzen Sachen? fragt Millie.

Ich bin Captain Everything.

Weißt du das alles genau? fragt Millie und spürt, wie ihr eigenes Cape hinter ihr im Wind weht.

Jeremy steht auf und schaut Millie direkt in die Augen. Sein gemalter Schnurrbart zuckt leicht. *Ja, Captain Funeral.*

Ich komme mir vor wie im Kino, sagt Karl. *Ob sie wohl einen Film über mein Leben drehen werden, Millie? Meinst du, Paul Newman könnte mich spielen? Oder dieser Branson-Spike-Typ?*

Millie schaut über die Kante des Zuges. Die Erde rast unter ihnen davon. *Wie sollen wir denn aussteigen?*

Ja, Captain Everything, wie sollen wir aussteigen? fragt Karl.

Jeremy will etwas sagen, aber Karl kommt ihm zuvor. *Keine Sorge, Millie,* sagt Karl. *Manny und ich springen ab, dann rennen wir hinter dem Zug her, bis wir ihn eingeholt haben, und dann springst du ab. Ich fang dich auf, versprochen.*

Aber Sir, sagt Jeremy. *Der Zug –*

Karl legt Jeremy eine Hand auf den Mund. *Du hast genug für uns getan, Captain Everything.* Er holt tief Luft. Er schiebt sich Manny seitlich unter seine Hosenträger, um die Hände frei zu haben. *Du glaubst doch an mich, nicht wahr, Millie?* Millie gibt keine Antwort, also nimmt Karl das als eine Art Zustimmung und sagt, *Ich mach das jetzt. Ich bin ein sehr cooler Typ.* Er greift nach dem Geländer, um Anlauf zu nehmen. *Ich mach das jetzt, ich mach das jetzt –*

Und ganz, ganz langsam kommt der Zug zum Stehen.

Karl lässt das Geländer los. Er dreht sich zu Jeremy um.

Hier ist der Bahnhof von Roald, sagt Jeremy und schaut Karl an. *Hier müssen wir Post ausliefern und abholen. Wir halten hier immer einige Minuten. Tut mir leid, Sir.*

Karl seufzt und murmelt in sich hinein. Am Ende des Zugs führt eine Leiter nach unten, und Karl klettert hinab. Er springt von der untersten Stufe und stöhnt laut, als er landet. Millie steigt rückwärts die Sprossen hinunter. Als sie halb unten ist, hält sie inne. Jeremy schaut zu ihr hinunter. Sie klettert wieder hoch.

Was machst du? sagt Jeremy. *Du musst los. Ich befehle dir, von Captain zu Captain, den Zug zu verlassen. Ich habe den höheren Rang. Verlass jetzt sofort den Z-*

Millie packt ihn an den Schultern und drückt ihm einen Kuss auf den falschen Schnurrbart. Seine Wangen werden knallrot, wie ihre Haare, wie die Erde um sie herum. *Bitte sag Agatha, wo wir sind,* sagt sie und klettert die Leiter wieder hinab. Karl und Millie stehen auf den Schienen. Millie salutiert. *Vielen Dank, Captain Everything,* sagt sie.

Viel Glück, sagt er mit einem schiefen Grinsen.

Millie bleibt zwischen den Gleisen stehen, bis der Zug wieder angefahren ist und sich langsam von ihnen entfernt. *Ich werde dich nie vergessen, Captain Funeral!* ruft Jeremy, und Millie schaut dem Zug nach, bis er außer Sichtweite ist und sie nichts mehr hört als das Sirren der Sonne auf ihrer Haut.

Karl drückt Manny an seine Brust. *Schau dir das an.* Er schwenkt seinen freien Arm durch die Luft. *Das ist Australien. Verstehst du? Australien.*

Millie geht los in die Richtung, in die Jeremy gezeigt hat. *Komm, Karl,* sagt sie.

Schau dir diesen Himmel an. Und diese Erde. Karl stößt eine Fußspitze in den Sand, und die Erde fliegt nach allen Seiten. *Schau dir dieses Buschland an. Hier könnten überall Leichen vergraben sein, und keiner würde es merken. Die Briten haben hier Testbomben explodieren lassen, ohne dass es jemand gemerkt hat. Bomben, Millie. Zu Hause kann ich mich nicht mal am Po kratzen, ohne dass meine Nachbarn sich fragen, was für eine Gesäßkrankheit ich habe. Aber hier draußen weiß keiner, was ich mache.* Er hält Manny hoch über seinen Kopf. *Hast du das gehört, Universum?* sagt er. Er hält inne, holt tief Luft und schreit aus voller Kehle, KEINER WEISS, WAS ICH HIER DRAUSSEN MACHE!

Millie hört gar nicht zu. Alles, was sie hört, ist das Geräusch ihrer Füße beim Gehen. Jeder Schritt geht so: Mum, Dad, Mum, Dad, Mum, Dad, Mum, Dad.

Karl ist etliche Meter hinter ihr, starrt in den Himmel und dreht sich im Kreis, so wie Millie es manchmal macht, wenn sie will, dass ihr schwindelig wird. Sie ärgert sich über ihn. Sie haben für so was keine Zeit. *Wir müssen uns beeilen,* ruft sie nach hinten.

TEIL 4

AGATHA PANTHA

10.37: Die blonde Bahnmitarbeiterin hilft Agatha im Bahnhof von Kirk beim Aussteigen. *Bleiben Sie einfach hier sitzen, Agatha,* sagt sie. *Der Zug nach Perth wird in den nächsten Stunden hier durchkommen. Das Personal weiß Bescheid, dass Sie mitwollen.* Sie lächelt aufmunternd. *Denken Sie daran, in Kalgoorlie auszusteigen. Von dort gibt es eine Busverbindung an die Südküste. Sie werden schneller wieder zu Hause sein, als Sie denken. Passen Sie gut auf sich auf!*

Agatha nickt und schaut ihr nach, als sie weggeht. *Zu Hause,* sagt Agatha und zieht ihre Handtasche näher an ihre Brust. *Ja.* Sie rückt ihre Brille zurecht.

10.39: Ein Mann kommt auf sie zu. *Entschuldigung,* sagt er. *Haben Sie vielleicht die genaue Uhrzeit?*

Agatha legt eine Hand über ihre Armbanduhr. *Ob ich die habe? Gehört mir etwa die Zeit? Nein! Aber ich würde gern mit der Person sprechen, der sie gehört! Ich habe keine Ahnung, wie viel Uhr es ist! Ich richte mich jetzt nach der Agatha-Standardzeit!*

Boah, Lady, sagt er. *Tut mir leid, dass ich gefragt habe.*

Ja! sagt Agatha. *Sollte es auch!*

10.41: Der Zug steht immer noch da, und die Leute laufen herum und warten darauf, dass sie aufgefordert werden, wieder einzusteigen. Eine Frau geht an Agatha vorbei. Eine von der hochnäsigen Sorte, die ihr Haar in einem Knoten oben auf dem Kopf trägt, so als wäre es eine Törtchendekoration. *Sie sind kein Nachtisch, Lady,* sagt Agatha und beugt sich vor. Ein Mann im pinkfarbenen Pullover geht vorbei. *Pullover zu pink!* sagt sie ein bisschen lauter. *Zu breitbeiniger Gang,* sagt sie und hebt die Lautstärke weiter an. Sie hält sich mit beiden Händen an der Kante ihrer Bank fest. *Wolken sollten sich nicht so verhalten!* schreit sie und steht auf. *Unmögliche Nase! Serienmörderfrisur! Sonnenbrille zu groß! Zu viele Kinder! Augen zu nah beieinander!*

Sie wird von einem kleinen Jungen unterbrochen, der zu ihr gerannt kommt. Er hat sich einen schwarzen Schnurrbart angemalt. *Sie haben das hier verloren, Miss,* sagt er und reicht ihr das Altersheft. Sie nimmt es, und er rennt mit wehendem Halstuch weg. Sie schaut zu, wie er hochspringt und in die Luft tritt, ehe er im Zug verschwindet.

Kein echter Schnurrbart, sagt sie halbherzig. Sie schlägt das Heft auf und überfliegt ihre sorgfältigen Aufzeichnungen der Messwerte für Wangenelastizität. Armschwabbel. Abstand zwischen Brustwarzen und Taille. Anzahl der Male, als ich Karl beinahe geküsst hätte.

Was? sagt sie.

In einer unbekannten Handschrift. Es geht weiter. Schnarchgraphik. Momente des Lächelns. Anzahl der Male, als Karl mich küssen wollte. Meine Lieblings-Agathagesichter. Busse, die ich versucht habe zu stehlen. Sie blättert um. Betrunkene, die ich verprügelt habe. Darüber lacht sie und blättert weiter. Anzahl der Beleidigungen, die ich gebrüllt habe. Tote Dinge, die ich gesehen habe. Entfernungen, die ich mit dem Bus/dem Zug/zu Fuß zurückgelegt habe. Menschen, die ich geliebt habe.

Nach dem letzten Eintrag steht ein großes Fragezeichen.

Auf der nächsten Seite ist eine Landkarte eingeklebt. Wieder jemand anders hat geschrieben: *Hallo, Sie sind hier,* und ein rotes Kreuz und ein Auto eingezeichnet. *Die anderen sind hier.* Noch ein rotes Kreuz und eine zweite Zeichnung, diesmal von einem Gebäude, an dem oben in krakeliger Schrift *The Great Australian Pub* steht. Ein schwarzer Pfeil verbindet die beiden roten Kreuze. *Ihr ergebener Captain Everything.*

Das Buch zittert in ihren Händen.

10.54: Sie steht vor dem Spiegel auf der Bahnhofstoilette. *Sie werden nicht alt werden,* sagt sie. Kneift sich in die Wangen. *So wie wir, die Hinterbliebenen, alt werden.*

Unterarme zu fleckig! schreit sie plötzlich. Sie knöpft ihre Jacke auf und wirft sie auf den Boden. *Männerhände!* schreit sie und hält ihre Hände vor sich in die Höhe. Sie streift ihre Schuhe ab und schleudert sie an die Wand. *Fette Füße!* Sie knöpft ihre Bluse auf und lässt sie fallen. *Titten zu lang!* Sie zieht den Reißverschluss ihres Rocks auf, schiebt ihn über ihre Hüften und windet sich, bis er auf den Boden rutscht. *Bauchnabel zu weit oben!* Und dann steht sie in BH, Unterwäsche und Strümpfen da, die Brille noch fest auf der Nase, und schaut sich im Spiegel an, ganz atemlos von der Anstrengung, die es kostet, sich so zu betrachten. *Nasenlöcher beben beim Sprechen!* Sie faltet vor sich die Hände, findet sich ab, versucht, einer Situation, die weder Würde noch Erhabenheit besitzt, ein bisschen von beidem zu verleihen. *Zu alt,* sagt sie. Sie nimmt die Brille ab und legt sie auf den Rand des Waschbeckens.

Sie legt eine flache Hand an die Wange und lehnt ihr Gesicht hinein. *Zu alt,* sagt sie und schaut sich in die Augen.

Ihr kommt der Gedanke, dass Rons Gesicht nie mehr altern wird. Sie wird nicht erleben, wie er als richtig alter Mann aussieht.

Es kommt ihr unfair vor, dass sie der Welt zeigen muss, wie sie als alter Mensch aussieht, und er nicht. Als wäre er irgendwie davongekommen.

Sie hasst sich selbst, ihren Körper, und jetzt weint sie, Tränen rinnen über ihr Gesicht, und es ist erbärmlich, und sie ist eine alte alte alte traurige traurige traurige Frau, und sie hasst sich, sie hasst sich so sehr; mehr als alles andere ist es dieses Gefühl, das sie am deutlichsten spürt.

Und dann geht eine Toilettenspülung, und eine Frau kommt aus der Kabine.

Die Frau geht direkt zum Spiegel und wäscht sich am Waschbecken die Hände. Sie ist dünn und muskulös und hat eine lange schmale Nase, die alle Aufmerksamkeit auf sich zieht. Agatha verkneift es sich, das herauszuschreien, sie steht nur da, in ihrer Unterwäsche, und weiß nicht, was sie tun soll. Es herrscht ein peinliches Schweigen, während die Frau sich die Hände wäscht.

Dann. *Wohin fahren Sie?* fragt die Frau.

Ähm. An die Südwestküste, sagt Agatha und spürt ihren Körper riesengroß um sich herum.

Wir nach Perth, antwortet die Frau, lächelt Agatha zu und zieht an der Haut um ihre Augen. *Wir wollten einfach mal raus.* Sie streckt sich im Spiegel selbst die Zunge heraus. *Wie das halt so ist, Sie wissen schon.* Sie streicht ihren Rock glatt, zwinkert Agatha zu und geht hinaus.

11.12: Wieder angezogen steht Agatha in der Nähe der Bahnhofstheke, betrachtet sehnsüchtig das Angebot an gebratenen Speisen und spürt, wie ihr Magen knurrt. Sie steht ein paar Meter von der Theke entfernt.

Der Verkäufer schaut sie an. *Alles in Ordnung?*

Ja! sagt sie, rührt sich aber nicht.

Möchten Sie etwas?

Ja!

Er seufzt. *Und was bitte?*

Eins davon! Sie zeigt auf eine Frühlingsrolle. *Und so eins!* Sie zeigt auf ein Stück Fleischpastete.

Der Mann hinter der Theke steckt beides in eine braune Papiertüte. Er schiebt sie über die Theke zu ihr hinüber. Er weist mit dem Kopf auf die Tüte. *Macht Sechs fünfundzwanzig, bitte.*

Agatha hat sehr großen Hunger. Sie denkt kurz daran, sich die Tüte zu schnappen und wegzulaufen. Das kommt vor, oder? Noch nie hat sie etwas so sehr haben wollen. Aber dann sagt ihr Mund, *Ich kann nicht.*

Was können Sie nicht?

Ich habe kein ... Sie seufzt.

Er nimmt die Tüte. *Ich bin kein Wohltätigkeitsinstitut, meine Dame.*

Ich übernehm das, sagt eine Stimme hinter Agatha. Sie dreht sich um und sieht die Frau von der Toilette, die mit einem Zwanzig-Dollar-Schein wedelt. Sie lächelt Agatha zu und schwebt auf die Theke zu. *Ich übernehm das.*

Ich versuch hier nur, ein Geschäft zu führen.

Wie wär's mit ein bisschen Herz.

Geben Sie mir einfach das Geld. Er schnappt sich den Schein und knallt ihr das Wechselgeld auf die Theke. Er hält die Tüte hoch und schüttelt sie, mit Blick auf Agatha. *Wohl Ihr Glückstag heute, was?*

Die Frau reißt ihm die Tüte aus der Hand und geht weg. Sie winkt Agatha, ihr zu folgen. *Ich bin Karen,* sagt sie und stellt die Tüte auf einen Tisch, an dem ein Mann sitzt. *Das ist Simon,* sagt Karen und streicht liebevoll mit einer Hand über seine Schulter.

Simon ist merklich jünger als Karen. Er hat ausgeprägte, dunkle Züge. *Sohn?* denkt Agatha. Simon gibt Karen einen spielerischen Klaps auf den Po. *Nein,* denkt Agatha.

Hi, sagt Simon zu Agatha und hebt lächelnd eine Hand. Zwischen seinen Zähnen stecken Kuchenkrümel. Karen zieht einen Stuhl heran und klopft sanft auf die Tischplatte.

Agatha setzt sich und starrt die Tüte an, als wolle sie sehen, was sie als Nächstes tun wird.

Haben Sie einen Namen? fragt Karen.

Ja, sagt Agatha.

Karen lächelt. *Mehr der zurückhaltende Typ, verstehe. Na los, dann essen Sie.*

Was wollen Sie von mir? sagt Agatha.

Ha, sagt Karen. *Was will man von einer Frau, die ihre Fleischpastete nicht bezahlen kann? Die in Unterwäsche vor dem Spiegel steht und sich anschreit? Essen Sie einfach Ihre Pastete, Lady.*

Hat da jemand Unterwäsche gesagt? fragt Simon. Er zieht an Karens Hosenbund und lässt ihn zurückschnellen.

Karen versetzt ihm einen Stupser mit ihrer Schulter. *Du meine Güte, Simon,* sagt Karen und streichelt seine Wange. *Was hast du denn alles zwischen den Zähnen?* Die beiden unterdrücken ein Kichern. *Geh dich mal sauber machen, okay?*

Simon steht auf. *Ihr Wunsch ist mir Befehl.* Er grinst, verbeugt sich und geht weg.

Agatha holt die Pastete aus der Tüte und legt sie auf das Papier. Dann nimmt sie ein Besteck aus dem Stahlbehälter in der Mitte des Tisches, schneidet die Pastete in kleine Stücke und fängt an zu essen, ein Stückchen nach dem anderen. Sie spürt, wie Karen sie beobachtet.

Möchten Sie über das sprechen, was auf der Toilette war? fragt Karen.

Nein, sagt Agatha.

Darf ich Ihnen dann ein Geheimnis anvertrauen? sagt Karen und beugt sich näher zu ihr hinüber.

Nein, sagt Agatha mit vollem Mund.

Karen lacht. Sie beugt sich auf ihrem Stuhl ein Stück nach vorne. Sie schaut sich kurz um und wendet sich dann wieder zu Agatha. *Ich habe etwas Schlimmes gemacht!* flüstert sie. *Jetzt will ich die Sache mit dem Karma wieder hinbiegen, verstehen Sie? Ich weiß nicht recht, ob ich daran glauben soll, aber.* Sie kneift ein Auge zu. *Nur zur Sicherheit. Okay?*

Agatha nickt. *Danke,* sagt sie. Und dann, *Sie haben doch niemanden umgebracht, oder?*

Nein! Natürlich nicht. Karen rutscht auf ihrem Stuhl herum.

Drogen?

Nein.

Waffen?

Nein.

Sie sind Sexarbeiterin, oder?

Nein!

Wie schlimm?

Wirklich ziemlich schlimm.

Von zehn?

Acht.

Agatha schluckt und schaut Karen an.

Einhalb. Karen ringt die Hände. *Zehn. Definitiv zehn. Ja, zehn. Ich … Ich bin …* Sie stützt die Ellbogen auf den Tisch und verschränkt die Finger. Sie schaut Agatha in die Augen. *Kein guter Mensch.*

Agatha nimmt ihre Frühlingsrolle in die Hand und beißt seitlich davon ab. Während sie kaut, betrachtet sie Karen. Agatha schluckt, wischt sich den Mund mit der Serviette ab. *Ich bin, ähm …* Agatha räuspert sich und sagt laut und deutlich: *Ich bin auch kein guter Mensch.*

Karen entfährt ein zittriger Laut, so als hätten Agathas Worte ihr diesen Ton entlockt. Sie streckt einen Arm über den Tisch und ergreift Agathas Hand. *Glauben Sie, dass überhaupt jemand gut ist?* Sie drückt Agathas Hand.

Agatha betrachtet die Hand, die auf ihrer liegt. Sie sieht das Alter, das sich wie Plastikfolie über die Hand dieser Frau legt, und sie freut sich nicht, wie sie es sonst vielleicht täte, dass eine andere Frau die Verheerungen des Alters erleben wird, aber sie ist auch nicht traurig darüber, so wie sie es wegen ihres eigenen Körpers ist, sie fühlt sich dieser Frau einfach nur verbunden, fast so, als wäre sie Agatha und Agatha sie, als wären sie beide dieselbe.

Also? sagt Karen. *Glauben Sie, irgendjemand ist gut?*

Ron. Sie denkt an Ron. Und dann kommt ihr Millies Gesicht in den Sinn und bleibt dort hängen, stark und still. Und Karl? Ist er gut?

Ich bin Agatha, sagt Agatha, weil sie nicht weiß, wie sie die Frage beantworten soll.

Simon kommt wieder auf sie zugeschlendert. *Ich habe auf den Klostein gepinkelt,* sagt er. *Das war geil.* Er bleckt vor Karen die Zähne. *Alles weg?*

Karen greift nach seiner Hand. *Alles besser, Schatz,* sagt Karen. Agatha betrachtet die Hände der beiden, die sich gegenseitig streicheln, als wären sie das Einzige im Raum. Sie kann sich nicht vorstellen, jemanden zu haben, mit dem man so vertraut ist. *Hör mal, Sime,* sagt Karen und schaut auf ihre Armbanduhr. *Würdest du schon mal tanken? Wir sollten langsam los.*

Jawohl, Mum. Er zwinkert ihr zu.

Simon geht weg, und Karen wendet sich Agatha zu. *Ich habe gestern meinen Mann verlassen. Und Simon seine Frau.*

Agatha starrt sie an.

Ich habe Kinder. Nicht ganz klein. Aber auch noch nicht groß. Wir haben es keinem gesagt. Wir sind einfach abgehauen. Karen reckt die Arme über den Kopf und lässt sie wieder sinken. *Gott, tut das gut, es endlich mal loszuwerden. Ich hoffe, es macht Ihnen nichts aus.*

Es macht mir etwas aus, sagt Agatha.

Karen lacht. *Auch gut. Na jedenfalls, ich will einfach mit Simon zusammen sein. Ich liebe meine Kinder. Aber ich liebe auch mein Leben. Ich möchte eins haben. Ein Leben, meine ich. Die Kinder werden das eines Tages verstehen.*

Höchstwahrscheinlich nicht, sagt Agatha.

Karen nickt. *Ich hoffe sehr, dass Sie sich irren.*

Agatha denkt an Millies Mum. Wie sie Millie verlassen hat. Agatha spürt, wie der Zorn in ihren Körper fährt. Er steigt in ihr hoch, erzeugt Flecken auf ihrer Haut. Sie möchte Millies Mum gegenüberstehen und ihr ins Gesicht sagen: *Was bilden Sie sich eigentlich ein? Sie ist noch ein Kind.* Und sie würde am liebsten das Gleiche jetzt zu Karen sagen: *Was bilden Sie sich ein?* Aber Agatha sagt: *Das ist eine Zehn.*

Karen lehnt sich zurück. Sie sitzen eine Weile schweigend da. Die Kasse klingelt, und Kühlschränke werden geöffnet und geschlossen, und die Leute um sie herum führen unverständliche Gespräche. *Hören Sie, können wir Sie irgendwohin mitnehmen?* sagt Karen schließlich. *Wir fahren in die gleiche Richtung. Wir würden uns über Gesellschaft freuen.*

Nein, sagt Agatha kurz angebunden. *Ich fahre mit dem Zug zurück. Vielen Dank.*

◆

Agatha sitzt am Cafétisch und liest in ihrem Altersheft. Menschen, die ich geliebt habe. Dieses Fragezeichen. Der Blick von Millies Mum durchs Fenster vor vielen Monaten kommt ihr in den Sinn. *Wie wird man alt, ohne zuzulassen, dass es nur noch Traurigkeit gibt?* Sie denkt an die Zeit nach Rons Tod, daran, wie sie die Straße entlanggegangen ist und dann den Weg zu ihrem Haus hoch, und an den Druck, den sie damals verspürt hat, dieses

Gefühl, als würde ihr Körper implodieren. Sie denkt an das unbenutzte Zimmer in ihrem Haus. Was, wenn sie nach dem Tod ihres Mannes durch diese Tür getreten wäre und ein Kind, ihr Kind, in dem unbenutzten Zimmer gesessen hätte – in ihrem Zimmer? Wäre es eine Sie gewesen? Manchmal hatte Agatha sich die Vorstellung gestattet, es wäre eine Sie gewesen. Dann hätte Agatha sich auf das Bett, ihr Bett, setzen müssen, und sie hätte sagen müssen – was? Was hätte sie gesagt? *Dein Vater ist tot.* Wie sagt man einem Kind, dem eigenen Kind, dass so das Leben ist? Dass man nur lebt, um zu sterben? Dass, solange man lebt, Menschen, die man kennt, Menschen, die man liebt, sterben werden? Dass es im Grunde am besten ist, gar nicht erst jemanden gern zu haben?

Agatha, ruft Karen aus der Schlange an der Benzinkasse der Tankstelle nebenan. Sie wirkt gestresst. *Entschuldigung, meine Liebe, können Sie Auto fahren? Wären Sie so nett, den Wagen kurz von der Zapfsäule wegzufahren? Weiß der Himmel, wo Simon hin ist. Der Schlüssel dürfte stecken. Sorry, dass ich Ihnen solche Umstände mache.*

Agatha steht auf, um nach draußen zu schauen. Etwa sechs, sieben Autos warten vor der Zapfsäule. Einer der Fahrer drückt ab und zu auf die Hupe. Der Mann an der Kasse hat Probleme mit seinem Computer. Agatha schaut sich zu Karen um. Wenn Agatha die Augen zusammenkneift, sieht Karen ein bisschen so aus wie Millies Mum. *Wie erklärt man seinem Kind, dass so das Leben ist?*

Man muss einen Weg finden, sagt Agatha und hängt sich die Handtasche über die Schulter.

Wie bitte? sagt Karen, als Agatha auf die Automatiktür zugeht.

Ich sagte, ich kann fahren, sagt Agatha.

Oh, vielen Dank. Karen lächelt. *Sime hat vermutlich noch etwas gefunden, auf das er draufpinkeln kann.*

Vermutlich, sagt Agatha. An der Tür bleibt sie kurz stehen und dreht sich zu Karen um. *Hören Sie.* Die Tür öffnet sich hinter ihr, und Agatha spürt die Hitze im Rücken. *Es tut mir wirklich sehr leid.*

Karen winkt ab. *Nicht der Rede wert, meine Liebe. Die Pastete hat so gut wie nichts gekostet.*

Nein, sagt Agatha zu sich selbst, als sie zum Auto geht. *Nicht das.*

Agatha öffnet die Tür und steigt ein. Die Schlüssel stecken im Zündschloss. Sie legt ihre Hand darum. Sie klimpern leise. Sie lässt den Motor an. Sie sieht plötzlich ihr Gesicht auf einem Plakat vor sich, so wie Karls. *Gesucht.* Und tritt aufs Gaspedal.

Nur dass sie nicht mehr anhält. Sie denkt an das handgemalte Auto, das dem schwarzen Pfeil zum Great Australian Pub folgt, und sie hält nicht mehr an.

Tja, sagt sie zu niemandem. *Das ist auf jeden Fall eine Zehn.*

12.17: Und dann ist sie auf dem Highway. Sie, Agatha Pantha, sitzt am Steuer eines Autos auf dem Highway und fährt mitten durch die Wüste. Sie fährt nicht schneller als sechzig Stundenkilometer, aber sie fährt. *Ich fahre,* sagt sie aus dem Fenster. *Ich fahre!* schreit sie einem Bauarbeiter zu, der am Straßenrand sitzt und eine Zigarette raucht. *Was Sie nicht sagen, Lady!* ruft er zurück. *Ich fahre!* schreit sie einer Frau am Straßenrand zu, die eine Panne zu haben scheint. *Zicke!* brüllt die Frau zurück. *Ich fahre!* schreit sie, in den Himmel, zu den Vögeln, aber nichts schreit zurück, es gibt nur noch den Wind in ihrem Gesicht und sein Rauschen, das Rauschen des Fahrtwinds.

Gut gemacht, Vögel! schreit sie aus dem Fenster. *Diese Straße ist besonders gut geteert!* Sie hält das Steuer mit beiden Händen fest und grinst alles um sich herum an. *Knalliger Briefkasten! Perfekte Beschilderung! Hübsche Flecken, ihr Kühe! Sehr schöne Bäume! Die Wolke da lacht mich an! Schönes Blau, Himmel!*

Agatha will ihre Brille zurechtrücken, und sie ist nicht da. Sie sieht sie im Geiste auf dem Waschbecken der Tankstellentoilette liegen. Sie versucht, nicht zu blinzeln, und reißt die Augen immer weiter auf, sodass die kühle Luft ihre Augäpfel trifft.

Sie sieht ein Schild am Straßenrand. *Oh!* sagt sie und bringt das Auto quietschend zum Stehen. *The Great Australian Pub* steht auf dem Schild, das in einen langen, geraden Sandweg weist, der unendlich wirkt. Sie schaut auf der Karte nach.

Agatha schluckt. Sucht den Blinker. Betätigt ihn. *Hübsches Klicken, Blinker,* flüstert sie. Und biegt links ab.

KARL DER TASTTIPPER

Also, Millie, wir werden sterben, sagt Karl. Sie sind schon den ganzen Tag lang in Richtung Süden unterwegs. Die Sonne scheint immer noch heiß und hell über ihren Köpfen, und ihre Wasservorräte gehen zur Neige.

Das hab ich ja die ganze Zeit gesagt, sagt Millie.

Nein, ich meine eher früher als später. Wolltest du das, Agatha Pantha? fragt er in Richtung Himmel. *Du Mörderin.* Seine Stimme hat keinen Widerhall, sie verschwindet einfach in der Weite der flachen Landschaft. *Ich habe solchen. Durst.*

Er hält Manny vor sich und schaut ihm tief in die Augen. *Nicht wahr, Manny? Du verstehst mich. Ich hasse dieses Land. Australien. Was ist das denn für ein Name? Es ist zu trocken. Und eintönig. Und es hört überhaupt nicht auf, Manny.* Er tritt die Erde mit Füßen. *Ich hasse diese Erde. Sie ist dreckig. Wer mag schon Dreck? Niemand. Keiner. Ich hasse diesen Himmel. Ich hasse dieses Buschland. Wie soll man hier draußen überleben?* Er kniet nieder und stützt sich dabei auf Manny. HIER DRAUSSEN IST NICHTS, schreit er und vergräbt seinen Kopf an Mannys Brust.

Los, weiter, sagt Millie.

Karl steht auf und geht weiter. *Wir werden es bis morgen nicht nach Melbourne schaffen, Millie.*

Werden wir wohl.

Das schaffen wir nie.

Wir schaffen es.

Es ist unmöglich.

Du weißt auch nicht alles, sagt Millie und bleibt plötzlich stehen. *Ist das da hinten der Pub?* fragt sie und zeigt mit dem Finger.

Er kneift die Augen zusammen und schaut in die Richtung, in die ihr Finger zeigt. *Veräppel mich nicht, Millie. Ich habe großen Durst. Ich glaube, ich dehydriere langsam. Weißt du, was das bedeutet? Das ist der erste Schritt auf dem Weg zum Tod.*

Da hinten ist ein Pub, sagt Millie und hält die Karte hoch. *Der, von dem uns Captain Everything erzählt hat.*

Also, ich kann nichts erkennen. Karl legt eine Hand auf Millies Stirn, um ihre Temperatur zu prüfen. *O Gott,* sagt er. *Die Hitze macht dir zu schaffen. Schon gut, Millie. Alles wird gut.* Er will sie hochheben, um sie zu tragen, aber sie wehrt sich.

Mir geht's gut. Millie reißt sich los.

Spar dir deine Kräfte, Millie, sagt Karl.

Millie geht voraus. *Ich sag doch, es geht mir gut.*

Warte, sagt Karl. In der Ferne hört man ein Rumpeln. *Was ist das?* Ein weißer Geländewagen fährt in etwa anderthalb Kilometern Entfernung dröhnend einen Sandweg entlang und zieht eine Staubwolke hinter sich her, sodass es aussieht, als würde er auf einem roten See Wasserski fahren. *Ein Auto,* sagt Karl. *Da ist ein Auto, Millie. Leute.*

Das Fahrzeug wird langsamer und hält dann an. Der Staub legt sich, wird wieder in die Landschaft eingesogen, so als würde sie ein- und ausatmen. In dem Moment wird Karl klar, dass er ein Gebäude vor sich hat. *Ist das …* Karl schließt die Augen und macht sie wieder auf. Es ist noch da. *Millie, das ist ein Pub,* ruft er hinter ihr her. Karl hebt Manny hoch und küsst ihn auf den Mund. *Wir sind gerettet.*

Karl war noch nie so froh über den Anblick eines Gebäudes. Es ist aus braunem Holz und wirkt irgendwie klobig und pompös, wie ein Spielzeug, das ein Riesenkind aus altem Krimskrams zusammengeklebt hat. Auf einem Schild auf dem Dach steht in großen runden Buchstaben: *The Great Australian Pub.*

Das ist es, sagt Millie und verschwindet im Gebäude, allerdings nicht, ehe sie mit dem Finger HIER BIN ICH MUM in den Sand geschrieben hat.

Karl hat von den Männern gehört, die sich an solchen Orten aufhalten. Ledern und kampflustig, mit dicken Händen und Augen, die wegen der vielen Sonne dauerhaft zusammengekniffen sind. Ihre Sätze bestehen aus wenigen, von Schimpfwörtern eingerahmten Substantiven und Verben.

Er macht sich auf eine Saloon-Szene gefasst. Er wird die Tür aufstoßen, und alle werden die Köpfe drehen und ihn anstarren, die Musik wird verstummen, irgendwo wird ohne ersichtlichen Grund ein Glas zu Bruch gehen (wer wird ihn eigentlich im Film spielen? Ihm ist gerade wieder eingefallen, dass Paul Newman tot ist. Ist überhaupt jemand, den er kennt, noch am Leben?), und voller frisch erwachtem Selbstbewusstsein wird er eintreten, mit breiten, echten Männerschultern, stolzgeschwellter Brust und schweren Männerschritten; die Männer drinnen erkennen einen Aufschneider sofort, aber er ist Ein Echter Mann, er hat Dem Tod Ins Auge Geblickt und ihn besiegt! Er hat den Tod übers Ohr gehauen! Er ist Ein Mann! Er ist Everybody! Ein Mann! Seht euch diesen Mann an! Er wird mit zwei, drei Schritten zur Theke gehen, einen Barhocker herausziehen, seinen Männerarsch darauf pflanzen, mit seiner Männerfaust auf die Theke hauen und einen doppelten Irgendwas (was würde Paul Newman trinken?) bestellen – nein, nicht bestellen, verlangen –, und der gesamte Pub wird ihn anstarren, und dann wird er sich zum Barkeeper hinüberbeugen und sagen – mit leiser, rauer Stimme, denn jemand, der Macht besitzt, hat es nicht nötig, laut zu sprechen – *oder lieber gleich einen dreifachen.* Werden dann alle den Atem anhalten? Kann schon sein. Aber er wird es nicht hören, denn er ist zu sehr damit beschäftigt, Ein Mann zu Sein. Und dann werden die anderen Männer sich über seine Anwesenheit freuen, ihm die Hand schütteln oder ihn abklatschen oder was immer man machte, und dann werden sie über Männerthemen reden, zum Beispiel über Werkzeuge und Landwirtschaft und Pin-ups und viele andere Sachen, über die er mit der Zeit alles Nötige erfahren wird.

Aber als er die Tür öffnet, wird ihm klar, dass er es nicht mit drei Schritten bis zur Theke schaffen wird.

Karl, wieso machst du so große Schritte? flüstert Millie.

Was? flüstert Karl zurück. *Sieht das albern aus?*

Ja, sagt sie.

Er geht mit normalen Schritten zur Theke. Eine Wand ist mit Nummernschildern aus ganz Australien bedeckt, wie ein Friedhof für abgelaufene Zulassungen. Im Raum verteilt sind fünf Großbildfernseher, und auf allen läuft das gleiche Footballspiel. Der Raum ist dunkel und mit Teppichen ausgelegt. Die Decke ist niedrig. Die Luft ist dick. Staubkörner tanzen in den wenigen Sonnenstrahlen, die hereinfallen.

Zwei Männer sitzen an der Theke und unterhalten sich, und sie nehmen ihn kaum wahr. Der Barkeeper poliert Gläser und nickt in seine Richtung. Karl erwidert das Nicken. *Er weiß Bescheid,* denkt er. *Er weiß, dass ich Ein Mann bin.* Karl zieht einen Barhocker heraus. Er schrappt laut über den Boden. Karl schaut den Barkeeper an. *Pardon,* sagt er entschuldigend und macht etwas mit seinem Gesicht, das er sonst nicht macht. Etwas sehr Weibliches, so viel spürt er. Er hasst sich jetzt schon. Karl lehnt Manny an die Theke. Der Barkeeper zieht die Augenbrauen hoch. Karl will sich auf den Barhocker setzen, aber die Aufmerksamkeit, dieser ganze Druck, Ein Mann zu Sein, macht ihn nervös, und er verpasst den Hocker und fällt rückwärts auf den Allerwertesten; Manny fällt polternd auf ihn drauf, und der ganze Krach kommt zusammen und hallt von allen Wänden wider.

Aber das ist nicht das Schlimmste. Das Schlimmste ist der Laut, den Karl ausstößt, der Karls Kehle unfreiwillig entfährt wie ein Vulkan, der giftiges Gas freisetzt, das sich über Jahrhunderte angestaut hat – ein Laut, wie ihn nur Sehr Alte Männer machen, wenn sie bis zum Äußersten gefordert werden: *Ugggggrrhhhh hhh.* Es ist der schrecklichste Laut, den er je von sich gegeben hat, er ist sich nicht einmal sicher, ob er ihn wiederholen könnte, und er hört ihn so, als stünde er neben seinem eigenen Körper.

Karl bleibt einen Augenblick lang auf dem Boden liegen und denkt über den kleinen, aber befriedigenden Moment in seinem Leben nach, als die Männer hier ihn für Einen der Ihren gehalten haben. Er lässt Mannys Nase an seiner eigenen Nase liegen, schließt die Augen und atmet tief.

Alles in Ordnung, Kumpel? sagt eine Stimme von oben.

Ja, könn' wir helfen, Mann? sagt eine andere Stimme.

Und plötzlich sitzt er mit zwei Männern (Männern!) an der Theke, und sie schlagen ihm auf die Schulter und lachen und bestellen ihm einen Drink und fragen, *Was hat Sie denn hierher verschlagen?* Und Karl kriegt das Grinsen gar nicht mehr aus seinem Gesicht.

MILLIE BIRD

Millie sitzt mit dem Rücken an Karls Hocker gelehnt und spielt mit dem Saum von Mannys Shorts. Manny ist so positioniert, dass er mit dem Rücken an der Theke lehnt. Die Männer sagen Sachen über Football, und Karl versucht, mitzureden. *Ja,* hört sie Karl sagen. *Dieser junge Mann hätte nicht durch den anderen jungen Mann ausgewechselt werden sollen.*

Millie greift in ihren Rucksack, um etwas zu essen herauszuholen, aber ihre Hand stößt auf ein gefaltetes Blatt Papier, das zwischen den Müsliriegeln steckt. *Captain Funeral,* steht darauf. Sie faltet es auseinander.

Liebe Captain Funeral
An dem Tag, an dem du ausgestiegen bist, hatten wir einen verpassten Anruf vom Telefon deiner Mum. Jemand hat eine Nachricht hinterlassen. Allerdings nicht deine Mum. Ich habe sie mir sechzehnmal angehört, um sicherzugehen, dass ich alles richtig aufgeschrieben habe. Ich habe sie in eine Sprechblase geschrieben, damit du weißt, dass ich nicht derjenige bin, der spricht.

Mills, Liebes, hier ist Tante Judy. Wo bist du denn, Liebes? Wir suchen dich. Deine Mum ist, also, es geht ihr nicht so gut, Liebes. Sie ist weggeflogen. Ich habe Onkel Leith zu euch rausgeschickt, um dich zu holen, aber du warst nicht da. Er hat extra die lange Fahrt gemacht. Wo bist du, Liebes? Sag einfach einem Polizisten Bescheid und bleib, wo du bist, dann holen wir dich ab. Okay, Liebes? Okay?

Tut mir leid, dass ich dir das nicht gesagt habe. Ich hatte Angst, dich traurig zu machen. Du kannst dir ab und zu meine Mum ausleihen, wenn du willst.

Mit freundlichen Grüßen
Captain Everything
Superheld
Indian Pacific

Millie faltet den Brief wieder zusammen und steckt ihn zurück in den Rucksack. Sie hält sich den Bauch.

Und dann hört sie: *Hi.*

Millie beugt sich vor und schaut um Mannys Bein herum. An einem der anderen Hocker sitzt ein Mädchen im Schneidersitz. Sie ist ungefähr in Millies Alter und trägt ihr glattes schwarzes Haar zum Pferdeschwanz gebunden. Vor ihr liegt eine Schachtel Streichhölzer. Sie reißt eins an und schaut zu, wie es abbrennt.

Hi, sagt Millie zurück und beäugt die Flamme.

Wer ist das? fragt das Mädchen, als die Flamme erloschen ist.

Das ist Karl, sagt Millie.

Nein, sagt das Mädchen, *nicht der.* Sie zeigt mit dem abgebrannten Streichholz auf Manny. *Der da.*

Ach so, sagt Millie. Sie räuspert sich. *Manny. Er ist tot.*

Das Mädchen zieht eine Augenbraue hoch. *Er ist aus Plastik.*

Ja, sagt Millie. *Tote verwandeln sich in Plastik. Und man ver-*

wendet sie in Läden, um Kleider zu verkaufen. Sie schaut auf ihre Finger. *Glaub ich jedenfalls.*

Das Mädchen schaut sie lange an. *Du bist komisch,* sagt sie schließlich.

DU *bist komisch*, sagt Millie.

Als mein Onkel gestorben ist, hat mein Dad ihn verbrannt. Das Mädchen zündet noch ein Streichholz an. *Dann haben wir ihn ins Meer geworfen.*

Herzliches Beileid, sagt Millie leise.

Tote stinken, deshalb muss man sie verbrennen, sagt das Mädchen und schaut Millie an. *Weiß ich jedenfalls.*

Kommt drauf an, wie man es betrachtet, sagt Millie unsicher.

Kommt es nicht. Das Mädchen kriecht zu Millie hinüber und starrt sie an. Sie zündet ein Streichholz an und hält es zwischen sie beide. Die Flamme wirft tanzende Schatten auf ihr Gesicht. *Komm, wir verbrennen ihn,* sagt sie und grinst. *Wenn er sowieso tot ist.*

Millie spürt ein Gewicht im Magen. Sie schaut die Flamme an, bis sie ausgeht. Sie schaut hinter sich zu Karl, der lacht und mit einer so tiefen Stimme, wie sie sie noch nie bei ihm gehört hat, eine Geschichte erzählt. Sie schaut wieder zu Manny.

Wovor hast du Angst? fragt das Mädchen und schaut Millie mit schief gelegtem Kopf an.

Vor nichts, sagt Millie. *Ich hab vor gar nichts Angst.* Aber das stimmt nicht, denn sie hat Angst vor allem, und sie spürt das ganz tief in ihrem Bauch.

DER ABEND VOR DEM ERSTEN TAG DES WARTENS

Nach dem Tod ihres Vaters benahmen sich die Leute in der Stadt so, als hätten sie Millie lieb. *Ja, Millie,* sagten sie. *Arme Kleine,* sagten sie. *Hier ist ein Lutscher für dich,* sagten sie. Aber sie wusste, es war nur, weil ihr Dad tot war und die Leute entweder

1. froh waren, dass ihr eigener Dad nicht tot war, sich das aber vorstellten, es sich aber nicht vorstellen konnten,
2. oder ihr eigener Dad auch tot war.

Also gaben ihr die Frauen im Bioladen alle leeren Marmeladengläser, die sie hatten, und der Mann im Haushaltswarenladen schenkte ihr so viele Teelichter, wie sie wollte, und sie fragte ihre Mutter, während sie an die Schlafzimmerwand starrte, *Wann wurde Dad geboren?* Aber ihre Mum gab keine Antwort, also fragte Millie die Frau in der Bücherei, die bestimmt der älteste Mensch der Welt war, und sie schauten die alten Schulfotos im Archiv durch, um es herauszufinden, und sie fanden eins von ihrem Dad, auf dem sein Gesicht schlanker, klarer und strahlender aussah, aber es war ganz sicher ihr Dad, und als es dunkel war, schlich sie sich an ihrer Mutter vorbei, die im Dunkeln in Unterwäsche auf dem Sofa lag und Fernsehen guckte. Es war ein heißer, stickiger Abend, und es lief ein Kricketspiel, aber ihre Mum mochte Kricket nicht, daher wusste Millie, dass ihre Mum nicht wirklich hinschaute, allerdings mochte ihr Dad Kricket, und vielleicht schaute sie es sich deshalb an. Die Gläser klirrten in Millies Rucksack, aber ihre Mum rührte sich nicht, sie hatte sich den ganzen Tag lang nicht gerührt, außer als Millie ihr eine Schale Weintrauben aus dem Kühlschrank gebracht hatte, da hatte sie Millie den Kopf getätschelt, aber als Millie im Dunkeln an ihr vorbeiging, waren alle Weintrauben noch da.

Also schlich sich Millie nach draußen und ging zu dem Baum auf dem unbebauten Grundstück. Sie kletterte im Baum hoch und runter und band an jeden Ast ein Schraubglas mit einem brennenden Teelicht darin. Als sie damit fertig war, ordnete sie auf der Erde vor dem Baum ein paar Teelichter so an, dass sie das Wort *DAD* ergaben. Darunter stellte sie alle übrigen Teelichter in einer langen Reihe auf. Es war der längste Bindestrich, den sie je gemacht hatte.

Millie zündete alle Kerzen an und setzte sich ins Gras. Sie lag auf dem Bauch und machte mit den Händen ein Kopfkissen, auf das sie ihr Kinn bettete. Das Gras knackte unter ihr und piekte sie. Es war ein trockener, heißer Sommer gewesen. Die Kerzen im Baum schaukelten sanft, und die auf dem Boden flackerten. Am Himmel standen Sterne, und jetzt sah es so aus, als wären auch Sterne im Baum und auf der Erde, so als hätte Millie die ganze Welt in einen Sternenhimmel verwandelt. Sie stand auf und wanderte durch diesen Himmel, und sie fragte sich, ob ihr Dad wohl dasselbe tat, dort oben, weit weg.

Ein Windstoß fegte durch die Straße, so wie vor ein paar Monaten, als sie die Spinne in der Hand hielt. Sie hörte die Gläser im Baum klimpern, sie sah, wie ein paar der Teelichter am Boden umgeweht wurden, und sie ging stolpernd rückwärts, als sie sah, wie das Gras Feuer fing. Zuerst war das Feuer ganz klein, aber dann wurde es groß, und schließlich war es riesengroß, und das ganze Grundstück stand in Flammen. Millie blieb dort stehen. Sie schaute zu, wie es passierte, schaute zu, wie der Nachthimmel verschwand. Sie wich zurück bis zum Bürgersteig. Die Hitze tat weh auf der Haut, glühende Asche flog umher, Gläser knackten und platzten. Also rannte sie los, rannte einfach weg. Sie kam zu einem Baum weiter unten in der Straße und kletterte bis in die Spitze hinauf. Die Straße erwachte, und Leute kamen heraus mit Wassereimern und Schläuchen, und die Feuerwehr kam, und Millie beobachtete alles von ihrem geheimen Aussichtspunkt, und niemand wusste, dass sie da war. Als es wieder hell war, ging Millie nach Hause, denn man ging immer wieder nach Hause, oder? Die Polizisten hatten ihren Rucksack in der Hand, und ihre Mum schaute Millie an, als wäre ihre Mum nur eine Zeichnung, und Millie hatte Bauchweh und wusste nicht, wie sie sagen sollte, dass es ihr leid tat, weil es das Schlimmste war, was sie je getan hatte.

◆

Also? sagt das schwarzhaarige Mädchen. Es geht so schnell, das Mädchen zündet ein Streichholz an, es brennt so hell, und sie hält es an Mannys Hemd, und Millie will Nein sagen, aber es ist schon zu spät, und das Mädchen steckt Mannys Hemd in Brand.

Millie steht auf und weicht zurück, und das Feuer kriecht an seinem Hemd hoch, *babumm babumm babumm*, die Flammen steigen höher, und es ist der Baum, aber dann rennt sie zu ihm, sie weiß nicht, wie man ein Feuer löscht, sie wedelt mit den Armen, sie bläst darauf, und das Feuer ist heiß an ihrer Haut, und sagt sie, *Dad?* Sie weiß es nicht mehr. Aber es ist ihr Dad, **ES IST IHR DAD**, und sie schaut das Feuer an und rollt sich zu einer Kugel zusammen, **TUTMIRLEIDMUMTUTMIRLEIDMUMTUTMIR LEIDMUM**, und sie hustet und hustet und hustet.

KARL DER TASTTIPPER

–

Millie liegt hustend auf dem Boden. Sie schaut zu Karl hoch, und es zerreißt ihm das Herz. Gibt es etwas Schlimmeres als Angst in den Augen eines Kindes? Manny steht in Flammen, IN FLAMMEN, und der Barkeeper spritzt ihn ab, und das Feuer ist aus. Und da ist noch ein anderes kleines Mädchen – wo zum Teufel kommt die her? Wieso sind plötzlich überall kleine Mädchen? –, und sie hat Streichhölzer in der Hand, aber Karls Gehirn erkennt den Zusammenhang noch nicht, und er kniet sich neben Millie, die hustet und weint, und legt eine Hand an ihre Wange und schaut dann zu dem kleinen Mädchen hinüber und sagt, *Was hast du getan?* Er weiß, er sollte keine kleinen Mädchen anschreien, vor allem keine, die er nicht kennt, aber es passiert einfach, und sie fängt auch an zu weinen, aber es ist ihm egal, und dann sagt einer der Männer, *Jetzt mal langsam, Kumpel, das ist meine Tochter,* und Karl weiß, dass der Kumpel in diesem Fall ironisch gemeint ist, und er würde das Wort auch gern so benutzen – hat er es je zuvor so benutzt? Hat er es überhaupt schon einmal benutzt? Also steht er auf und geht zu dem Mann, und Karl ist größer als er, und das ist doch immerhin etwas, oder? Und er sagt, *Also, Kumpel* – mit extra Betonung auf Kumpel, und das Wort fühlt sich toll an auf seinen Lippen, er wird das auf jeden Fall noch mal so sagen, wenn er das hier überlebt – und dann sagt er, *Wenn deine Tochter nicht so kriminell wäre, dann wäre das nicht nötig gewesen.*

Und dann legt Scotty oder Jonesy oder Crusher oder wie auch immer der Mann heißt, mit dem er eben noch lachend einen getrunken hat, seine Hände um Karls Hals, und Karl zerrt an den Händen, würgt und keucht, schafft es aber, dem Mann ein wackeliges Knie in den Bauch zu rammen. Der Mann krümmt sich, ein Barhocker fällt polternd um, und Karl legt seine Hände an seinen eigenen Hals – er hat gar nicht gewusst, wie es sich anfühlt, gewürgt zu werden, und er ist dankbar für diese Erfahrung – und sagt: *Tut mir leid, Kumpel.* ScottyJonesyCrusher schaut zu ihm hoch und knurrt ihn an – knurrt ihn an? Ja, eindeutig, er knurrt – und holt aus, und Karl weicht irgendwie zur richtigen Seite aus, und sie stolpern unelegant durch das Pub, ScottyJonesyCrusher jagt Karl, und Karl hat das Gefühl, jedem Schlag auszuweichen, Stühle und kleine Kinder zu überspringen, Tische als Schild zu benutzen, aber wenn er ganz ehrlich ist, dann ist ScottyJonesyCrusher einfach ein bisschen zu plump und zu pummelig, deshalb kann man ihm leicht ausweichen. Dann, in einem Moment der Unaufmerksamkeit – alle großen Männer haben solche Momente, oder? – vergisst er, sich zu ducken, und ScottyJonesyCrusher packt Karls Hemd und zieht ihn zu sich heran, und die beiden verhauen sich ein bisschen gegenseitig, rudern mit den Ellbogen und dreschen wild mit den Händen um sich, so als würden sie lebendig begraben und versuchten, sich freizuschaufeln.

Ein weißer Schaum spritzt von irgendwo auf sie herunter und bedeckt sie beide, und sie lassen voneinander ab, husten und spucken und husten und spucken. Karl taumelt rückwärts und wischt sich mit beiden Händen den Schaum aus den Augen. Die Schnittwunde an seiner Hand ist bei dem Kampf wieder aufgegangen. Blut sickert heraus, und Karl ist ein bisschen benommen, aber dann schaut er hoch, und durch einen Film aus Schaum und rotem Staub und Schweiß sieht er Agatha Pantha. Mit wirrem Haar und schwer atmend hält sie einen Feuerlöscher in den Händen, so roh und animalisch, als kämpfe sie in einem unbarmherzigen Krieg; sie präsentiert den Männern das Gerät wie den blutigen Kopf von jemandem, den sie kannten, jemandem, der auf ihrer Seite ist, ganz so, als wären die beiden als Nächstes dran.

Sie sieht so total unglaublich aus, dass Karl die Augen gar nicht mehr abwenden kann.

Was hast du angestellt? will Agatha von ihm wissen.

Und über allem, was hier los war, hat er Millie ganz vergessen, wie konnte er Millie vergessen? Er zeigt auf das andere kleine Mädchen, das hinten in der Ecke unter einem Tisch hockt und immer noch weint, und sagt, *Frag sie.* Millie liegt noch neben der Theke auf dem Boden, ihr winziger Körper, ihr winziger Körper, und er denkt an Evie, an ihren winzigen Körper, *Ich werde immer hier sein, Evie,* aber ScottyJonesyCrusherPummelchen sagt, *Jetzt mal langsam, Kumpel,* und stürzt sich wieder auf Karl, geht in die Knie, packt Karl an der Taille und stößt ihn gegen eine Wand. Agatha richtet erneut den Feuerlöscher auf sie. Mit so viel Haltung, wie er aufbringen kann, steht Karl auf, wischt sich mit dem Ärmel das Gesicht ab und sagt, *Ich bin nicht dein Kumpel, Kumpel.*

Oh, Schluss jetzt! brüllt Agatha. *Klappe alle miteinander! Sie da!* Sie zeigt auf den Barkeeper. *Geben Sie mir kaltes Wasser!* Der Barkeeper schaut sie blinzelnd an. *Na, wird's bald?*

Der Barkeeper vollführt einen kleinen Hüpfer auf der Stelle, macht sich hinter der Theke zu schaffen und reicht ihr dann zwei große Flaschen Wasser.

Nimm sie, sagt Agatha zu Karl, also nimmt er dem Barkeeper die Flaschen ab und lächelt ihn verkniffen an.

Mit einem Grunzer beugt sich Agatha hinunter und hievt sich Millie auf die Schulter. *Alles tut weh,* sagt Millie hustend.

Ich weiß, sagt Agatha und geht in Richtung Ausgang. Karl geht mit schlurfenden Schritten vor, stellt die Wasserflaschen auf dem Boden ab und drückt die Tür mit der Hüfte auf. Agatha schaut ihn nicht an, als sie an ihm vorbeigeht.

Karl folgt ihr zum Parkplatz und bleibt stehen, als sie eine Autotür öffnet. *Wem gehört der denn?*

Agatha scheint es nicht gehört zu haben, oder wenn doch, ignoriert sie seine Frage. Sie legt Millie auf den Rücksitz und dreht sich zu Karl um. *Wasser,* sagt sie schroff, streckt eine Hand aus und schnippt mit den Fingern. Karl reicht ihr eine Flasche, und sie greift danach. Er schaut durchs Fahrerfenster zu, wie Agatha Millie die Flasche an die Lippen drückt. *Trink, Millie,* sagt sie. *Dann geht's dir gleich viel besser.*

Millie nimmt das Wasser, trinkt ohne viel Federlesens und schließt die Augen.

Karl erinnert sich an die Angst in ihren Augen, und sein Beschützerinstinkt wallt in ihm auf. *Alles wird gut, Nur Millie.*

Agatha schlägt die Autotür zu und fängt an, Karl zu verprügeln.

He, sagt Karl und hebt beide Arme, um sich zu schützen.

Du hättest auf sie aufpassen müssen!

Du hast gut reden.

Agatha hebt einen Ast vom Boden auf und geht damit auf ihn los, bereit zum Schlag.

He, sagt Karl und versteckt sich hinter einem Baum. *Moment mal. Du musst damit aufhören. Hör sofort auf! Du bist* SCHRECKLICH. *Hörst du? Du bist der ruppigste Mensch, den ich kenne. Ich wette, dein Mann ist mit Absicht gestorben.*

Karl ist schockiert von sich selbst. *Scheiße. Scheiße Scheiße Scheiße Scheiße. Agatha. Ich hab's nicht so gemeint, es ist mir so rausgerutscht –*

Agatha fängt an zu schreien. Keine Worte, nur einen Ton; er scheint tief aus ihrem Bauch zu kommen,und sie schreit ihn heraus; Karl hält sich die Ohren zu, weil es so laut ist, aber es ist nichts da, was einen Widerhall erzeugen könnte, daher wird der Schrei einfach verschluckt und verebbt im Himmel.

Agatha stapft zu Karl herüber. Sie stellt sich vor ihn hin, ganz nah. Er spürt ihren Atem am Hals. So stehen sie da und schauen sich an, direkt in die Augen. Karl hat keine Ahnung, was sie als Nächstes tun wird; der Gedanke lässt ihn erschaudern. Wütend ist sie immer, aber so hat er sie noch nie erlebt, und er weiß nicht, wozu sie fähig ist. Sie wirft den Ast über Karls Kopf hinweg und packt ihn mit beiden Händen am Nacken, und er will schreien, aber sie verschließt seinen Mund mit ihren Lippen und küsst ihn, fest und entschlossen und ganz und gar.

Es ist kein langer Kuss. Er ist kurz und rau und trocken, aber es ist dennoch ein Kuss. Agatha wirft den Kopf zurück, verschränkt die Arme und schaut ihn funkelnd an. Karl starrt mit offenem Mund zurück.

So! schreit Agatha. Sie macht auf dem Absatz kehrt und stapft zum Auto zurück.

◆

Agatha fährt mit ihnen einen Sandweg entlang. Karl betrachtet die Staubwolke hinter ihnen, die den Eindruck erweckt, als stieße der Wagen Raketenqualm aus, als sause er mit Düsenantrieb über den Boden. Er dreht sich noch weiter nach hinten um und schaut Millie an. Sie schläft tief und fest, auf der Seite liegend, mit Mannys neuerdings geschmolzenem Arm um ihrer Taille.

Die Welt ist zu kompliziert für Millie, und er weiß nicht, wie er ihr das erklären soll. Er würde sie sich am liebsten auf den Rücken schnallen und ihr lauter schöne Sachen zeigen. Neben ihr herlaufen, während sie auf Ziegelsteinmauern balanciert, und ihr zeigen, dass in allem Musik ist, wenn man nur die Augen zumacht und sich die Noten im Kopf anschaut, und ihr sagen, wie zufrieden es einen machen kann, ein Buch, das man soeben gelesen hat, zurück ins Regal zu stellen, und Wörter, er möchte ihr schöne Wörter zeigen, damit sie sieht, wie viel Schönheit auf einem Blatt Papier sein kann. Und er möchte ihr alles Gute zeigen, und er will nicht, dass sie je, je, je etwas Schlechtes sehen muss.

Er dreht sich zurück nach vorne. *Wo hast du das Auto her?* fragt er.

Agatha gibt keine Antwort.

Er zieht den Knopf vom Türschloss hoch und drückt ihn wieder herunter, zieht ihn hoch, drückt ihn herunter. Er denkt an Den Kuss. Ihm ist noch nie etwas passiert, das dermaßen sexy war. Bier, Dreck, ein Faustkampf und dann eine Frau, die ihn am Nacken packt und ihn vor allen Leuten auf den Mund küsst. Und wie sie das Lenkrad hält – als würde sie es wirklich **FESTHALTEN, WIE JEMAND, DER WEISS, WIE MAN ETWAS FESTHÄLT**, und wie sie auf die Straße schaut, mit stählernem Blick, als wäre sie auf alles gefasst, auf ein Känguru, eine Schlange oder das Jüngste Gericht. Und wie sie keinen Mucks macht, wenn sie ein Kaninchen überfährt, und wie sie ihre Bluse zugeknöpft hat, bis ganz oben, so als käme niemals, nie und nimmer, jemand dort hinein.

Agatha schaut zu ihm hinüber, und er zwinkert ihr zu. *Was ist mit deinem Auge?*

Nichts, sagt Karl. Er starrt aus dem Fenster und spürt das sanfte Rumpeln des Autos an den Beinen. *Hier draußen ist wirklich rein gar nichts, oder?* Er drückt das Gesicht an die Fensterscheibe.

Agatha antwortet nicht sofort. Sie schaut weiter auf die Straße und hält mit beiden Händen das Lenkrad fest. Aber dann: *Alles ist hier draußen,* entgegnet sie.

MILLIE BIRD

Als Millie aufwacht, steht das Auto, es ist dunkel, und die Türen gehen auf und wieder zu.

Sie wird
KNALL
Lass uns einfach
Nur kurz
KNALL
Einverstanden?

Karl öffnet die hintere Tür und legt ein Handtuch über Millies Beine.

Sind wir in Melbourne? fragt Millie.

Nein, Millie, sagt Karl.

Karl umarmt sie, und es fühlt sich an, als würde ihr Dad sie umarmen, und sie flüstert, *Hab ich ihn geträumt?* und Karl sagt, *Wen?* und Millie sagt: *Hab ich ihn erfunden?,* denn sie ist sich sicher, dass es so war, aber Karl sagt, *Nein, Millie,* und dann, *Wir sind gleich wieder da, Nur Millie,* und er macht die Tür zu, und es ist ganz dunkel, und sie sagt: *Bin ich tot?* Aber es kommt keine Antwort, denn sie sind schon weg, alle gehen ständig weg, und ihre Frage hängt einfach vor ihr in der Dunkelheit, wie ein Skelett in einem Geisterhaus, und sie setzt sich auf und schaut ihnen nach, wie sie weggehen, und dann presst sie Manny dicht an sich und macht ganz fest die Augen zu.

AGATHA & KARL

Am Morgen (oder fast), Agatha-Standardzeit: Die Sonne geht auf. Der Moment, wenn weder Nacht noch Tag ist. Heute verpasst Agatha ihn nicht. Sie hören, wie das Meer an die Klippen schlägt. Im Buschland, ein paar hundert Meter vom Auto entfernt, stehen sie einander gegenüber und schauen sich an.

Karl legt eine Hand an Agathas Wange. Es fühlt sich gar nicht unangenehm an. *Deine Wange ist weich!* schreit er plötzlich.

Agatha lächelt. *Deine Hand fühlt sich gut an!* schreit sie zurück.

Ich lege jetzt meine andere Hand auf deine andere Wange! schreit Karl.

Das wäre schön!

Karl tritt einen Schritt näher und nimmt Agathas Gesicht in seine Hände. Er kann sie nicht richtig sehen, weil es noch dunkel ist und seine Augen schlecht sind, aber er spürt ihre Wärme, und ihre Haut fühlt sich unter seinen Händen wunderschön an. *Du riechst gut!* schreit er.

Sie schreit zurück: *Ich finde, du solltest dein Hemd ausziehen!*

Er tritt zurück und knöpft sein Hemd auf. *Du solltest deine Jacke ausziehen!* schreit er und wirft sein Hemd zur Seite.

Agatha knöpft ihre Kostümjacke auf und lässt sie auf sein Hemd fallen. *Dünne Arme!* schreit sie ihm zu.

Ja! schreit er und schaut an ihnen hinunter. Er hebt den Blick wieder. *Weicher Hals!*

Unterhemd! schreit sie.

Er zieht sich das Unterhemd über den Kopf und wirft es zu den anderen Sachen auf den Boden. Seine Haare stehen spitz vom Oberkopf ab. *Bluse!*

Ich kann deine Rippen sehen! schreit sie, während sie ihre Bluse aufknöpft. *Schuhe!*

Ich kann deinen BH-Träger sehen! schreit er, während er sich bückt, um seine Schnürsenkel aufzuknüpfen. *Schuhe!*

Relativ harmlose Brust! Socken!

Ich möchte gern deine Füße streicheln! Strümpfe!

Ich würde gern meinen Kopf an deine Brust legen! Hose!

Kräftige Waden! Rock!

Und dann stehen sie beide in Unterwäsche da. Beide scheinen sich vor dem Anblick des anderen zu erschrecken. Das Licht um sie herum wird langsam wärmer. Sie erkennen allmählich mehr als nur verschwommene Umrisse voneinander.

Karl steht vor Agatha und hat nichts an außer seinen Boxershorts. Er ist so dünn, und auf seiner Brust sprießen vereinzelte Haarbüschel. Seine Haut hängt an den Armen, um die Brustwarzen herum und an den Ellbogen in traurigen Halbkreisen herab, so als würde jemand sie nach unten ziehen. Agatha bewegt sich auf ihn zu, bis sie ihm so nah ist, dass sie sehen kann, wie die Haare auf seiner Brust sich bei jedem ihrer Atemzüge hin und her wiegen.

Agatha lässt zu, dass Karl sie anschaut. Überall sind Klumpen, Wülste und Röllchen, und dieses ganze Fleisch erweckt in ihm den Wunsch, sein Gesicht darin zu vergraben. Sie trägt einen BH, der es ernst meint, einen, den man vermutlich an einem LKW befestigen könnte, um ihn daran aus dem Schlamm zu ziehen, wenn man stecken geblieben war. Ihr Bauch wölbt sich über den Rand ihres Slips, an den Seiten quillt Fett aus ihrem BH.

Unter einigen Schwierigkeiten setzt sie sich auf den Boden und streckt die Beine vor sich aus. Karl macht unter ungefähr genauso großen Schwierigkeiten das Gleiche. Sie beugen sich einander entgegen, ihre Gesichter schweben aufeinander zu, bis sie ganz nah sind. Beide entdecken noch mehr Falten im Gesicht des anderen. Agatha bemerkt mehr Haare in seinen Ohren als angenommen. Karl bemerkt ein Haar an Agathas Kinn. Sie schließen die Augen und küssen sich.

Und dann tun sie ES, denn selbst alte Leute nennen es ES.

Es ist nicht besonders stilvoll, auch nicht so, dass man es gerne im Close-up sehen würde. Nichts funktioniert, wie es sollte, sie bekommen roten Sand in die Nase und müssen kurz unterbrechen, um ihn auszuschnauben, und Agatha behält ihren BH an, denn es war ein großer Tag voller neuer Erlebnisse, und irgendwann ist es mal genug, und sie müssen erst einmal feststellen, welche Körperteile noch funktionieren und welche nicht; sie brauchen beide viel Zeit, um den anderen zu begreifen. *Ist das gut so?* sagt Karl, und *Ist das gut so?* sagt Agatha, und es ist zu langsam, und zu schnell, und sie kriegen es nie richtig hin, es ist nicht gut, aber auf seine Art ist es warm und aufregend, und Karl stößt so viele Altmännerlaute aus, wie er will, und Agatha ist zum ersten Mal seit sehr langer Zeit still, und Karl sagt: *Können wir uns nicht glücklich schätzen, dass wir Hände haben?,* denn er liebt es einfach, ihren Bauch zu begrabschen, und Agatha nickt, denn sie liebt das Gefühl, begrabscht zu werden, und plötzlich setzt Karl sich auf, die Schreibmaschinentasten von Evie ordnen sich in seinem Kopf, und er sagt, *Mach was draus,* und Agatha sagt, TU ICH DOCH, und Karl sagt: *Nein, ich meine, das ist es, was –*, und beinahe sagt er Evies Namen, und was wäre das für ein Riesenfehler, also legt er sich wieder hin und sagt: *Ach, vergiss es,* und das scheint Agatha zu tun. Während die Sonne aufgeht und immer wärmer und gelber wird, wissen sie, dass sie eigentlich im Sessel sitzen und Mahjong spielen und Tee kochen und Briefe an die Enkel schreiben sollten; sie sollten nicht in der Wüste liegen und Sex haben, aber sie tun es, und sie fühlen sich dabei wie Filmstars, denn ganz bestimmt machen nur Filmstars solche Sachen wie bei Sonnenaufgang Sex auf einer Klippe haben, und Karl denkt, *Ich könnte mich selbst im Film spielen, ich bin besser als Paul Newman, er ist tot, und ich lebe noch,* ICH LEBE, und seine und Agathas Haut fühlen sich toll an in der frischen Luft, es liegt eine Schönheit in der Berechtigung, die sie empfinden, sie haben lange gelebt, und sie haben diesen Moment verdient, und alles wackelt und wabbelt und zittert und hängt, und es fühlt sich an wie Fliegen, irgendwie, und Agatha kann es nicht lassen, immer wieder die Arme auszustrecken und die Luft an der Haut zu spüren, es ist so ein echtes Gefühl, und Karl kann es nicht lassen, Agatha anzusehen, und sie schauen einander lange in die Augen, und Agatha hat sich noch nie so wohl in ihrem Körper gefühlt, sie hat noch nie das Gefühl gehabt, dass es richtig ist, in ihm zu sein, und sie sagt kein Wort, sie kann nichts sagen.

Und später, nachdem sie ES getan haben, sitzen sie aneinandergelehnt da, spüren die kühle Erde auf der Haut, halten sich gegenseitig aufrecht und schauen zu, wie die Sonne sich darauf vorbereitet, einen neuen Tag zu beginnen. Agatha sagt: *Ich habe ihn geliebt, weißt du. Ron.*

Ich weiß, antwortet Karl.

Und Karl schreibt mit der Fingerspitze *Karl und Agatha waren hier* neben ihnen in den Sand.

MILLIE BIRD

Millie wacht auf. Kneift sich. Sie ist nicht tot. Sie schaut Manny an. Er ist ganz geschmolzen. Sie fährt mit dem Finger über sein Gesicht. Sein Hemd klebt an seinem Körper. Sie hält den Flaschenhalter vor sich und starrt ihn an. Zieht mit dem Finger die Umrisse von Australien nach. Sie fragt sich, wo sie sich gerade befindet, und stellt sich ein blinkendes rotes Lämpchen vor, das auf dem Flaschenhalter aufleuchtet, und einen Neonschriftzug: *Sie sind hier.* Sie steigt aus und geht einmal um das Auto herum. *Karl?* sagt sie und schaut unten drunter. Sie steigt aufs Dach. *Agatha?* sagt sie.

Die Sonne fängt langsam an, alles zu erhellen. Sie haben neben einer riesigen Klippe geparkt. Sie stellt sich an den Rand der Klippe und spürt, wie der Wind ganz stark gegen ihre Kleider bläst und sie kräuselt wie Wasser. Ihr Cape bläht sich hinter ihr, und sie streckt die Arme nach vorne aus, als wolle sie sich fürs Fliegen bereit machen. Der Ozean liegt ganz tief unter ihr. Da draußen ist so viel Raum. Das Krachen der Wellen gegen die Klippen und die Felsen ist ohrenbetäubend.

Erstaunt entdeckt sie einen Mann am Rand der Klippe, etwa fünfzig Meter von ihr entfernt. Er kehrt ihr den Rücken zu und schlägt Golfbälle ins Wasser. Sie beobachtet ihn ein paar Minuten lang. Schaut zu, wie er weit nach hinten ausholt und dann durchzieht, schaut zu, wie der Ball weit, weit fliegt und dann nach unten fällt, den langen Weg durch den weiten Raum und dann ins Meer. Sie fragt sich, wie es wohl wäre, dieser Ball zu sein; sie stellt sich vor, wie sie durch die Luft fliegt, mit flatterndem Cape, und dann fällt und fällt, rasend schnell, mit flauem Magen, und wie sie dann in den Ozean eintaucht und das Wasser sie verschluckt.

Sie geht zu dem Mann. *Sie werden sterben, wissen Sie,* sagt sie.

Scheiße! Er macht einen Satz und dreht sich mit erhobenem Golfschläger zu ihr um. *Himmel noch mal, Kleine.* Er lässt den Blick über die Landschaft hinter ihr schweifen. *Bist du hier gerade mit deinem Raumschiff notgelandet oder was?*

Nein. Wie weit ist es nach Melbourne?

Wo sind Mum und Dad?

Wie viele Kilometer? Genau?

Oje, Kleine. Ewig. Ich weiß nicht – vielleicht tausendfünfhundert?

Kannst du mich hinfahren? Ich habe dort heute etwas sehr Wichtiges zu erledigen.

Nein, Süße, sagt er. *Ich muss in die andere Richtung.*

Okay, sagt sie, dreht sich seufzend um und geht weg, denn sie hat die Erwachsenen und ihre Versprechungen und dass sie nie was für einen tun, ECHT SATT, und sie beschließt, dass sie von jetzt an absolut alles alleine machen wird, denn sie ist die Einzige, der sie vertrauen kann, und sie weiß, was immer sie sich im Geiste sagt, das wird sie auch tun, aber was die Leute sagen, kann beides sein, es kann wahr sein oder gelogen, sie hat es satt, satt SATT. Sie weiß, dass Karl und Agatha irgendwo hingegangen sind und sie im Stich gelassen haben, sie weiß, dass ihre Mum nicht gefunden werden will, aber das ist ihr egal, sie ist Captain Funeral, und sie ist der Boss von sich selbst.

Alles in Ordnung, Kleine?
Wo sind Mum und Dad?
Sie sind tot
Du verstehst das nicht
Du bist ja bloß ein Erwachsener

Millie öffnet die Autotür und klettert auf Manny, küsst ihn sanft auf die Stirn, wie ihr Dad es immer bei ihr gemacht hat, und zieht ihn dann aus dem Auto und schleppt ihn an den Rand der Klippe. Sein Körper hinterlässt eine Spur im Sand, und die rote Erde glitzert in der Morgensonne. Sie wird mit ihm nach Melbourne fliegen, sie wird es tun, sie wird es jetzt gleich tun, denn sonst wird niemand es tun, niemand anders wird ihr helfen, sie muss stark sein, sie wird ihn sich unter den Arm klemmen, und sie wird springen, und dann wird sie durch die Luft fliegen wie der Golfball, aber sie wird immer weiterfliegen, und Karl und Agatha und ihrer Mum wird es leidtun, es wird ihnen sehr, sehr leidtun, und sie werden alle sagen: TUTUNSLEIDMILLIETUTUNSLEID MILLIETUTUNSLEIDMILLIE, ES TUT UNS JA SO LEID, MILLIE.

AGATHA & KARL & MILLIE

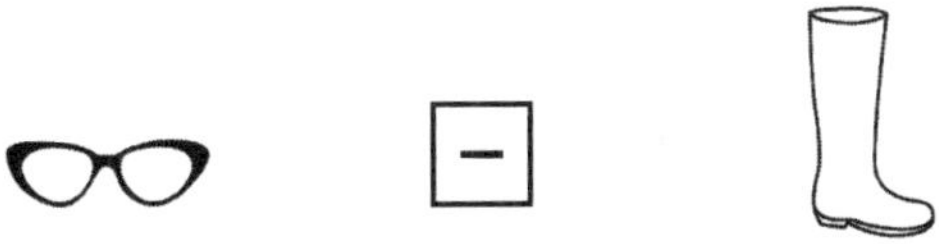

Karl und Agatha kehren wie Teenager zum Auto zurück. Karl gibt Agatha tatsächlich einen Klaps auf den Po. Und sie kichert tatsächlich darüber. Sie sind über und über mit roter Erde beschmiert. Ihre Haare stehen seltsam ab. Die Luft zwischen ihnen vibriert, wenn sie einander anschauen, und Agatha hat das Gefühl, dass andere Frauen sie beneiden würden, und das ist eigentlich genau das, was sie sich immer gewünscht hat.

Aber dann.

Millie? sagt Karl, als er die Autotür erreicht hat. Er dreht sich um. *Millie?* ruft er.

Agatha legt das Gesicht an die Autoscheibe. *Millie?* haucht sie an das Glas. *Millie!* schreit sie in die andere Richtung.

Sie laufen im Kreis um das Auto herum, suchen darunter und obendrauf. Beide sagen immer wieder: *Millie,* als wäre es das letzte Wort eines Zauberspruchs. Sie ist nirgends zu sehen, und dabei ist hier alles ganz flach. Agatha dreht sich immer wieder um sich selbst und sucht mit den Augen die Gegend ab, will erzwingen, dass Millies Gestalt vor ihr auftaucht. Agatha schaut in Richtung Klippen und muss sich an der Motorhaube festhalten, weil ihr der Gedanke mit Knie erweichender Plötzlichkeit in den Kopf schießt: *Das ist es, da hinten, da ist sie, da muss sie sein.* Was ihre Knie zum Einknicken bringt, ist die Unüberlebbarkeit dieses Dahinten.

Karl entdeckt einen Mann mit einem Golfschläger auf der Schulter, der mit entspanntem, fast respektlos wirkendem Schritt auf sie zukommt. *Entschuldigung,* sagt Karl und rennt zu ihm. *Haben Sie ein kleines Mädchen gesehen?* Er streckt eine Hand zur Seite aus, um zu zeigen, wie groß sie ist. Im Wind versteht Agatha nur die Worte *Melbourne* und *seltsam* und *irgendwas rüber zu den Klippen geschleppt.*

Sie sieht, wie Karl den Mann am Kragen packt und sagt: *Wieso haben Sie sie nicht aufgehalten?* und wie der Mann Karl in die Brust stößt und sagt, *Hände weg, Kumpel.* Also holt Agatha tief Luft und geht los in Richtung Klippe.

Agatha geht so schnell, wie ihre Angst es zulässt. Sie hört, wie die Männer hinter ihr sich anschreien, und sie hat die Nase voll vom Schreien, hat mehr als genug von lauten Tönen, die aus dem Mund von Menschen kommen, ganz besonders aus ihrem eigenen Mund, und der Ozean liegt so riesig vor ihr, er ist so endlos; auch wenn es so aussieht, als würde er enden, weiß sie doch, dass es nicht so ist. Sie bleibt ein paar Meter vor dem Rand der Klippe stehen, kniet sich hin und legt sich dann auf den Bauch. Sie zieht sich mit den Armen vorwärts und spürt das Kratzen des Schotters an ihren Beinen. Sie stöhnt vor Anstrengung. Sie umklammert mit beiden Händen den Klippenrand und späht nach unten.

Millie, ruft sie, aber der Ton verliert sich im Wind. Sie sagt es immer wieder, so als wolle sie Millie aus einem tiefen Schlaf aufwecken. Agatha sucht den Ozean nach einer Spur von ihr ab, aber es gibt keine, und sie hat sie getötet, sie hat dieses kleine Mädchen getötet, es ist ihre Schuld, ihre Schuld, und sie vergräbt das Gesicht im Sand und schluchzt.

Aber. *Agatha?*

Agathas Kopf schießt in die Höhe, sie schaut in die Richtung, aus der die Stimme kam, da ist etwas, aber ohne Brille kann sie es nicht richtig erkennen. *Millie?*

Agatha, antwortet jemand zaghaft, und es muss Millies Stimme sein, also kriecht Agatha am Klippenrand entlang auf die Stimme zu. Und dann sieht sie sie, mit Manny unter dem Arm steht sie auf einem kleinen Vorsprung, der wie eine schmollende Unterlippe unter dem Klippenrand hervorragt.

Millie. Agatha fällt nichts anderes ein. Was soll sie sagen? Wie soll man je wissen, was man sagen soll?

Millie schaut zu ihr hoch. Sie weint. Agatha hat sie noch nie so zerzaust und durcheinander erlebt. *Hau ab, Agatha,* sagt sie. *Ich brauch dich nicht. Ich komm auch alleine klar.*

Es tut mir leid, Millie, sagt Agatha und kriecht näher heran. Der Vorsprung wirkt instabil, so als könne er jederzeit abbrechen.

Tut es nicht.

Nicht bewegen, sagt Agatha. Sie schaut sich um, ob Karl ihr zu Hilfe kommt, aber er streitet sich noch mit dem Fremden.

Du bist nicht der Boss von mir, Agatha Pantha, sagt Millie und wendet sich von ihr ab.

Nein, sagt Agatha. *Bin ich nicht.*

Du verlässt mich ja doch bloß wieder.

Agatha schaut wieder zum Auto hinüber, wünschte, Karl würde kommen, sehnt sich nach seiner Hilfe. Die Tiefe des Abgrunds bis zum Wasser macht sie schwindelig. Sie zwingt sich, hinunterzuschauen, und sagt: *Das stimmt. Eines Tages werde ich das. So ist das Leben, Millie.* Die Luft ist frisch und kalt, und der Lärm des Ozeans ist überwältigend. *Aber solange wir beide am Leben sind, wäre es doch schön, wenn wir Freunde wären, oder?*

Ich werd es tun, Agatha, sagt Millie. *Und du kannst mich nicht davon abhalten. Keiner kann das.*

Nein, Millie, sagt Agatha und denkt gar nicht nach, ihr Körper macht einfach; später wird sie denken: Bedeutet Kinder haben das? Dass man handelt, ohne nachzudenken? Dass man ganz außerhalb des eigenen Körpers ist und ganz in ihrem Körper drin? Agatha gleitet auf den Vorsprung hinunter, zerkratzt sich Arme und Beine, spürt es aber nicht, weil sie versucht, Millie im Blick zu behalten, sie zu packen, sie einfach zu erwischen, aber Agatha ist so weit weg von ihr, sie wird sie niemals erreichen, sie ist auf allen vieren und versucht, Millie etwas zuzurufen, aber die Worte wollen nicht herauskommen, ihre Kehle fühlt sich an wie zugeschnürt, und sie sieht hilflos zu, wie Millie diesen blöden Plastikmann an sich drückt und einen Schritt in Richtung Ozean macht, und Agatha schließt die Augen und hört auf zu atmen und hofft, man kann sterben, indem man sich einfach zwingt, nicht mehr zu atmen, weil man sonst rein gar nichts tun kann.

Aber nach ein paar langen Sekunden mit angehaltenem Atem spürt sie etwas Warmes neben sich. Agatha macht die Augen auf, und da steht Millie, direkt neben ihr, und schaut nach unten aufs Meer. Agatha folgt ihrem Blick und sieht den Plastikmann, der fällt und fällt und fällt. Millies Cape ist um seinen Hals gebunden, und einen Moment lang sieht es so aus, als würde er fliegen. Er taucht mit einem kleinen Spritzer ins Wasser ein und kommt dann wieder hoch.

Agatha setzt sich auf und atmet tief ein, macht einen Atemzug, der nicht nur Luft holt, sondern alle Atome dieses Augenblicks einsaugt und in ihrer Lunge bewahrt.

Millie wischt sich mit dem Ärmel die Augen trocken und setzt sich neben Agatha. *Was bedeutet verlassen?*

Auf der Meeresoberfläche erscheinen ein paar vereinzelte Spitzen, wie Kinder, die in der Schule die Hand heben. Agatha schweigt kurz. In dieser Umgebung erscheint jeder Gedanke, jeder Atemzug, jede Bewegung ungeheuer wichtig. Worte scheinen hier gewichtiger zu sein. *Zurücklassen,* antwortet sie.

Verlieren?

In gewisser Weise. Ohne Millie anzuschauen, nimmt Agatha ihre Hand und drückt sie ganz, ganz fest.

Als Karl sie findet, ist sein Hemd zerrissen und sein Haar vollkommen zerzaust. Er hilft ihnen, nach oben auf die Klippe zu klettern, und umarmt sie beide. Agatha berichtet vom Schicksal ihres Plastikgefährten. Karl täuscht Gleichgültigkeit vor. Millie informiert ihn darüber, dass sie sich Mannys Bein teilen können, und das scheint Karl akzeptabel zu finden. Sie quetschen sich alle zusammen ins Auto und verlassen die Bucht in dem starken Bewusstsein der Gegenwart der anderen, hier inmitten dieser dramatischen Landschaft. Agatha hört der Stille zu, Millie legt ihre Hand auf das Spiegelbild ihrer Hand in der Fensterscheibe, und Karl lächelt, weil er WIR SIND HIER in den Staub auf der Kühlerhaube geschrieben hat.

DINGE, DIE MILLIE, KARL UND AGATHA NICHT WISSEN KÖNNEN

Zehn Jahre später wird Agatha im Krankenhaus an Karls Bett sitzen und zusehen, wie sein Leben vor ihren Augen zu Ende geht. Millie wird in einem anderen Land sein und den Moment verpassen, aber sie wird zur Beerdigung zurückkommen. In ihrer Trauerrede wird sie sagen: *Karl ist mein bester Freund,* und wird absichtlich das Präsens benutzen. Agatha wird drei Monate später sterben, und Millie wird sie finden, tot im Sessel sitzend, und Millie wird den Eindruck haben, dass sie glücklich-traurig aussieht. Millie wird auch sterben, eines Tages, so wie alles, und einen Exmann und zwei erwachsene Kinder zurücklassen. Es wird ein Unfall sein, es wird schnell gehen, und ihr letzter Gedanke wird gar kein Gedanke sein: *Was werde ich –*

Aber davon wissen sie jetzt noch nichts.

Denn jetzt fahren Millie, Karl und Agatha erst einmal dorthin zurück, wo sie hergekommen sind.

DANKSAGUNG

Ich weiß, dass für Mum die Augenblicke des Danks mit zum Wichtigsten im zwischenmenschlichen Austausch gehört haben. Sie hat mich immer dazu angehalten, allen Leuten für alles, was sie je für mich getan haben, unglaublich aufmerksame Danksagungskarten zu schreiben. Damals habe ich das nicht verstanden – es bedeutete für mich einfach nur weniger Zeit für Dinge wie Löcher in die Luft starren, zu Bananarama tanzen oder bei Roald Dahl abgekupferte Nonsens-Gedichte schreiben. Aber wenn man älter wird, erscheint einem so Manches, was die Mutter einem beigebracht hat, derart unausweichlich, dass man sich fragt, wie man je anderer Meinung sein konnte.

Doch wie bedankt man sich bei einer Menge von Leuten, durch die man zu dem Menschen wurde, der man ist, die einem dabei geholfen haben, besser zu werden, und die einen selbst und die eigene Arbeit als wertvoll erachtet haben? Vermutlich, indem man es ihnen einfach sagt.

Ich habe *Lost & Found* im Rahmen meiner Promotion an der Curtin University in Westaustralien geschrieben. Daher gilt mein Dank zunächst dieser Uni und den Menschen dort. Sie haben mir ein Stipendium, einen Platz zum Schreiben und jede Menge Mentoren und Freunde gegeben, die ich mein Leben lang weiter behelligen werde, ob es ihnen gefällt oder nicht. Ich war eine Unbekannte, die sich den nötigen Raum verschaffen wollte, um einen Roman zu schreiben, und die Curtin Universität hat mir dazu auf sozialer, kultureller und finanzieller Ebene die Erlaubnis erteilt. Ich bin sehr dankbar dafür.

Im Einzelnen danke ich meinen beiden Betreuern David Whish-Wilson und Ann McGuire. Dave mit seiner beruhigenden Ausstrahlung hat mir geraten, die »Niedlichkeiten« zu streichen, und er hat an mich geglaubt, wenn mir selbst das gerade schwerfiel. Viele unserer Supervisionstermine endeten damit, dass wir über die AFL (Australische Fußballliga) herzogen, und im Nachhinein betrachte ich diese Gespräche als essenziellen Bestandteil meines Arbeitsprozesses. Ann ist nicht weggelaufen, als ich ihr gleich bei unserem ersten Treffen unter Tränen meine Geschichte erzählte. Stattdessen gab sie mir einen Stapel Taschentücher und das gute Gefühl, dass es auch ihr Projekt war. Besonders erwähnen möchte ich noch Julienne van Loon, die – obwohl sie nicht direkt beteiligt war – immer Zeit für mich zu haben schien, wenn ich sie brauchte.

Viele Leute haben *Lost & Found* in unterschiedlichen Fassungen gelesen und alle möglichen hilfreichen Kommentare abgegeben: Jeremy Hoare, der die Geschichte besser kennt als ich und mein Ideengeber ist; Mark Russell, der mir gezeigt hat, wo die ganzen Kommas hingehören, und in seiner höflichen Art erklärte: ›Nie und nimmer passt ein Mensch in einen Deckenlüftungsschacht, das ist ausgeschlossen‹; George Poulakis, der mir noch einmal gezeigt hat, wo die Kommas hingehören, nachdem ich sie schon wieder vergessen hatte; Sam Carmody, der mein zweiter (genauso wichtiger) Ideengeber plus Therapeut und Lebensmittel-Qualitätskontrolleur ist; Sarah Hart, die eine frühe Fassung gelesen hat, obwohl sie gerade Wichtigeres zu tun gehabt hätte; Julia Lörsch, mein Gefühlsbarometer, die beim Lesen an manchen Stellen geweint hat; Elizabeth Tan, die mir äußerst wohlüberlegte Hinweise gegeben hat; James Stables, der mich ständig daran erinnerte, dass seine Steuergelder für die Entstehung dieses Buches ausgegeben wurden; die Mädels aus dem Buchladen in der Beaufort Street – Jane Seaton, Geraldine Blake und Anna Hueppauff –, die das Buch mit großer Begeisterung gelesen haben; Adam Brenner, der meinte, es sei durchaus möglich, dass Leute es kaufen würden; mein Dad, Ken Davis, der jede Fassung mit einem Eifer gelesen hat, den nur ein stolzes Elternteil aufbringen kann. Er nannte das Buch pflichtschuldig ein ›Meisterwerk‹ und lieferte mir eine zwei Seiten lange

Begründung, warum ich die Flüche und Schimpfwörter lieber streichen sollte; seine Partnerin Lorraine Jennings, deren scharfer Blick mich vor peinlichen Fehlern bewahrt hat; mein älterer Bruder Rhett Davis, der viele Fassungen schnell und ohne Aufhebens gelesen und mir jedes Mal wichtige Einsichten vermittelt hat, mein jüngerer Bruder Ben Davis, der es in Rumänien auf dem i-Pad las und anscheinend nicht viel dazu zu sagen hatte.

Vielen Dank auch an alle, die an den Uni-Workshops beteiligt waren und mir am Anfang bei so manchen Entscheidungen geholfen haben: Eva Bujalka, Steven Finch, Maureen Gibbons, Simone Hughes, Laura King, Kerstin Kugler, Kandace Maverick, Paul McLaughlan, Max Noakes, Ian Nicholls, Rosemary Stevens, Marcia Van Zeller und Yvette Walker. Ich schätze mich glücklich, zu der Zeit an der Curtin University studiert zu haben und von so vielen aufregenden Talenten umgeben gewesen zu sein.

Ist es zu sehr wie bei den Oskars, wenn ich jetzt die Namen der Lehrer erwähne, mit deren Hilfe ich herausgefunden habe, dass ich Schriftstellerin werden möchte? Wahrscheinlich schon, aber ich mache es trotzdem. Dank an Barb Tobin, der ich immer noch imponieren möchte. Mit Neun habe ich ihr ein Gedicht gezeigt, und sie deutete auf eine der Zeilen und erklärte, ich hätte eine Metapher benutzt. Ich weiß noch, wie sie lautete, aber ehrlich gesagt war sie ziemlich durchschnittlich, also tun wir lieber so, als hätte ich sie vergessen. An Mr Robertson, der mich in der Grundschule sehr gefördert hat, und Ms McCarthy, die mir auf der Highschool die erste Zwei in Englisch gegeben und mir so beigebracht hat, nicht selbstgefällig zu werden. Ich bin heute noch beleidigt, wenn ich an diese Zwei denke. An der Uni hat Francesca Rendle-Short mir das experimentelle Schreiben erklärt, und Felicity Packard hat mir beigebracht, mit Worten sparsam umzugehen. Und Jen Webb hat mich – obwohl sie nicht meine Dozentin war – immer in meiner Arbeit unterstützt.

Dank an die Cafés in den verschiedenen Bundesstaaten und Ländern, in denen ich stundenlang bei einer einzigen Kanne Tee herumhocken durfte. Im Ernst, in manchen davon habe ich eine Ewigkeit verbracht und dabei kaum etwas konsumiert, aber die Leute schienen das okay zu finden. Ein besonderer Dank geht an die Mädels im 50mL in Feederville. Euer Chai und eure warmherzige Gastfreundschaft wurden (und werden) von mir außerordentlich geschätzt.

Dank an alle, die bei der Veröffentlichung mitwirkten: Adam Brenner und Todd Griffiths, die einen unfehlbaren Plan entworfen haben, damit das Buch bei Hachette angesehen wurde; Vanessa Radnidge, weil sie sich darauf einließ und mir das Gefühl gab, etwas Lohnendes geschrieben zu haben. Mit Hachette zu arbeiten war von Anfang an der reinste Traum – einer von den schönen Träumen, aus denen man nur ungern erwacht. Und danke an Susanne Eversmann und Antje Kunstmann und den gesamten Kunstmann Verlag, dass sie einer unbekannten australischen Schriftstellerin mit so viel Wärme und Enthusiasmus eine neue Heimat gegeben haben.

Dank an Craig Silvey, der einen Teil seiner wertvollen Zeit darauf verwendet hat, mich zu ermutigen, und der mich zu Benython Oldfield und Sharon Galant von der Zeitgeist Media Group Literary Agency geführt hat, und über sie zu ihrer deutschen Coagentin Anoukh Foerg Literary Agency. Ich danke ihnen allen für ihre großartige Arbeit, mit der sie Millie, Karl und Agatha den Weg in die große weite Welt geebnet haben.

Unbedingt danken muss ich den Damen von Beaufort Street Books und Torquay Books. Ich durfte in ihren Läden arbeiten, und sie haben mich wie verrückt unterstützt. Meine beiden Chefinnen – Jane Seaton und Rosemary Featherston – arbeiten unglaublich hart für diese Branche und ernten wenig Ruhm dafür, aber ihretwegen bin ich stolz, dazuzugehören. Lasst uns nett sein zu den Buchhändlern und dafür sorgen, dass sie uns erhalten bleiben.

Es gibt Menschen, die ihre Trauer und ihren Schmerz mit mir geteilt haben und keine Angst hatten, wenn ich meinen mit ihnen geteilt habe, und das ist in meinen Augen etwas Wunderbares. Schmerz wird leichter, wenn man ihn teilt und jemand einem zuhört. Ich habe das mit Fremden, Bekannten, Kunden, Freunden und Verwandten getan, aber besonderer

Dank gebührt Jodie Ladhams, Jeremy Hoare und Anna Hueppauff, die mich in ihre ganz persönliche Trauer eingeweiht und mit ihrer Kraft tief beeindruckt haben. Dieses Buch ist auch für Ruby, Cedric, Elli und Kaiser. Und ich möchte mich bei Chris Donahoe bedanken, dessen emotionale Unterstützung in der Anfangsphase dieses Projekts (und meiner eigenen Trauer) mir viel bedeutet hat.

Ich danke auch meinen Großeltern Ken und Lorna Davis und Ted und Jean Newton für eure Geschichten, eure Zeit und eure Zuwendung. Auf unterschiedliche Art und Weise habt ihr mir alle geholfen zu verstehen, dass alte Leute nicht immer alt waren. Mein besonderer Dank geht an Oma Jean, die sich mit ihren 90 Jahren noch ganz gut durchmogelt, auch wenn sie denkt, dass ich Judy heiße und 45 bin.

Und dann sind da noch die, die einfach da sind, immer, selbst wenn sie nicht mehr da sind. Damit meine ich vor allem EUCH, meine Familie, und insbesondere: Mum, Dad, Rhett und Ben. Wegen euch allen bin ich die, die ich bin, und tue das, was ich tue.

Aber hauptsächlich natürlich dir, Mum: Danke.

Das hier (ein Buch schreiben, am Leben sein) fühlt sich irgendwie nicht mehr ganz richtig an, ohne dich.

Die Originalausgabe erschien unter dem Titel *Lost & Found* bei
Hachette Australia, Sydney 2014
Umschlaggestaltung: lowlypaper, Marion Blomeyer, München
Typografie und Satz: frese-werkstatt.de
Druck und Bindung: Pustet, Regensburg
ISBN 978-3-95614-053-2